Luft! Er brauchte ... st erstickte er. Wieso war
dieser Raum nur so stickig und so heiß? Es war doch Winter, da musste es doch eigentlich eiskalt sein. Aber nein, hier
herrschte eine Hitze wie in den Tropen. Er fasste sich an sein
Nachtgewand. Keine Frage, das war vollkommen durchge-
schwitzt. Und dieser Durst! Dieser unglaubliche, unheimliche
Durst! Die Kehle wie ausgedörrt, die Zunge klebte am Gau-
men. Vielleicht bekam er deshalb keine Luft. Er versuchte,
Speichel zu produzieren, um die Mundhöhle anzufeuchten.
Dann bemühte er sich um einen tiefen Atemzug. Doch augenblicklich zuckte er zusammen. Ein entsetzlicher Schmerz fuhr
ihm in die Glieder, schien ihm Lunge und Gedärme zu zerreißen. Er wollte schreien, doch seiner Kehle entrang sich nur ein
verröchelndes Gurgeln.

Auf! Aufstehen! Nur raus aus dem Bett, ehe es zum Grabe
wird! Mit der wenigen Kraft, die ihm noch geblieben war,
wuchtete er seinen Körper hoch, und abermals überwältigte
ihn eine nicht enden wollende Konvulsion von unbeschreib-
lichen Schmerzen. Zwar saß er nun aufrecht in seinem Bett,
doch sein Oberkörper sank in sich zusammen wie ein leerer
Sack. Der Kopf fiel ihm auf die Brust, und er schnaufte wie eine
entgleisende Dampflok.

Gott im Himmel, was war das? Hatte er tags zuvor zu inten-
siv gefeiert? Sein Körper rebellierte, führte einen regelrechten
Kleinkrieg gegen ihn. Er war förmlich umzingelt von aufrüh-
rerischen Organen, die auf seinen Geist einschlugen. Die Lunge pfiff wie ein Dampfkochtopf unter Hochdruck, die Blase

schrie nach Entleerung, die Muskeln verkrampften sich, und sein Herz raste. In ihm stieg Panik hoch.

Ruhig Blut! Alles kommt in Ordnung. Zuerst das Fenster geöffnet, dann das Geschäft verrichtet und schließlich ein Glas Wasser geholt. Dann würde die Gefahr vorüber sein! Er ließ seine Beine aus dem Bett gleiten, unten tasteten die Zehen nach den Hausschuhen. Er bemühte sich um flachen, aber konstanten Atem, dann griffen seine Finger fest in die Matratze. Er holte Schwung und unternahm den Versuch, seinen Körper in eine stehende Position zu bringen.

Schwindel erfasste ihn. Seine Arme ruderten wild durch den Raum, suchten verzweifelt Halt. Ihm war, als würde der gesamte Körper von Stecknadeln durchbohrt. Ein Brennen wütete durch seine Adern, und ihm wurde schwarz vor Augen. Mit letzter Kraft warf er seinen Oberkörper nach vorn, sodass seine rechte Hand den Griff zum Öffnen des Fensters zu fassen bekam. Dort trachtete er, einen Moment innezuhalten. Doch die Atemnot wurde nur noch akuter. Er versuchte, das Fenster aufzumachen, da war ihm, als hätte jemand auf ihn geschossen und ihn direkt in die Brust getroffen. Er ließ das Fenster los und fasste sich ans Herz, drückte es ganz fest, als wollte er es festhalten. Doch die Pein wurde nur noch intensiver. Verzweifelt versuchte er, sich in der Dunkelheit zurechtzufinden, doch auch die Augen versagten ihm den Dienst. Sein Blick brach aus, ihm wurde noch schwärzer, als es ob der nächtlichen Stunde ohnehin schon war. Seine Hand krampfte sich ins Brustfleisch, aber die erhoffte Linderung blieb aus.

Im Gegenteil.

Seine Knie schwankten, die Oberschenkel begannen konvulsivisch zu zittern. Vielleicht war das Bett doch die bessere

ZORES

Andreas Pittler

Option. Ein klein wenig ruhen nur, ein ganz klein wenig nur, und das Unheil mochte abgewendet werden.

Doch ach, die Liegestatt, sie war mit einem Mal unendliche Weiten entfernt. Schier unmöglich, sie zu erreichen. Er zwang sich, einen Schritt zu tun, aber das Bein meuterte. Unter Aufbietung der letzten Kräfte gelang es ihm, den Fuß einige Zoll nach vor zu schieben. Nun, so dachte er, den anderen nachholen. Doch da stieß abermals ein Dolch unerbittlich in seine Brust hinein. Er riss den Mund auf, ein Schrei blieb jedoch aus. Tonlos drehte er sich einmal um die eigene Achse, dann fiel er vornüber auf den Boden.

Zu seiner eigenen Überraschung verlor er nicht das Bewusstsein. Es war ihm nur, als träte er aus seinem eigenen Körper heraus. Er sah sich da liegen. Alt, wehrlos, todgeweiht. Und er fühlte gar keinen Schmerz mehr. Er wurde leicht. So unendlich leicht. All die Mühsal der letzten Zeit, sie fiel von ihm ab. Nahm er da durch seine trüben Linsen ein Licht wahr? Ruhen! Einfach nur ausruhen! Aus und vorbei mit dem Jammertal. Frieden und immerwährende Glückseligkeit.

Ein Lächeln umspielte seine Lippen, als er die Augen schloss. Es war so weit.

Und es war ihm einerlei, ob ihn eine Walküre gen Walhalla führte, ein Engel ins Paradies oder ob er in der Schattenwelt Scheol fern von Gott weiterexistieren würde. Die irdischen Plagen, sie fochten ihn nicht länger an. Seine Finger entkrampften sich, die Hand glitt von seiner Brust, fiel sanft auf den Fußboden. Ein letzter Seufzer noch, und sein Körper kam zur Ruhe.

I.
Donnerstag, 10. März 1938

Also das mochte diese theologischen Klugschwätzer im Diesseits tatsächlich überraschen. Die andere Welt sah verdammt nach der Walfischgasse aus. Nikotingetränkte Gardinen, altdeutsche Essmöbel und ein grauenhaftes Persianerimitat gleich zu seinen Füßen. Gott hatte ja nicht allzu viel Zeit gehabt, die Welt zu erschaffen, aber beim Paradies hätte er sich denn doch ein wenig mehr Mühe geben können. Wo blieben die Engel bloß?

Das war ja interessant. Im Jenseits herrschte keine himmlische Ruhe. Offenbar gab es auch hier Automobile, denn das Quäken, das an sein Ohr drang, war unzweifelhaft eine Hupe. Der ein unmissverständliches „Drah di, Depperter!" folgte. Wie schön. Im Paradiese sprach man Wienerisch!

Oder war das Paradies vielmehr Wien?

Der verstaubte Teppich, die Vorhänge, die Sessel, … das war viel zu vertraut, um nicht seine Wohnung zu sein.

Mühsam hob er die Hand und führte sie zu seinem Gesicht. Er fühlte seine fleischige Wange, fuhr sich sachte über seine Barthaare. Kein Zweifel. Er spürte sich. Er lebte also.

Vorsichtig setzte sich Bronstein auf. Zwar fuhr ihm erneut der Schmerz in die Glieder, doch diesmal verursachte ihm dieser Umstand keine Panik, vielmehr erfüllte er ihn mit Freude. Wenn man mit über fünfzig aufwachte und es tat einem nichts weh, dann war man tot. Er aber spürte jede Faser seines Leibes, womit er eo ipso noch in dieser Welt weilte. Gevatter Tod war demnach noch einmal an seiner Pforte vorbeigezogen.

Er achtete nicht darauf, dass seine Pyjamahose unverkennbar Flecken aufwies, die nur davon herrühren konnten, dass seine Blase sich ohne sein Zutun entleert hatte. Er fasste nach der Bettdecke und nutzte diese, um sich hochzuziehen. Bald stand er. Etwas wackelig zwar, aber er stand. So vorsichtig, wie es ihm nur möglich war, lenkte er seinen Körper in Richtung Badezimmer. Einmal dort angekommen, legte er seine Kleider ab und nahm eine grundlegende Waschung vor. Als er sich wieder rein genug wähnte, wechselte er ins Zimmer zurück, um sich in nachgerade unendlicher Langsamkeit anzukleiden.

Er verzichtete auf Kaffee und Zigarette und begab sich ohne weitere Umschweife auf die Straße. Dort angelangt, kam er sich bald wie ein Greis vor, denn er benötigte für die Strecke zum Präsidium das Dreifache der üblichen Zeit.

Als er endlich an seinem Schreibtisch saß, kam er zu dem Schluss, dass sein Frühstück diesmal aus einem Aspirin und einem Glas Wasser bestehen würde. Dann, und erst dann, war an eine „Donau" zu denken.

Er war noch am Verdauen, als die Tür aufging und Cerny im Raum erschien.

„Servus, Oberst. Wir ham an Mord."

„Komm, Cerny, lass mich ang'lehnt. Mir geht's gar ned guat. Heut Nacht hab ich glaubt, ich stirb."

„Na jetzt hör aber auf. Wie ist denn das passiert?"

Und Bronstein berichtete von seiner nächtlichen, wie er es nannte, Nahtoderfahrung.

Cerny pfiff durch die Zähne. „Hörst, das klingt gar nicht gut. Du solltest dich untersuchen lassen, bevor wirklich was passiert. Vielleicht brauchst eine Kur oder so etwas."

„Du hast leicht reden, Cerny. Wenn ich mich in der nächsten Zeit krankmeld, dann kann ich eine Beförderung endgültig vergessen. Obwohl …", und an dieser Stelle seufzte Bronstein vernehmlich, „so wie's im Augenblick ausschaut, kann ich mir die ohnehin schnitzen."

Und wie aufs Stichwort erklang von der Straße Lärm. Cerny öffnete das Fenster, um Nachschau zu halten. Direkt unter den Fenstern des Sicherheitsbüros hielten die illegalen Nazis eine Demonstration ab.

„Es pfeift von allen Dächern, für heut die Arbeit aus, es ruhen die Maschinen, wir gehen müd nach Haus. Daheim ist Not und Elend, das ist der Arbeit Lohn, Geduld, verrat'ne Brüder, schon wanket Judas Thron."

Angewidert schloss Bronstein das Fenster. Da waren diese Saukerle nach wie vor verboten, doch sie benahmen sich, als wäre Wien bereits Berlin.

Mit schnarrenden Trommeln und krachenden Stiefeln marschierte der Sturmtrupp der Nazis auf den Ring zu und schmetterte dabei eines der besonders penetranten Lieder dieser sogenannten Bewegung.

„Man kann nur hoffen, dass die Volksabstimmung, die der Schuschnigg für den Sonntag ang'setzt hat, diesem Abschaum die nötige Absage erteilt, denn sonst sieht's düster aus für die Zukunft dieses Landes. Und für meine erst recht. Da brauch ich dann so oder so keine Kur mehr."

Cerny wiegte skeptisch den Kopf: „Auf die Abstimmung tät ich mich nicht verlassen. Der Schuschnigg hat sich's mit allen und jedem verscherzt. Ich bin mir nicht sicher, ob den noch viele unterstützen."

„Du denkst wirklich, die Leut' wollen lieber diesen Schreihals aus Braunau?"

Cerny zog schweigend die Schultern noch.

So weit war es also schon! Er brauchte einen Magenbitter! Ob man den so früh am Morgen überhaupt trinken durfte? Ach was, er war gerade dem Tod von der Schippe gesprungen, da brauchte man nicht heikel zu sein. Dabei war die Erklärung, die der Bundeskanzler erst am Vortag abgegeben hatte, für ihn eine wahre Erleichterung gewesen. In der Tat hatte sie seinem Erwachen am Morgen geglichen, quasi eine Auferstehung von den Toten. Denn zuletzt hatte es ja gar nicht rosig ausgesehen. Mit Schrecken dachte er daran, dass Schuschnigg, kaum dass er von einem Treffen mit Hitler am Obersalzberg zurückgekehrt war, ausgerechnet den Chef der illegalen österreichischen National-sozialisten, Arthur Seyß-Inquart, zum Innenminister ernannt hatte, der damit seit drei Wochen Bronsteins oberster Chef war. Eigentlich war Bronstein sofort nach der Angelobung des Ober-nazis davon ausgegangen, aus dem Polizeidienst entlassen zu werden, doch anscheinend hatte die fünfte Kolonne Hitlers in Wien keine sonderliche Eile. Er war wie Cerny Exekutivbeam-ter geblieben und noch nicht einmal von der Mordkommission abgezogen worden. Doch ob er, wie ihm Polizeipräsident Skubl noch Anfang Februar zugeraunt hatte, eine Beförderung zum Generalmajor zu feiern haben würde, das bezweifelte er nun endgültig. Er freute sich zwar, dass Cerny mit Wirksamkeit vom 1. März zum Oberstleutnant avanciert war, doch mit mehr, so schien ihm, brauchten beide nicht mehr zu rechnen.

Cerny riss Bronstein aus seinen Gedanken. „Wie auch im-mer, deswegen haben wir trotzdem einen Mord. Und solange wir in Amt und Würden sind, ist es unsere Aufgabe, derartige Verbrechen aufzuklären, meinst du nicht?"

Bronstein fuhr auf: „Ja …, sicher. … Du hast natürlich recht."

Er fuhr sich mit den Händen übers Gesicht: „Also. Was liegt an?"

Cerny holte kurz Luft. „Sagt dir der Name Walter Suchy etwas?"

„Der Nazi-Bonze?"

„Genau der!"

„Sicher. Diese Eiterbeule. Die wird jetzt wahre Jubeltänze aufführen!"

„Wird sie nicht. Der Suchy ist das Mordopfer." Cernys Miene blieb ausdruckslos.

Bronstein pfiff durch die Zähne.

„Na servas", sagte er dann.

Walter Suchy war ungeachtet seines tschechischen Namens, der, wie Cerny Bronstein einmal erklärt hatte, „der Trockene" bedeutete, ein nationalsozialistisches Urgestein gewesen. Schon vor dem großen Krieg war Suchy, der damals noch in Böhmen gelebt hatte, in deutschnationalen Vereinigungen aktiv gewesen und so ein enger Mitarbeiter des seinerzeitigen Parteiführers Hans Knirsch geworden, der seit 1911 Reichsratsabgeordneter in Wien gewesen war und nach 1918 dem tschechoslowakischen Parlament angehört hatte. Suchy war in Wien geblieben und hatte im Mai 1918 die „Deutsche Nationalsozialistische Arbeiterpartei" ins Leben gerufen, die sich seit 1921 der beinahe gleichnamigen Bewegung in Bayern unterordnete.

All das würde Bronstein kaum interessiert haben, wenn Suchy nicht seit geraumer Zeit zu beachtlicher Prominenz gekommen wäre. Nach Schuschniggs Aufenthalt in Berchtesgaden war der Name Suchy durch die Zeitungen gegeistert, und nicht wenige sahen in ihm den künftigen Bundeskanzler Österreichs. Doch es war auch kein Geheimnis, dass Suchy in dem Rechtsanwalt Seyß-Inquart und dem General Glaise-

Horstenau erbitterte Rivalen um die Führung der österreichischen Nazis hatte.

Und aus deren Ecke waren wohl einige Artikel lanciert worden, die Suchy zuletzt in ein schiefes Licht gebracht hatten. Die einen warfen ihm vor, ein Wendehals zu sein, da er, wie sein Kompagnon Riehl, 1927 für die christlich-soziale Einheitsliste kandidiert hatte, die anderen erinnerten an seine unrühmliche Rolle während des Röhm-Putsches vor vier Jahren, und wiederum andere meinten zu wissen, dass sich Suchy dem deutschen Jungen in ganz besonderer Weise verbunden fühlte.

„Was wissen wir bis jetzt?"

„Eigentlich nichts", antwortete Cerny. „Er ist tot aufgefunden worden in seiner Privatwohnung in der Skodagasse, was passend ist, weil Skoda ja Schaden heißt."

„Lass die Gspasettln, Cerny. Wann?"

„Der Anruf ist vor einer Viertelstund' hereingekommen. Seine Haushälterin hat ihn g'funden. Mit durchgeschnittener Kehle."

„Na ja, Selbstmord war das dann wahrscheinlich keiner."

„Gemma?"

„Ja."

Zwanzig Minuten später waren die beiden am Tatort, der bereits von der uniformierten Polizei abgesichert worden war. Sie betraten den Hausflur und begaben sich in den ersten Stock, in dem sich Suchys Wohnung befand. Dort stand die füllige Person der Haushälterin: „Grüß Sie, Herr Inspektor. Doda warat's."

Sie zeigte in Richtung des Wohnzimmers, wo Suchy offensichtlich mit Hingabe einen Persianer vollgeblutet hatte. Die Haushälterin folgte den beiden Männern und schlug die Hände über dem Gesicht zusammen. „Ich scham mi ja so", nuschelte sie. Bronstein konnte die Reaktion der Frau verstehen, denn Suchy lag nackt auf dem Teppich, über und über mit Blut besudelt, das sich auf dem voluminösen Bauch reichlich verteilt hatte, während das verschrumpelte Geschlecht kaum zu erkennen war.

„Ziemlich winzig für jemanden von der Herrenrasse."

„Aber Herr Inspektor, ich muss doch sehr bitten!", fuhr die Zugehfrau empört auf.

„A wos, ein armseliges Gurkerl ist ein armseliges Gurkerl. Wurscht, ob Arier oder Jud", übte sich Bronstein in ausgesuchter Derbheit.

Er wusste selbst nicht, was ihn dazu veranlasste, so zu reden. Aber möglicherweise wollte er auf diese Weise besondere Härte demonstrieren, die ein nicht unwichtiger Schutzpanzer gegen die anwesenden Polizisten sein mochte, mit deren Loyalität es nicht mehr weit her sein würde, wenn sie erst einmal spitzkriegten, dass der ermittelnde Beamte Bronstein hieß.

„Wie heißen Sie überhaupt?", fuhr Bronstein die Frau an.

„Amalie Winter", entgegnete diese.

„Wann haben S' ihn g'funden, und wann haben S' ihn zuletzt g'sehen? Lebend, mein ich."

„Heut um acht. Gestern um sechs."

„Sechs in der Früh oder am Abend?"

„Am Abend. Er hat g'sagt, ich kann gehen, er erwartet noch Besuch, aber um den kümmert er sich selber."

„Ist das öfter vorgekommen, dass er noch Besuch erwartet und sich um den selber gekümmert hat?"

„Eigentlich … schon", druckste die Winter herum.

„Was heißt das genau?"

„Na ja, es hat Besuche gegeben, von denen der gnädige Herr nicht wollte, dass ich etwas davon mitbekomme. Habe ich aber natürlich trotzdem." Dabei lächelte die Winter sphingenhaft.

Bronstein spürte, dass seine Geduld an ihr Ende kam. „Reden S' Tacheles, Frau Winter, sonst gibt's Zores."

„Ja mei, junge Sympathisanten der Bewegung halt. Die sind immer abends gekommen. Und er hat sie unterwiesen in … deutscher Tugend und deutscher Art."

Bronstein warf Cerny einen vielsagenden Blick zu.

„Hat er allein g'lebt, der Herr Suchy?", fragte nun Cerny.

„Der Herr Ingenieur war alleinstehend, ja. Er hat immer gesagt, er ist mit der Bewegung verheiratet."

Bronstein sah sich um. Die Wohnung konnte fraglos als herrschaftlich bezeichnet werden. Sie wies drei große Zimmer und einige Nebenräume auf, die samt und sonders mit pseudogermanischen Devotionalien vollgestopft waren. Bücher gab es kaum, dafür aber jede Menge kitschiger Ölschinken, auf denen Bronstein Parzival, Siegfried und Hagen von Tronje zu erkennen meinte. Über dem Bett hing ein riesiges Gemälde, das mit dem Schriftzug „Kampf um Rom" geschmückt war. Er kramte in seiner Erinnerung und kam zu dem Schluss, dass es hier um die Gotenkönige Totila und Teja ging, die ihre letzte Schlacht gegen die Byzantiner fochten. Auf dem altdeutschen Sekretär lag Hitlers „Mein Kampf", gleich daneben fand sich die Ausgabe des „Völkischen Beobachters" vom Vortag.

„Wer wohnt sonst noch aller in dem Haus?" Bronstein richtete die Frage allgemein in den Raum, während er ein Schild-Imitat betrachtete, das an einer Säule im Salon lehnte, auf der sich ein vermeintlich germanischer Helm mit Hörnern an den Seiten befand.

„Bitte schön, das weiß ich nicht. Ich bin immer nur tagweis' da g'wesen. Aber fragen S' die Hausmeisterin, die weiß das sicher."

15

Na wieder einmal eine Hausmeisterin, dachte Bronstein und seufzte leise. „Weißt was, nimm die Personalien von dieser Winter auf, ich geh derweil zur Hausmeisterin. In so was hab ich ja schon Erfahrung." Sprach's und verließ die Wohnung.

Gleich beim Haustor wurde er fündig. Er klopfte. Nichts tat sich. Er klopfte abermals. Endlich kam ein schlurfendes Geräusch aus der Wohnstatt. „Momenterl, Momenterl, ned so gach. I bin eh scho do."

Quietschend wurde die Tür geöffnet. Eine bemerkenswert fade Person blickte neugierig auf Bronstein.

„Sind Sie die Hausmeisterin da?"

„Na, i bin da Hausherr. Drum wohn i a in dem Loch do und ned in der Beletage. ... Sie kennan Fragen stellen! Oba guat, dass die Heh ned immer ganz auf der Heh is, des waaß ma eh."

„Woher ..."

„... i waaß, dass Sie a Kieberer san? Na weil S' den Kinderverzahrer durt oben g'mocht ham. Oiso kräut do jetzt die Heh umanand. Is ja logisch, oder?"

„Tja, wahrscheinlich schon. Und wie heißen nachher Sie?"

„Nachher? Sie haaßen sicher ned Kieberer. Oiso stellen S' ihna zerst amoi vur. Daun red i aa."

„Verzeihung, Gnädigste. Wo habe ich nur meine Manieren gelassen?" Bronstein verbeugte sich übertrieben tief. „Oberst Bronstein vom Sicherheitsbüro Wien. Und mit wem habe ich die Ehre?"

„Jedlicka. Ottilie Jedlicka. Na ja, mei Vota hat Otto g'haßen, und der wollt halt immer an Buam, ned. Dazua hot's oba ned g'langt. Oiso bin i a Ottilie wurd'n. Na, aa wurscht. Ollaweu, des warat mei anzige Surg."

Bronstein beging den Fehler, eine Zehntelsekunde zu lange einen fragenden Gesichtsausdruck an den Tag zu legen. Die

Jedlicka fasste dies als Aufforderung auf, ihm ihre Krankenge-schichte zu servieren.

„Des Reißerte hob i. Seit ewig, versteh'n S'! Wasser in die Fiaß, Bluat im Rotz und Papp im Hirn. Schasaugert bin i, hat-schen tua i, und waun i amoi scheißen kau, dann is der Dreck so hoat wia a Zwetschenkern. I huast _n aner Tour, des Schä-delweh is mei anziger Gost, der dafür oba dauerhaft, und waun i den nächsten Winter nu daleb, daun is des a Wunda. Oiso frogen S' mi schnö, weu sunst bin i am End vurher hin, bevur S' fertig san."

Bronstein bemühte sich um ein optimistisches Lächeln: „Aber geh'n S'. Doch ned eine so patente Person, wie Sie es sind. Sie sind doch allerhöchstens Mitte fünfzig."

Der leidende Gesichtsausdruck der Frau changierte augen-blicklich zu furienhaftem Zorn: „Heast, G'füllter! Letzten Okto-ber bin i fuffzig wor'n!"

Bronstein zuckte unwillkürlich zurück. „Na das mein' ich ja", stammelte er. „Sie ... müssen schon entschuldigen. ... Ich hab keine Übung ... in ... mit ..." Er machte auf hilflos und hoffte, damit den Mutterinstinkt der Hausmeisterin zu wecken. Tatsächlich wirkte sie ein wenig besänftigt.

„Na ja, was will man schon erwarten von einem Spinatwach-ter. ... Alsdern, was wollen S' wissen?"

Bronstein war froh, endlich auf vertrautes Terrain wechseln zu können.

„Zuerst einmal, was gibt es über dieses Haus zu sagen? Wer wohnt da so aller? Wem gehört es? Und was gibt es sonst so zu wissen?"

„Also g'hören tut das Haus niemandem."

Der Oberst zog die Augenbrauen hoch. „Niemandem?"

„Na ja, was ich weiß, hat der Suchy keine Erben."

Schon wieder so eine vorwitzige Person. Das schien sich in Wien offenbar nie zu ändern. Alle Hausmeisterinnen waren verkannte Komikerinnen!

„Gut. Das heißt, der Suchy war der Hausherr", resümierte er resigniert. „Woher hat der sich das leisten können? Hat ihm das die Partei g'schenkt oder wie oder was?"

„Hören S', der war als G'schäftsmann ned unerfolgreich. Der hat Rindviecher verdraht. En gros, an diverse Fleischereien. Na ja, hat zu seiner Politik passt. Da hat er's ja auch mit Rindviechern zu tun g'habt."

„Der Suchy war ein Rinderbaron?"

„Aber woher denn! Der hat die Herden irgendwo billig in Rumänien oder in Ungarn z'sammkauft und dann von ein paar Zigeunern nach St. Marx treiben lassen. Dort hat er s' dann an den Meistbietenden verscherbelt. Die Zigeuner haben eam an feichten Nasenrammel kost', und so a Kuh kost' hinter Großwardein aa ned vü mehr. Da zahlt ma das Zehnfache. Auf die Art hat sich der saubere Herr Arier g'sundg'steß'n. Da geht sich weit mehr aus als so ein Haus. Vor allem, wenn ma ka Familie hat."

„Aha, und wann hat er das Haus gekauft?"

„Na, so 1923 oder 1924 wird's g'wesen sein. Wir ham jedenfalls noch in Kronen zahlt. Daran kann i mi no erinnern, weil der alte Hausherr, der was bald drauf g'storben ist, hat gar ned g'wusst, welchen Betrag er da jetzt nehmen soll, ob wir noch bei Milliarden oder schon bei Trilliarden sind. Wissen S' eh, die Inflation damals."

Bronstein nickte.

„Na ja, jedenfalls hat er alle Mieter übernommen. Nur den Itz…, den Ju…, den Mosaischen aus dem zweiten Stock, den hat er außeg'haut. Da is die Wohnung dann lang leerg'standen.

Bis so eine Fotografin oder was die is da einzogen is. Die lebt heut noch da. Des is die Raczek."

Bronstein merkte auf. An irgendetwas erinnerte ihn dieser Name, er wusste nur nicht mehr, woran. Die Hausmeisterin fuhr einstweilen fort: „Ja, die arbeitet für so Magazine und so. Fotos halt, ned wahr. A recht a fesche Person eigentlich, obwohl die sicher aa scho über vierzig ist. Und alleinstehend. Ich glaub ja, die hat's mit andere Frauen, aber ich misch mich da ned ein, ned. Das geht mich ja nix an, was die Parteien so treiben, gell."

Sicherheitshalber nickte Bronstein.

„Gegenüber von der Raczek wohnt die alte Vejvoda. Das ist die Mutter von diesem vaterländischen Schriftsteller da. Wissen S' eh, der diese Dollfußelegien g'schrieben hat. Des Vaterlandes hellster Glanz und so an Schas. Und wisser S' was, der kommt die ned amoi zu Weihnachten b'suchen. Die alte Frau is vollkommen bedient, jammert in einer Tour, was sie für einen Rabensohn hat, und der lasst sich nie anschauen."

Abermals nickte Bronstein.

„Na jedenfalls is die weit über achtzig, und jeder weiß, die macht's nimma lang. Des gilt auch für die Mieter im dritten Stock. Die waren beide schon da, wie ich noch gar ned auf mein' Posten war. Der Matuschek, das is ein pensionierter Beamter, der war irgendwas im Parlament, so was mit Konzepte oder so."

„Konzeptsbeamter", half Bronstein aus.

Die Jedlicka musterte ihn jedoch nur skeptisch. „Kann sein. Konzeptsbeamter", wiederholte sie langsam, „blöder Nam'. Was macht so einer eigentlich?"

„Nix. Aber das ordentlich", erklärte Bronstein lakonisch.

Die Hausmeisterin schien sich bestätigt zu fühlen und ging nicht näher darauf ein. „Ja, der Matuschek muss circa siebzig sein, weil der is 1933 in Pension gangen."

„Sicher? 1933 ist ja das Parlament ausgeschaltet … hat sich
selbst … na, Sie wissen schon, was ich mein'. Vielleicht ist er
da einfach nur …"

„Nein, nein, der is vorher in Pension gegangen. Weil wir
noch g'witzelt haben, siehst, jetzt, wo der Matuschek in Pension is, jetzt müssen s' den Laden gleich ganz zusperren."

Diese Argumentation war einleuchtend, befand Bronstein.

„Gegenüber vom Matuschek wohnt der Frank. Der g'hört
auch zu die Nazis. Is ein alter Spezl vom Suchy. Ich glaub, der
hat dem Suchy damals auch g'sagt, dass das Haus da zum Ver-
kauf steht. Der Frank war irgendwas beim G'richt. Anwalt
oder so. Aber ned sehr erfolgreich. Der war dem Suchy immer
wieder einmal den Zins schuldig, weil er kein Geld hat. Dafür
hat er's am Beuschel. Der is noch mehr bedient als die Vejvoda
und ich z'samm."

„Die wohnen auch beide allein?" Bronstein begann sich zu
wundern, dass hier offenbar nur Junggesellen und alleinstehen-
de Damen lebten.

„Dem Matuschek ist letztes Jahr die Frau wegg'storben.
Schwindsucht hat's g'heißen. Ja mei, wird stimmen, gelt. So,
wie die immer g'hustet hat. Die hat wahrscheinlich eh der Frank
ang'steckt. Oder umgekehrt. Je nachdem. Und dem Frank is die
Alte 1928 oder so abpascht, weil er's immer trickert hat. Seitdem lebt er allein da und verfallt."

„Und im letzten Stock?"

„Da wohnen links die Lehner und rechts die Stadler. Der
Stadler hat die Friedhofsgärtnerei am Matzleinsdorfer Fried-
hof, da bei der Triester Straße draußen. Is auch ein strammer
Nazi. Den sein Bub heißt Dankwart, stellen S' Ihnen das vor.
Sie is so eine etwas angejahrte Femme fatale. Früher war die
eine fesche Gretl, wie man so schön sagt. Jetzt is s' aber auch

schon 45, und a bissl aus dem Leim is s' gangen, die Grande Dame, ned wahr. Na kein Wunder, der Herr Gemahl is ja nie da, daher sitzt sie dann zu Haus und stopft sich mit Mehlspeisen voll. Vor allem, seit der junge Herr Stadler flügge geworden is. Der hat vor zwei Jahren g'heiratet. Nach Linz. Der lebt jetzt dort, und daher hat die Frau Mama nix mehr zu tun."

Bronstein fand, es war wieder einmal Zeit für ein Nicken.

„Und die Lehner, die haben das Friseurg'schäft da vorn in der Lange Gasse. Er schneid't die Haar, sie macht Waschen und Legen. Und das Madl macht die Buchhaltung und des Zeugs. Fesch is s', die Kleine. Sechzehn is s' worden zu Weihnachten. Die geht in so eine Handelsschul' oder wie das heißt."

„Im ersten Stock, da wohnte doch nicht nur der Suchy, oder?"

„Doch. Nur er."

Bronstein war erstaunt. „Aber ich hab doch zwei Wohnungstüren g'sehen."

„Ja, das sind auch zwei Wohnungen. Aber beide g'hören ihm. In der einen hat er g'wohnt. Und in der anderen .. , na, das werden S' schon selber rausfinden." Dabei grinste die Jedlicka anzüglich.

„Sie haben ihn zu Anfang Kinderverzahrer g'nannt. Hat es vielleicht damit etwas zu tun?"

„A Blitzgneißer! San Sie ned zu g'scheit für die Kieberei?" Der Sarkasmus in ihrer Stimme war nicht zu ignorieren. Bronstein bemühte sich dennoch darum.

„Was meinen Sie damit genau? Empfing Suchy hier kleine Buben oder was?"

„Na offiziell hat das nationalpolitische Erziehung g'heißen. Das hat mir die Winter, die was seine …"

„Zugehfrau, ich weiß."

Jedlickas Blick durchbohrte Bronstein förmlich, und die Frau nahm eine drohende Haltung ein.

„… die Winter, die was seine Zugehfrau war", wiederholte sie knurrend, „erzählt. Da hat er die ausg'fragt nach Odin und Thor und dem ganzen Zeugs. Und wenn s' ned g'wusst haben, wer für was zuständig is, dann hat er sie übers Knie g'legt und verdroschen. Dabei soll er immer einen derart hochroten Plutzer g'habt haben, dass man glauben möcht, der hat sich aufgeilt dran."

„Woher wissen S' das mit dem Plutzer?"

„Des haben mir die Buben selber erzählt. Die kommen immer zu mir auf ein Zuckerl, bevor s' zum Alten müssen. Die sind eh immer so verängstigt, gell. Weil irgendeinen Grund find't der immer. … Das heißt … jetzt nimmer. Aber bisher schon."

„Und was sind das für Buben? Wieso sagen die Eltern da nichts?"

„Das is es ja. Das sind die Kinder von lauter Arbeitslose und Verwahrloste, ned. Die Eltern waren froh, dass s' die Gschrappn a Zeit lang loswaren. Die haben keine Fragen g'stellt. Und außerdem hat der Suchy ihnen einen Schilling zahlt für jedes Mal, wo's die Buam vorbeig'schickt haben."

Bronstein pfiff durch die Zähne. Eigentlich war dieses Verhalten kriminell, und eigentlich war es ein Fall für die Fürsorge. Aber das ging ihn nichts an. Vorerst jedenfalls.

„Und haben S' heute irgendetwas g'hört oder g'seh'n? In Bezug auf den Suchy, mein' ich."

„Na, ned dass i wissert. Ganz ruhig war's. … Obwohl – gestern am Abend waren noch zwei Herren bei ihm. Jung und schneidig. Solche SA-ler. Die sind so gegen zehn gangen. Ich weiß das noch, weil s' mich rauspumpert haben, damit ich ihnen das Haustor aufmach."

Das war ein nicht uninteressanter Punkt. Zumal der Todeszeitpunkt Suchys ja noch nicht feststand. Vielleicht waren die beiden Männer ja die Mörder. „Warum hat die der Suchy nicht selbst rausgelassen, frage ich mich."

„Dafür war sich der viel zu gut. Glauben S', der geht da das eine Stockwerk runter? Nein, für das war immer ich zuständig."

„Immer? Ist das öfter vorgekommen?"

„Sicher. Vor allem in letzter Zeit. Na ja, die scharren ja schon alle in den Startlöchern, ned wahr! Und daher hat der Suchy zuletzt fast jeden Tag B'such g'habt. Der eine von die zwei, der war eh schon ein paar Mal da. Der ist, glaub ich, ein hohes Viech bei der HJ oder so."

„Das heißt, Sie würden ihn wiedererkennen?"

„Na sicher. Und wia aa no!"

„Gut. Und ab zehn war dann Ruhe?"

„Was ich weiß, schon. Ich bin ja dann bald schlafen gegangen, ned. Und um fünf bin ich wieder auf, dann hab ich das Haustor aufg'sperrt, später bin ich dann um die Milch gangen, dann hab ich g'frühstückt, und dann hat die Winter eh schon ihr'n Qua-Schrei loslassen."

„Und da haben Sie dann was gemacht?"

„Na, zuerst hab ich mir die Bescherung ang'schaut, dann hab ich der Winter g'sagt, sie soll in der Wohnungstür warten, und hab Sie g'rufen. Der Suchy hat ja ein Telefon g'habt in der Wohnung. Von dort hab ich's g'meldet."

„Frau Jedlicka, verbindlichen Dank. Sie haben mir sehr geholfen."

Er nickte der Frau leicht zu und ging dann langsam zurück in den ersten Stock. Dabei überlegte er, ob er es ernsthaft in

Erwägung ziehen sollte, dass einer der Hausbewohner den Mord begangen haben könnte. Angesichts der Informationen, die er erhalten hatte, schloss er eine solche Möglichkeit eigentlich aus. Nur der Name Raczek ging ihm nicht aus dem Kopf. Irgendwie war ihm der schon einmal untergekommen, er konnte sich nur nicht daran erinnern, in welchem Zusammenhang. Es musste lange her sein, sagte er sich schließlich.

Und doch hatte ihn die Neugier gepackt. Er hielt im ersten Stock nicht inne, sondern ging weiter in den zweiten. Linker Hand stand in schnörkeliger Schrift „Vejvoda". Er wandte sich also nach rechts und klopfte.

Eine schlanke Blondine öffnete, die nicht nach Mitte vierzig aussah. Sie hatte strahlend weiße Zähne, obwohl sie rauchte, wie Bronstein am qualmenden Aschenbecher, der hinter der Frau auf dem Küchentisch stand, erkennen konnte. Einen Moment lang wirkte die Frau irritiert, dann huschte ein Lächeln über ihr Gesicht.

„25 Jahre."

Bronstein war verwirrt. „Wie bitte?"

„25 Jahre. So lange ist das jetzt schon her."

„Was?"

„Dass wir uns zuletzt gesehen haben. Du bist doch der Kieberer aus der Urania. Hast dich überhaupt ned verändert."

Endlich fiel bei Bronstein der Groschen.

„Jössas! Capri! Der Lichtbildervortrag! Das Fräulein Johanna." Er strahlte wie ein kleines Kind.

„Genau. Das Fräulein Johanna. Capri. Und das Geheimnis des Nil. Und auf den Spuren der alten Kreter. Und noch so ein paar G'schichten. Ich hab mich schon richtig an dich g'wöhnt g'habt. Und dann bist auf einmal nimmer kommen."

„Ja. Im August 14. Und dreimal darfst raten, warum."

„Bist du leicht auch eing'rückt? Ich hab g'laubt, Kieberer sind unabkömmlich."

„Eh. Aber ich Trottel hab mich freiwillig g'meldet."

Die Raczek machte eine mitfühlende Miene. „Die Volkshochschul' wär wahrscheinlich lustiger g'wesen, was?"

„Wem sagst du das. Aber hinterher is ma immer g'scheiter."

Der Satz wurde von einem Nicken der Raczek beantwortet.

„Mei, dass ich dich hier treff, das verschlagt mir glatt die Red'", bemühte sich Bronstein, die Konversation in Gang zu halten. „Und du bist immer noch so fesch wie damals – also falls ich das überhaupt sagen darf." Er sah schüchtern zu Boden.

„Komplimente darf man mir immer machen", lachte die Raczek, „aber komm doch erst einmal rein. Magst was trinken? Einen Kaffee vielleicht?"

„Da sagert ich nicht nein."

Bronstein folgte der Raczek in ihr Reich. Offenbar konnte man von der Fotografie ganz gut leben, denn die Wohnung war beinahe so groß wie jene von Suchy, wenn auch mit wesentlich mehr Geschmack eingerichtet. „Schöne Bilder", sagte er, während er hinter der Raczek herging, „sind die alle von dir?"

„Gar keines", lachte sie, „das sind alles Werke von Kollegen. Das da zum Beispiel", abrupt blieb sie stehen, „ist von der Modotti. Die ist aus Ferlach in Kärnten. Karriere g'macht hat's aber drüben in den Staaten. Und das", sie deutete auf eine andere Fotografie, die gleich daneben hing, „ist von Moholy-Nagy. Der hat einige Zeit in Wien gelebt, bevor er nach Berlin gegangen ist. Aber du siehst, er hat es mir persönlich signiert." Dabei lächelte sie. „Warte, da drüben habe ich noch einen Koppitz. Von dem habe ich einiges gelernt auf der Graphischen damals."

Bronstein bemühte sich um einen anerkennenden Pfiff. „Du hast es weit gebracht, Johanna. Alle Achtung."

„Na ja, das war nicht leicht. Und es wäre mir wahrscheinlich auch nicht gelungen, wenn das 18er Jahr nicht gewesen wär. Danach hatte man es als Frau eine Zeit lang ein wenig leichter als zuvor und heutzutage."

Sie waren in der Küche angelangt, und die Raczek begann an ihrer Kaffeemaschine herumzuhantieren.

„Aber sag, wie ist es dir all die Jahre ergangen?"

„Na ja, einmal Kieberer, immer Kieberer. Nichts B'sonderes also."

„Und, hast du Frau und Kinder?"

„Leider nein. Du aber auch nicht, wie ich höre."

„Ach so, da erkennst mich erst gar nicht, und dann weißt, dass ich nicht verheiratet bin und keine Kinder habe?"

Bronstein setzte zu einer Erklärung an, doch die Raczek winkte nur ab: „Die Jedlicka, ich weiß schon." Und wieder ihr bezauberndes Lächeln. Bronstein konstatierte, dass man ihr ihre 42 Lebensjahre in keiner Weise ansah. Ihr Körper wies dieselbe Grazie wie damals in der Urania auf. Höchstens, dass er vielleicht ein wenig vollendeter wirkte als dazumal. Doch ihr Gesicht hatte nicht das kleinste Fältchen, und ihre Augen waren immer noch so wachsam und wissbegierig wie bei der ersten Begegnung. Bronstein ertappte sich bei dem Gedanken, es zu bedauern, den Kontakt zur Raczek nach dem Krieg nicht wieder aufgenommen zu haben. Aber in jenen Tagen war alles so schnell gegangen, und ehe er es sich versehen hatte, war er mit Jelka im Bett gelandet. Und danach war er primär damit beschäftigt gewesen, ebendieser nachzutrauern. Da war keine Zeit, an ein lernwilliges Stubenmädel zu denken. Außerdem hätte er auch gar nicht gewusst, wo er hätte suchen sollen. Das wäre bei Marie Caroline schon leichter gewesen, die wohnte heute noch in der Residenz der Familie Ritter, wie er aus guter Quelle wusste. Ihre Eltern waren in ihre Villa nach Kierling gezogen, und so hatte das einzige Kind die Wiedener Bleibe für sich reklamiert.

„Was lachst denn?"

Bronstein blickte überrascht auf und sah in das neugierige Gesicht der Raczek.

„Ach so, na, nix. Ich hab nur grad an früher denken müssen."

„Fakt?"

„Ja. Als ich dich kennengelernt hab, da hatte ich mich gerade von meiner damaligen … nun … Begleiterin getrennt gehabt. Und an die hab ich jetzt denken müssen. Die ist schon seit fünfzehn Jahren verheiratet, hat zwei Gschratzen am Hals und wird immer dicker."

„Na, da ist dir ja was erspart geblieben."

„Ja, wirklich. Die hat ned zu mir passt, weißt. Die war was Besseres. Und so hat sie auch in die allerhöchsten Kreise eingeheiratet. Einen Offizier, der keinen einzigen Tag an der Front war. Ned sonderlich gebildet, ned wirklich vif, aber offenbar recht bauernschlau, der Herr Generalleutnant."

„Generalleutnant! Na, da kommandiert der ja das halbe Bundesheer, was?" Die Raczek lachte herzerfrischend.

„Nicht wirklich. Sektionschef im Ministerium ist er, der Ségur-Cabanac. Aber natürlich mit ausgezeichneten Verbindungen. Kein Wunder, bei dem Namen!"

„Alter Adel?"

„Das auch. Aber der Vater war schon eine große Nummer im Kriegsministerium der Monarchie, und der ältere Bruder war seinerzeit Finanzminister."

„Ach ja, ich erinnere mich dunkel. Aber der ist schon tot, oder?"

„Ja, ein echtes Vorbild für alle anderen Finanzminister." Dabei zwinkerte Bronstein rasch mit dem rechten Auge.

Markantes Gurgeln zeigte an, dass der Kaffee nun servierfertig war.

„Milch und Zucker?"

„Ja. Beides."

Die Raczek stellte zwei Tassen auf den Tisch und setzte sich dann nieder. Wie selbstverständlich ergriff sie Bronsteins Hand. „Du bist sicher nicht wegen der alten Zeiten gekommen? Also warum bist du da?"

„Deinen Hausherrn haben s' um die Ecken bracht."

„Den Suchy? Na, servas. Das hätt ich mir jetzt ned denkt. Wer und wieso?"

„Genau das herauszufinden ist mein Ressort da."

Die Raczek nickte.

„Also, …" Bronstein suchte nach der richtigen Anrede.

Der Raczek entging sein Zögern nicht. „Nenn mich Asia, so nennen mich meine Freunde."

In Bronsteins Blick zeigte sich Dankbarkeit. „Also, Asia, was kannst du mir über den Suchy sagen?"

„Nicht viel eigentlich. Ich hab ja gleich nach dem Krieg alles hing'schmissen und hab zu studieren begonnen. Zuerst an der Graphischen und dann an der Kunstgewerbeschule. Da hab ich natürlich vom Fensterkitt gelebt, aber dann hab ich die ersten Fotoaufträge bekommen, und bald konnte ich von denen ganz gut leben. Der Vorteil von Fotos ist natürlich, dass du sie überall verkaufen kannst. Da brauchst keine Übersetzungen oder so, und daher hab ich mich bald nach einer repräsentativen Wohnung umg'schaut. Durch einen Zufall bin ich auf die da gestoßen, die damals überraschend billig war."

„Und weißt auch, warum?"

„Mittlerweile ja. Weil da ein Mann g'wohnt hat, in dem der Suchy einen Juden gesehen hat. Drum hat er dem gekündigt. Und ich hatte das Glück, dass der Suchy die Wohnung gleich wieder anbringen wollt und keine wirkliche Ahnung hatte, wie viel er dafür verlangen kann. Sonst hätt ich mir das damals eh nicht leisten können."

Jetzt nickte Bronstein.

„Und, na ja, mit dem Suchy hab ich so ja nix zu tun gehabt. Den hast auch kaum einmal zu Gesicht bekommen. Aber du hast natürlich G'schichten g'hört."

„So? Welche denn?"

„Na ja, einerseits natürlich die über sein Nazitum, nicht wahr, und andererseits solche, wonach der Suchy ..., na ja, ... es halt mit kleinen Buben hat. Aber ob das stimmt, darfst mich nicht fragen. Ich hab so etwas nicht bemerkt, allerdings hab ich mich auch nicht dafür interessiert. In meiner Position bist von Haus aus skeptisch, wennst solche Gerüchte hörst."

„In deiner Position?"

„Ich habe mir damals die Wohnung nur leisten können, weil eine Mitschülerin von mir auch eingezogen ist. Die Magda. Und da hat's natürlich sofort g'heißen, wir zwei seien lesbisch. Das war natürlich ein unglaublicher Topfen, weil die Magda war ja mit ihrem Paul zusammen. Aber das war den Klatschmäulern im Haus natürlich vollkommen egal, denen hat das taugt, dass sie sich das Maul zerreißen können. Und angesichts solcher Erfahrungen fragst du dich dann natürlich, ob die anderen G'schichten nicht auch bloß Hirngespinste sind."

„Ja, das verstehe ich."

„Eben. Aber auch wenn das nicht stimmt, der Suchy war auf jeden Fall ein unguter Kerl. Ein richtig fanatischer Nazi. Der war so von seinem Hass zerfressen, dass du dir gedacht hast, jetzt zerreißt's ihn gleich."

„Ja, das kann ich mir vorstellen."

„Manchmal sind er und der Frank, der wohnt da im 3. Stock oben, auch so ein hundertprozentiger Hitlerjünger, im Stiegenhaus z'sammg'standen, und was die da so von sich gegeben haben, da ist dir direkt die Ganslhaut aufg'rennt. Jedes zweite Wort war ausrotten, vernichten, auslöschen und so Sachen."

„Sag, Joh… – Asia, hast gestern etwas mitbekommen? So auf d' Nacht?"

Die Raczek schüttelte den Kopf. „Gestern war ich mit der Magda und dem Paul in der Innenstadt. Wir waren auf einer Vernissage von einer Kollegin, und dann sind wir noch zum Smutny gangen. Is spät worden. Und drum wollt ich nicht nach Hause gehen, weil da hätt ich die Jedlicka rausläuten müssen, und die macht immer ein Mordstrara, wenn man nach zehn nach Hause kommt. Dabei kriegt s' eh den Sperrschilling dafür, aber sie tut, als tät man sie auf die Galeeren schicken."

Bronstein setzte eine Verständnis signalisierende Miene auf.

„Na ja, jedenfalls hab ich dann gleich bei der Magda übernachtet und bin heut gegen sieben heim. Ich hab mich eh noch g'wundert, was da für ein Auflauf ist, aber ich hab mir gedacht, mich geht's ja nix an."

„Ja, das versteh ich. Für mich ist das aber blöd. Weil ich hab natürlich gehofft, in dir eine Verbündete in dieser Sache zu haben." Dabei bemühte sich Bronstein um ein Lächeln.

„Tja, da kann ich dir leider nicht helfen. Aber vielleicht woanders."

„Woanders?"

„Na ja, ich könnt ja deine Bildung wieder ein bissl auffrischen. Weißt eh, die Urania steht noch." Das Lächeln der Raczek war umwerfend. Bronstein spürte Verlegenheit in sich aufkommen.

„Du meinst …"

„Sicher! Warum nicht. Schau, am Montag ist ein Vortrag über Japan. Das wär doch was. Da kommst einfach vorher zu mir auf einen Kaffee, und dann geh ma gemeinsam rüber. Was sagst?"

Bronsteins Gesichtsausdruck ähnelte dem eines Kindes, das vor dem Christbaum steht. „Für … Japan … hab ich mich immer schon … sehr interessiert", brachte er mühsam hervor.

Die Raczek grinste. „Sicher, du alter Schlawiner. Aber es ist nie zu spät, sich mit Neuem zu konfrontieren. … Also gilt's, am Montag um fünf bei mir."

Bronstein nickte und kämpfte dabei gegen die Trockenheit in seinem Mund an.

„Fein. Dann viel Erfolg bei … der Sache da. Obwohl ich mir nicht sicher bin, ob der, der den Suchy g'macht hat, ned eher einen Orden als eine Verhaftung verdient. Aber bitte, das ist ned meine Sache, ned."

Bronstein nickte abermals, rang immer noch mit der Trockenheit in seinem Mund und garnierte dieses Tun mit einem extrem einfältigen Gesamteindruck.

Die Raczek sah ihn durchdringend an und wartete. Endlich kapierte Bronstein.

„Ich muss … dann mal wieder. … Der Fall … vernehmen … die Leute …, du weißt schon. Bis Montag dann. … Ich freu mich."

Die Raczek zeigte eine gütige Miene und erinnerte dabei an eine Lehrerin, die sich darüber freute, dass auch ihr Problemschüler einmal etwas richtig gemacht hatte. „Genau. Ich mich auch. Bis dann, gelt."

„Ja." In unendlicher Langsamkeit erhob sich Bronstein und schlich rückwärts Richtung Tür.

Die Raczek war ebenfalls aufgestanden und folgte ihm. „Auf Montag." Sie klopfte ihm mit der flachen Hand auf die Brust, was in ihm augenblicklich wohlige Schauer erzeugte. Dann öffnete sie die Tür, und einen Wimpernschlag später fand er sich auf dem Gang wieder.

Er brauchte geraume Zeit, um sich wieder auf den Fall als solchen zu konzentrieren. Die Johanna! Mei, das wäre eine Partie gewesen. Damals. Und eigentlich auch noch jetzt. Aber die war definitiv viel zu gut für ihn alten Deppen. So, wie sie damals viel zu gut für den jungen Deppen war, der er damals gewesen. Unwillkürlich seufzte er. Und er ahnte, dass er auch in der folgenden Nacht schlecht schlafen würde. Denn war er erst einmal allein in seiner Wohnung, würden seine Gedanken um nichts anderes als um sie kreisen. Na ja, und um sein verpfuschtes Leben. Aber das war ja tägliche Routine, das fiel also weiter nicht ins Gewicht. Doch jetzt war er im Dienst. Also hatte er gefälligst zu ermitteln.

Er ordnete sein Gewand und kam zu dem Schluss, die anderen Hausparteien doch noch zu befragen. Mochte auch niemand von denen für die Tat in Frage kommen, so war es doch möglich, dass irgendjemand eine Beobachtung gemacht hatte, die ihm in dem Fall weiterhelfen konnte. Und da er sich nun schon einmal in Johannas Stockwerk befand, konnte er gleich mit der alten Vejvoda beginnen. Er querte den Gang und klopfte.

Es brauchte eine gute Weile, ehe ihm die Tür aufgetan wurde. Unwillkürlich erschrak er. Die alte Vejvoda würde die Volksabstimmung nicht mehr erleben, dachte er, so wie sie aussah.

Die ausdruckslosen Augen lagen tief in den Höhlen, der ganze Kopf wirkte wie ein Totenschädel, von dem noch ein paar vereinzelte Haare abstanden. Die lederne Haut erweckte trotz der zahlreichen Falten den Eindruck, als stünde Bronstein einer dieser Mumien gegenüber, die man in Brünn und Klattau besichtigen konnte, und dieser Eindruck wurde durch die extreme Unterernährung der Frau unterstrichen. Auf kaum jemanden schien der Ausdruck „Haut und Knochen" mehr zu passen.

Der Vejvoda war offenbar Bronsteins Schrecken nicht entgangen. „Ja", sagte sie beinahe tonlos, „ich pflege diesen Eindruck auf Personen zu haben, die meiner zum ersten Mal ansichtig werden. Aber keine Sorge, junger Mann, ich bin nicht ansteckend. Das heißt, nur wenn Sie auch so einen Rabenbraten in die Welt gesetzt haben wie ich, Gott sei's geklagt. Der Franz bringt mich noch ins Grab. Und dass ich noch leb, das ist eigentlich nur dem Umstand geschuldet, dass ich diesem missratenen Parvenü genau diesen Gefallen nicht machen will."

Bronstein wusste nicht, was er sagen sollte.

„Aber entschuldigen Sie bitte", fuhr die Vejvoda fort, „da überfalle ich Sie gleich mit den Beschwernissen, die einer armen Mutter von ihrem undankbaren Sohn zugefügt werden, und stelle mich nicht einmal vor. Amalie Vejvoda, bitte schön. Und mit wem habe ich die Ehre?"

„Oberst Bronstein. Polizeidirektion Wien", replizierte er knapp.

„Hat er sich jetzt auch gegenüber der Gesellschaft versündigt, der Franz?", fragte sie.

„Nein …, zumindest nicht, dass ich wüsste. Frau Vejvoda, ich bin von der Mordkommission, und ich muss den Tod Ihres Hausherrn untersuchen."

„Der Herr Suchy …"

„… ist tot, jawohl. Und er ist keines natürlichen Todes gestorben, das steht fest. Daher müssen wir jetzt die in solchen Fällen üblichen Schritte setzen. Und einer davon ist, die übrigen Hausparteien danach zu fragen, ob sie vielleicht etwas gehört oder gesehen haben, wissen Sie, Frau Vejvoda."

Die alte Frau starrte scheinbar ausdruckslos ins Leere.

„Der … ist echt … vor mir … Also das … hätt ich mir … ned gedacht." Sie brauchte eine Weile, um sich zu fassen. „Aber wollen Sie nicht reinkommen, Herr …"

„… Bronstein."

„Genau. Wollen S'?"

„Danke, gnädige Frau. Da sag ich nicht nein."

Er betrat ein verhältnismäßig geräumiges Vorzimmer, das schief gegenüber der Tür eine kleine Ausbuchtung mit einem Fenster aufwies, unter dem sich ein kleiner Tisch befand.

Die Vejvoda bot Bronstein mit einer Geste ihrer rechten Hand Platz an. „Wollen S' vielleicht eine Erfrischung, Herr …"

„… Bronstein."

„Genau. Wollen S'?"

„Wenn S' vielleicht ein Glaserl Wasser hätten? Das wäre nett."

„Bitte schön. Kommt sofort." Die Frau begab sich in ihre Küche, was Bronstein Gelegenheit bot, sich ein wenig im Vorzimmer umzusehen. Es war übersät mit Fotografien eines Mannes in vordergründig tragischen Posen, und Bronstein war sich sicher, dass es sich dabei um den Dichterfürsten handelte. Er konnte nicht behaupten, sonderlich viel über Franz Vejvoda zu wissen. Einerseits war er kein Freund der Lyrik, andererseits war Vejvoda ja erst im Ständestaat zu Ruhm und Ehre gelangt. „Uns sei hienieden ewiglich Dein Glanz beschieden." An diese Zeile konnte er sich noch erinnern, denn dafür hatte Vejvoda den Staatspreis erhalten. Also nicht bloß für diese paar

Worte, sondern für ein gesamtes Poem, das Dollfuß und seine Herrschaft verherrlicht hatte. Als Bronstein seinerzeit dieses „Gedicht" in der „Wiener Zeitung" unter die Augen gekommen war, hatte er nicht gewusst, ob er nun lachen oder weinen sollte, denn derart schwülstige Emanationen erwartete man üblicherweise allenfalls von einem Pubertierenden, doch keinesfalls von einem gestandenen Mannsbild. Keine Frage, dass Vejvoda dann auch noch Wälder auf Felder, Sonne auf Wonne und Siegeskranz auf Patronanz gereimt hatte. Doch dies war nun juristisch kein Verbrechen, zumindest keines, für das er zuständig wäre.

„Ja, so feingeistig sieht er aus. Dabei ist er eine Natter, die ich an meinem Busen genährt habe." Die Vejvoda war aus der Küche zurückgekehrt und legte alle Verachtung, zu der sie fähig war, in ihre Worte.

„Das ist wirklich sehr bedauerlich, verehrte gnädige Frau", bemühte sich Bronstein um Mitgefühl.

„Aber setzen Sie sich doch, Herr …"

Langsam wurde das Spiel langweilig. „Bronstein", knurrte er.

„Genau", sagte sie ungerührt, „nehmen S' Platz."

Und dann, nachdem sie sich selbst auf den zweiten Stuhl verfügt hatte: „Ich kann Ihnen leider gar nicht helfen. Ich gehe immer sehr früh zu Bett, müssen S' wissen. Ich bin ja immer so müde. Und in meinem Alter …, was soll man da schon mit seinen Abenden anfangen, nicht wahr. Bitte schön, hie und da lege ich mir eine Patience, vielleicht füll ich mitunter auch einmal ein Kreuzworträtsel aus, damit ich nicht ganz verblöd, oder ich hör mir im Radio eine Symphonie an. Aber das war's dann auch schon wieder, gelt. Als alte Vettel, da hat man nicht mehr viel vom Leben. Vor allem, wenn man mit so einem … Rabenbraten … gestraft ist! Wissen S', der Franz, der war immer schon ein Tunichtgut. Hat so auf Boheme g'macht, dabei war er immer nur unendlich faul, der Haderlump, der."

„Wissen Sie, Frau Vejvoda …" Bronstein kam nicht dazu, die Mutter von ihrem Thema abzubringen, denn diese hatte sich schon in Rage geredet.

„Mich hat er immer nur dann gekannt, wenn er wieder Geld gebraucht hat, der Falott! Hat nichts Anständiges gelernt und immer von der Hand in den Mund gelebt. Dann war er auf einmal so ein Zeitungsschmierer, der feine Herr. Bei so einem Boulevardblatt, das mein Seliger nicht einmal mit der Kneifzange …, direkt genieren hat man sich müssen. Sehen S', da, das Foto. Da sieht man ihn in der Redaktion von diesem Schund…, aber es nützt ja nix. Was rege ich mich auf! Es hat ja alles keinen Sinn."

„Äh, Frau Vejv…"

„Und dann kommt er auf einmal daher und sagt, er wird Dichter. Sie können sich vorstellen, wie wir da dreing'schaut haben. Ich meine, der kann ja nicht einmal richtig rechtschreiben, nicht wahr!"

„Nun …"

„Na, und da hat er dann natürlich auf einmal wieder g'wusst, wo wir zu Hause sind, nicht wahr! Natürlich, Geld hat er gebraucht. Damit er seinen Ramsch drucken lassen kann. Weil ein Verlag hat diesen Unsinn ja nicht gedruckt."

Urplötzlich schnellte die Alte hoch und eilte mit einer Geschwindigkeit, die Bronstein ihr nie zugetraut hätte, in ein angrenzendes Zimmer. Eine Minute später kam sie mit einem schäbigen Gedichtband zurück.

„Da. Das hat er damals g'schrieben. ‚Lilien am Feldesrand' hat er's genannt. Im 27er Jahr ist es erschienen. Auf eigene Kosten ediert. Angeblich hat er 66 Stück davon verkauft. Aber da hat er wahrscheinlich um zwei, drei Dutzend übertrieben."

„Das ist ja sehr interessant, Frau …"

„Gelt? Eben! Hören Sie sich das an: ‚Es war zur Mittags-stunde, da kam die Kunde, dass sie fortgegangen war. Er saß allein in seiner Kammer, spürte Schmerz und Leid und Jammer und raufte sich voll Not sein schwarzes Haar.' Ich mein', auf so einen Schwachsinn muss man erst einmal kommen, nicht wahr! Ich hab g'wusst, dass dieses neue System nichts taugt, als es diesen Hanswurst ausgezeichnet hat."

„Apropos System …"

„Aber gut, die gehen jetzt ohnehin alle baden. Und der Franzl, der … na, der wird sich wieder irgendwie durchlavieren. Durch-trieben, wie der ist. Wenn er sonst nichts kann, das kann er, die Rotzpipp'n, die freche. Ich kann es schon förmlich sehen: Uns sei hienieden, oh Führer, nur Dein Glanz beschieden. Damit kommt er bei den Nazis auch durch, das sag ich Ihnen."

„Weil wir grad vom Führer …"

„Sie wissen, was immer oben schwimmt, gelt? Das ist er! Genau das! Aber wenn es eine höhere Gerechtigkeit gibt, bei Gott, dann schmort der eines Tages in der Hölle. Und dann wird er vielleicht daran denken, was er seiner armen, alten Mutter angetan hat, der seelenlose Kerl, der."

„Suchy!"

Bronstein erschrak selbst ob der Lautstärke, zu der er gegrif-fen hatte. Doch anders, so befand er, war die Alte nicht mehr zu bremsen gewesen. In der Tat erschrak die Vejvoda so, dass sie das Buch fallen ließ und zusammenzuckte.

„Was schreien S' denn so, Herr …"

„Bronstein! Und es tut mir von Herzen leid, was Ihr Sohn Ihnen angetan hat. Aber jetzt müssen wir endlich weiterkom-men, verstehen S'. Ich hab noch fünf Parteien vor mir und nicht den ganzen Tag Zeit." Bronstein stieß gepresst Luft aus und fühlte sich unwohl. Doch er wusste nicht, wie er die Situation sonst hätte bereinigen können.

„Ist ja schon gut, deswegen brauchen S' ja nicht gleich den ganzen Bezirk zusammenschreien! Alsdern, was wollen S' wissen, Herr ...“

„Liebe Frau, jetzt reicht's aber! Ich ...“

„Ja, es tut mir ja eh leid, aber ich kann mir nun einmal keine Namen merken. Das konnt ich noch nie. Immer dann, wenn ich mir endlich den Namen von einem Bundeskanzler g'merkt hab, war er schon wieder weg. Das ist ein Fluch, sag ich Ihnen. Jetzt weiß ich grad einmal, dass der jetzige Suschnik oder so ähnlich heißt, jetzt ist der auch wieder Geschichte. Und damit Sie's gleich wissen, den Schnauzer da vom Suchy, den merk ich mir auch net.“

„Wen, den Hitler?“ Bronstein kam aus dem Staunen nicht heraus.

„Genau. Wozu auch? Übers Jahr ist der auch perdu. Also zahlt es sich nicht aus.“

„Aber Gnädigste, der Mann hat vor, ein tausendjähriges Reich zu errichten“, formulierte Bronstein nicht ohne Ironie.

„Tausend Jahre? Vielleicht tausend Tage. Aber selbst das ist unwahrscheinlich!“

„Ah so? Wieso denn das?“ Bronstein wurde neugierig.

„Na hören Sie sich nur an, was der alles verspricht! Arbeit, Wohlstand, Weltgeltung! Wie will er das denn anstellen? Der kocht wie alle anderen Politiker auch nur mit Wasser. Und Wunder, die gibt's nur in der Heiligen Schrift. Auf Ja und Nein werden die Leute draufkommen, dass der sie auch nur an der Nase herumführt, und dann ist's auch schon wieder vorbei mit dem Dritten Reich. Das sag ich Ihnen.“

„Ihren Optimismus möcht ich haben“, entfuhr es Bronstein.

„Was heißt da Optimismus", replizierte die Alte bitter, „eine Katastrophe wird das werden. Fallt Ihnen nicht auf, wie alles zugrunde geht? Das ist die Apokalypse! Wissen Sie, was bei Matthäus steht? ,Es wird aber ein Bruder den anderen zum Tod überantworten, und der Vater den Sohn, und die Kinder werden sich empören wider die Eltern und ihnen zum Tode helfen.' Das kommt jetzt, Herr …, ja, ich weiß, ich merk mir's nicht. Aber das ist auch egal. Schauen S', ich bin übers Jahr eh auch …, ich … ach."

Die Vejvoda sank auf den Stuhl und dann in sich zusammen. Ihr Kopf zitterte ein wenig, dann rollten ohne Vorwarnung dicke Tränen über ihre zerfurchten Wangen. „Ich werd nimmer sein, und dem Franz, dem wird das egal sein, denn er wird mir … zum Tode helfen."

Bronstein war sich nun endgültig sicher, von dieser Person keine Informationen zu bekommen. Es war wohl besser, wenn er sich empfahl. Die alte Frau sprach flüsternd weiter, so, als wäre sie Bronsteins Gegenwart gar nicht mehr gewahr: „Und ihr müsst gehasst werden von jedermann um meines Namens willen. Wer aber bis ans Ende beharrt, der wird selig werden."

Er befand sich eigentlich schon auf dem Weg zur Tür, als ihn die letzten Worte der Vejvoda innehalten ließen. Bronstein drehte sich um: „Frau Vejvoda, Sie haben mein vollstes Mitgefühl. Aber wenn Sie irgendetwas über die Sache mit dem Suchy wissen, dann müssen Sie mir das sagen! Verstehen Sie das?"

Plötzlich sah ihn die Vejvoda mit erstaunlich klarer Miene an: „Der Suchy hat nur bekommen, was er verdient hat. Ein durch und durch verkommenes Subjekt. Direkt widerwärtig!"

Bronstein hob eine Augenbraue und trat wieder einen Schritt auf die Vejvoda zu: „Wie meinen S' jetzt nachher das?"

„Zwei Timotheus, Kapitel 3, Vers 4."

Eigentlich wollte Bronstein festhalten, dass sich die Vejvoda immerhin die Namen diverser Bibelautoren merken konnte, doch er schluckte die Bemerkung hinunter. Stattdessen sagte er: „Sie müssen schon entschuldigen, ich bin nicht so bibelfest."

„So", meinte sie spitz, „dann passt der Spruch auf Sie auch gleich. Er lautet: ‚Verräter, Frevler, aufgeblasen, die mehr Wollust lieben denn Gott'."

„Können Sie das ein wenig spezifizieren?"

„Kann ich, will ich aber nicht. Dafür habe ich noch etwas für den Schnauzer parat: ‚Ein Frevler lockt seinen Nächsten und führt ihn auf keinen guten Weg.' Das sollten Sie aber schon kennen."

„Ach, und wieso?"

„Sprüche des Salomo." Das letzte Wort hatte die Vejvoda betont. „Von wegen Ihres Nachnamens, meine ich."

„Na bitte", gluckste Bronstein und breitete versöhnlich die Arme aus: „Sie haben ihn sich ja doch gemerkt."

Tatsächlich war die Andeutung eines Lächelns auf dem Gesicht der Frau ahnbar. „Wollen Sie mir nicht doch sagen, was Sie über den Suchy wissen und wie S' das da gerade mit der Wollust g'meint haben?"

Doch die Züge der Vejvoda verhärteten sich wieder. „Wer Vater und Mutter flucht, der soll des Todes sterben. Matthäus, Kapitel 15, Vers 4. Das können S' ihm ausrichten, dem Rotzbuben, dem vermaledeiten. Und jetzt hab ich Ihnen nichts mehr zu sagen. Ich hab nichts g'sehen, ich hab nichts g'hört, ich kann Ihnen nicht helfen. Auf Wiederschau'n."

Die Vejvoda wandte sich ab und schickte sich an, im hinteren Teil der Wohnung zu verschwinden. Bronstein sah ihr noch einen Moment nach, dann verließ er ihre Bleibe.

Im nächsten Stockwerk klopfte er an die Tür, an welcher ein Schild mit dem Namen „Matuschek" montiert war. Abermals dauerte es eine Weile, bis ihm aufgetan wurde. Sein Gegenüber hatte die siebzig tatsächlich schon hinter sich. Ein schütterer Haarkranz und ein kleiner Schnurrbart zierten sein rundes Gesicht. Er trug eine waidmännisch geschnittene grüne Weste über einem rauen, braunen Hemd, während seine Beine in einer grauen Flanellhose steckten. Die Füße staken in Filzpantoffeln, während der Mann in der linken Hand die „Wiener Zeitung" und in der rechten eine dicke Hornbrille hielt.

„Sie wünschen?"

„Oberst Bronstein vom Sicherheitsbüro. Herr Hofrat, ich hätte da ein paar Fragen an Sie."

„Na perdautz aber auch. Da schau ich aber. Na, dann kommen S' einmal herein, Herr Oberst."

Matuschek führte Bronstein in die Küche und bot ihm dort Platz an. Dann blickte er auf seine Armbanduhr: „Ist es noch zu früh für ein Kognakerl? Vielleicht ein Kaffeetscherl mit einem Schuss Rum?"

„Nein danke, Herr Hofrat. Sie sind jetzt die vierte Partei, die ich vernehm, ich kann schon keinen Kaffee mehr sehen."

„Ja, worum geht's denn überhaupt?" Während er diese Frage stellte, setzte sich Matuschek nieder und schenkte sich wie beiläufig ein großes Glas Kognak ein.

„Ihr Hausherr wurde ermordet."

„Na geh'n S'!" Matuschek riss die Augen auf. „Was Sie nicht sagen! Wieso das denn?"

„Genau das wollen wir herausfinden. Und daher fragen wir alle Parteien, ob sie uns irgendwelche zweckdienlichen Hinweise geben können."

„Da müssen S' mir aber schon ein wenig helfen, gelt?"

„Äh, wie meinen?" Bronstein war irritiert.

„Na, ich kann Ihnen natürlich nur dann allfällige Beobachtungen schildern, wenn ich weiß, um welchen Zeitraum es sich
handelt, dem Ihr Interesse gilt."

Dabei lächelte Matuschek schmal.

„Ach so, ja, richtig. Nun, im Wesentlichen um die vergangene Nacht."

„Ujegerl, ganz schlecht. Ich bin gestern Abend so gegen acht
Uhr aus dem Haus gegangen, weil ich mich mit meinen Freunden vom Briefmarkensammlerverein getroffen hab. Und da ist
es erstaunlicherweise sehr spät geworden. Ich glaub, ich war
erst nach Mitternacht zu Hause."

„Und als Sie zurückgekommen sind, haben Sie nichts gemerkt?"

„Nein. Gar nichts. Alles war ruhig. Ich habe noch vom
alten Hausherrn her einen Haustorschlüssel. Mit dem hab ich
aufgeschlossen, und dann bin ich leise durchs Stiegenhaus ge-
schlichen, damit sich die hysterische Vejvoda nicht wieder auf-
regt, und hab mich hinterher sofort niedergelegt. Und ich hab
g'schlafen bis gegen neun Uhr morgens. Sie sehen also, ich bin
Ihnen leider keine Hilfe."

„Na vielleicht doch. Haben Sie den Suchy näher gekannt?"

„Könnte ich eigentlich nicht behaupten. Wissen Sie, der Suchy
und seine Leute, das sind schon ziemlich ungehobelte Zeitgenossen. Mit denen hat unsereins besser nichts zu tun, verstehen S'? Da streift man besser nicht an."

„Meinen Sie mit seinen Leuten jetzt die Nazis allgemein oder
irgendjemand im Speziellen?"

„Sowohl als auch. Die haben sich ja andauernd hier getroffen. Die Krösusse der Bewegung, nicht, die sind da alle aus
und ein gegangen. Und jedes Mal habe ich mir gedacht: Und

das soll jetzt das Herrenmenschentum sein? Nein, ehrlich, Herr Oberst. Eine unmögliche Bagage war das. Natürlich alles keine Deutschen, sondern lupenreine Slawen. Suchy heißt ja eigentlich …"

„Der Trockene, ich weiß", meldete sich Bronstein zu Wort.

„Genau. Und die anderen haben ihre Namen geändert, damit man nimmer merkt, wo die eigentlich herkommen. Der Suchenwirth, der hat eigentlich …"

„Suchanek g'heißen. Auch das weiß ich."

„Na sehen S'. Und der Jungnazi, der von der HJ, der da dauernd aus und ein geht, der nennt sich Schönberger. In Wirklichkeit heißt der Krasnohorsky und kommt aus Trautenau im Böhmischen. Ich sag Ihnen ja, die sind allesamt so arisch wie der Erlöser höchstselbst."

Bronstein überlegte, ob Matuschek nun den Heiland oder aber Hitler meinte, wollte es so genau aber gar nicht wissen. Daher beschränkte er sich auf ein Nicken.

„Na, und was der Suchy sonst noch war, das werden S' eh schon wissen! Oder waren S' noch nicht bei der Jedlicka?"

„Doch."

„Na dann, dann wissen S' eh, wo S' suchen müssen. Das heißt, wenn sich das überhaupt noch auszahlt."

„Auszahlt? Wieso?"

„Na hören Sie, Herr Oberst! Sind Sie der Einzige, der nicht mitbekommt, was gerade so alles vor sich geht?"

„Doch, doch, Herr Hofrat, ich bin durchaus im Bilde. Aber ich bin fest davon überzeugt, dass Österreich nach der Volksabstimmung wieder etwas Luft haben wird, allen Nazis zum Trotz."

„Ihr Wort in Gottes Ohr, werter Herr Oberst. Allein, ich vermag Ihren Optimismus nicht zu teilen, mit Verlaub. Dieses

Land steht so sehr am Abgrund, dass auch eine erfolgreiche Abstimmung – und es bleibt ja abzuwarten, ob die überhaupt positiv ausgeht, nicht wahr – nur eine kurze Atempause bedeuten würde."

„Also für einen Beamten haben Sie eine ziemlich pessimistische Sichtweise, Herr Hofrat", ließ Bronstein seiner Verwunderung freien Lauf.

„Na wundert Sie das, lieber junger Freund? Das war doch alles absehbar! Diese unglaubliche Torheit, eine Monarchie, die unser Land zu einer ungeahnten Größe geführt hat, einfach so abzuschaffen! Da musste es mit diesem Staat ungebremst bergab gehen, das ist doch vollkommen klar!"

Matuschek registrierte Bronsteins skeptischen Blick. „Schauen Sie, Herr Oberst, diese Republik, nicht wahr, das ist doch ein hybrider Unfug! Die Wahrheit ist, dass die Republik mit einer Präzision, die uns noch im Nachhinein zu Erfrorenen machen müsste, Österreich vor aller Welt lächerlich gemacht und zerstört hat, und dass wir in den letzten beiden Jahrzehnten von einer pervers-impotenten Parteiendiktatur, die im Parlament, dem sogenannten Hohen Haus der Republik, ihre Schmutzwäsche gewaschen hat, in einen noch tieferen Abgrund geführt worden sind."

„Aber Herr Hofrat, sehen Sie das nicht ein bisserl gar zu hart?"

„Mitnichten, Herr Kollege, mitnichten. Glauben S' mir, ich weiß, wovon ich rede. Ich habe lange genug Dienst in diesem Kasperltheater gemacht. Da sind ungehobelte Bauern g'sessen und primitive Proleten. Beide Seiten keinerlei Bildung, dummdreist und schamlos. Das war nicht mehr das Haus, dem ich mich einst verschrieben habe, wissen Sie! Damals, im 97er Jahr, als ich in den Dienst der Parlamentsdirektion eingetreten bin, da haben wir Agronomen, Schriftsteller und Universitäts-

gelehrte als Mandatare gehabt. Nach 18 sind dort dann Bier-
kutscher, Krauterer und Hendlbauern g'sessen. Da hat es einen
schon überrascht, wenn die überhaupt ihren eigenen Namen
schreiben konnten. Na, und diese sogenannten Volksparteien,
völlig gleichgültig, ob Sozis, Christen oder Deutsche, die haben
aus dem Parlament eine Schmierenkomödie g'macht. Als Erstes
haben die den Klubzwang erfunden. Das hätt es im Herrenhaus
niemals gegeben, verstehen S'! Das hätt sich ein Liechtenstein
oder ein Schwarzenberg nicht bieten lassen. Aber so ein pro-
letarisches Zwutschkerl, bitte schön, das ist doch froh, wenn
man ihm sagt, was es zu tun hat. Und der Keuschler von der
anderen Seite grad a so! Da hat's auf beiden Seiten ein paar gegeben, die gewusst haben, wie das Geschäft geht, und der Rest,
das war nur das Vieh, das dazu geblökt hat. Widerlich! Dass
wir den Krieg verloren haben, das war unser Untergang!"

„Sind Sie denn Monarchist, Herr Hofrat?"

„Ach, das ist ja unrealistisch. Das ist vorbei, das kommt
nicht mehr, obwohl der Otto sicherlich eine bessere Figur machen würde als diese Kalafattis da, die uns jetzt zu regieren vor-
geben. Eine Republik ist auf jeden Fall ein kolossaler Irrtum, so
viel steht einmal fest. Und wissen Sie auch, warum?"

„Ich denke, Sie werden es mir gleich sagen."

„Weil die republikanische Idee von jeher ein vager und völlig
unrealisierbarer Begriff ist. Ein poetischer Wunschtraum einzel-
ner nicht begreifender Unbegriffener. Ein Haufen unglücklich
in die Welt Geworfener, in ihre eigenen Spintisiereien verlieb-
te Schizophreniker, die mit ihren geistigen Kurzschlüssen die
ganze Welt in Brand stecken."

Bronstein wiegte skeptisch den Kopf. Matuschek aber beachtete diese Geste gar nicht. Er hatte sich sichtlich in Rage
geredet. Unbeirrt fuhr er fort:

„Aber das gilt ja für alle Ideen, nicht! Wenn einer schon eine Idee hat, sage ich immer. Das ist ja alles eine Farce. Die Demokraten sind keine Demokraten, die Sozis keine Sozis und, wie sich jetzt herausstellt, die Kommunisten keine Kommunisten."

„Ach so?" Wie kam der ausgerechnet jetzt auf die Kommunisten?

„Na hören Sie! Lesen Sie keine Zeitungen? Der Stalin hat doch das ganze Zentralkomitee der Partei umbringen lassen. Jetzt ist, wie man hört, gerade der Bucharin dran. Dann gibt es nur noch den Trotzki. Aber der züchtet in Mexiko Rosen."

Ohne dass er es wollte, schweiften Bronsteins Gedanken ab. Stalin. Dieser georgische Zwerg! Das war auch vor 25 Jahren gewesen. Just zu der Zeit, als ihm das Fräulein Johanna über den Weg gelaufen war. Und Trotzki hatte ihn sowieso eine wahre Ewigkeit begleitet. Zuerst wegen des gemeinsamen Nachnamens und dann wegen Jelka. Jelka! Wie es der wohl ging? Ob sie noch in der Tschechoslowakei war?

„... Aber das liegt natürlich alles nur daran, dass die breite Masse keine Kultur hat. Das gilt für alle Teile des Volkskörpers, verstehen Sie?"

Offenbar hatte Matuschek, während Bronstein seinen Gedanken nachgehangen war, einfach weitergeredet, sodass Bronstein sichtlich den Anschluss verpasst hatte.

„Oder sind Sie da anderer Meinung, Herr Oberst?"

„Äh ..., durchaus ... nicht."

„Geben Sie's zu, Sie haben mir gar nicht zugehört. Zumindest teilweise nicht, und darum haben Sie jetzt den Anschluss verpasst."

„Na, das will ich doch sehr hoffen!"

„Was? Wollen Sie mich beleidigen?"

„Nein, durchaus nicht. Ich hab nur g'meint, den Anschluss, den würd ich nur zu gern verpassen." Dabei lächelte Bronstein aufmunternd. Nun verstand auch Matuschek. Doch er verzog seine Mundwinkel nicht nach oben.

„Das ist wieder typisch für die österreichische Rasse! Nur nix ernst nehmen. Immer ein Gspasetl machen. Und dabei übersehen wir vollkommen, dass wir ins Nichts gehen. Und das buchstäblich über Nacht. Nun ja, in gewisser Weise sind wir schon jetzt ein Nichts. Kartographisch, politisch und, na ja, kulturell sowieso. Österreich ist auf der Weltbühne seine eigene Tragödie. Doch was wenigstens anderswo auch im Untergang noch eine gewisse Größe haben könnte, das vollzieht sich hier im Rahmen einer Schmierenkomödie. Die Vollendung unseres Schicksals, sie sollte endloser Schrecken sein – und ist doch einfach nur erbärmlich."

„Ja, damit könnten S' durchaus Recht haben, Herr Hofrat. Aber in der Causa Suchy hilft mir diese Erkenntnis auch nicht gerade weiter."

Matuschek fühlte sich aus seinem Gedankenflug jäh zu Boden gezogen. Für einen Augenblick mahlten seine Kiefer in dem Bemühen, der Versuchung, mit dem begonnenen Vortrag einfach fortzufahren, zu widerstehen. Dann sagte Matuschek leichthin: „Das, lieber Herr Oberst, kann nicht so schwer sein. Cui bono!"

„Wie belieben?"

„Na, cui bono. Schau'n S' einfach, wer von Suchys Tod profitiert, und Sie haben den Täter."

„Ja, wenn es nur so leicht wär", seufzte Bronstein.

„Na, fragen S' einmal den alten Frank da drüben. Da können S' in jedem Fall was lernen. Und sei es auch nur, wie tief wir in diesem Land schon gesunken sind."

Bronstein war sich sicher, aus dem alten Matuschek nichts mehr von Relevanz in Erfahrung bringen zu können. Also dankte er für den Rat, erhob und verabschiedete sich. Drei Minuten später klopfte er an eine Tür, auf der sich ein Schild befand, auf welches in altdeutschen Lettern der Name Frank gemalt war.

Ein kahlköpfiger Schnauzbartträger mit Stiernacken und leuchtend roter Nase öffnete. Der Mann schien unter latentem Bluthochdruck zu leiden, denn seine Hautfarbe war mehr als ungesund. Das war sein Gewicht wohl auch, denn obwohl der Mann um einiges kleiner war als Bronstein, wog er sicher weit mehr als hundert Kilo. Feindselig starrte er sein Gegenüber an. „Was is?"

„Guten Tag, Oberst Bronstein von der Mordkommission. Ich …"

„Mit an Juden red i nix." Frank schickte sich an, die Tür wieder zu schließen. Bronstein stellte den Fuß dazwischen.

„Sie können sich gern mit meinen arischen Kollegen unterhalten. Auf der Elisabethpromenade. Nachdem wir Sie dort 72 Stunden dunsten haben lassen. Und dummerweise vergessen die Justizwachebeamten dort dauernd auf die Menage für die Häftlinge." Dabei lächelte Bronstein geringschätzig. Frank schien tatsächlich ins Schwanken zu kommen. Dann aber fasste er sich wieder: „A wos, in 72 Stunden g'hört des Land schon uns."

„Umso blöder, dass just am Weg zur Sissi so ein blöder Unfall passiert sein wird. Alle Nazis jubeln – und Sie sind einfach nur tot."

„Wollen S' mir drohen?" Frank klang fraglos ängstlicher als es ihm lieb war.

„Schauen S', Herr Frank, jetzt reden Sie ja eh schon mit einem Juden. Da können S' mir doch die paar Auskünfte, die ich haben will, auch noch geben. Und dann bin ich auch schon weg, und nix is g'schehen."

Frank zögerte.

„Sonst muss ich wirklich den Kollegen Schwarz holen, der grad im ersten Stock bei der Vejvoda ist. Und da können Sie sich ja vorstellen, dass der ned grad in guter Laune ist, wenn er da raufkommt. Außerdem is des ein Kerl von zwei Meter und war früher Berufsringer. Und er hat seine Aggressionen nie im Griff. Also was ist, Herr Frank? Halten Sie's aus ein paar Minuten – mit mir?"

„Wenn's sein muss. Aber reinlassen in meine Wohnung tu ich Sie nicht."

„Passt schon. Sagen Sie mir nur, was Ihnen zum Mord an Ihrem Parteigenossen Suchy einfällt."

Jetzt sah Frank ehrlich überrascht aus: „Was, der Walter ist … ermordet, sagen Sie?"

„Sagen Sie bloß, das hat sich noch nicht bis zu Ihnen durchgesprochen?"

„Nein. Hat es nicht." Frank hielt sich an der Tür fest. Bronstein konstatierte etwas Gehetztes in Franks Blick. Der Mann schien ehrlich betroffen zu sein. Und das Flackern in den Augen verriet, dass der Dicke Angst hatte.

„Es ist heute in der Nacht geschehen. Irgendwann zwischen zehn Uhr abends und sechs Uhr früh. Haben Sie da irgendetwas bemerkt?"

„Ich bin kurz nach zehn ins Bett gangen. Vorher hab ich noch eine Zigarette g'raucht. Dabei hab ich auf die Gasse g'schaut und g'seh'n, wie der Schönberger grade weggeht. Mit einem zweiten Parteigenossen, den ich aber von hinten nicht erkannt hab. Ich hab mir noch denkt: Lieb Vaterland, magst ruhig sein. Und dann hab ich mich niederg'legt. Bin gleich eing'schlafen.

Und um sieben wieder auf. So wie jeden Tag. Mehr kann ich nicht sagen. Ehrlich ned!"

Ohne zu wissen warum, glaubte Bronstein dem Nazi. Er hätte nur zu gerne gewusst, wovor der sich fürchtete. „Hat der Herr Suchy irgendwelche Feinde g'habt?"

„Sie machen mir Spaß. No na ned! Wie jeder in der Bewegung! Juden, … Tschuldigen schon, … Sozis, Kommunisten, … na und die Schergen vom Schuschnigg erst recht. Da kommt ganz schön was z'samm."

„Und hätten S' einen konkreten Verdacht auch? Ich mein', die Jedlicka hat ausgesagt, nach zehn Uhr abends ist da niemand mehr hereingekommen in das Haus. Könnte es eine von den Parteien gewesen sein?"

Frank schüttelte nur den Kopf. „Von denen hätt sich das keiner getraut."

„Wie war eigentlich Ihr Verhältnis zum Herrn Suchy?"

„Wie soll das schon g'wesen sein? Er war überall mein Ober. Da im Haus, in der Partei und in der SA aa. Und zu mir war er immer sehr korrekt, falls Sie das wissen wollen."

„Na gut, Herr Frank. Das war's auch schon wieder. Ich würde Sie allerdings bitten, sich zu unserer Verfügung zu halten, falls wir noch etwas von Ihnen brauchen. Fürs Erste einen guten Tag zu wünschen."

Der Frank schlug plötzlich die Hacken zusammen und riss den rechten Arm nach oben: „Heil Hitler!", brüllte er und wurde von der Anstrengung der Aktion nur noch röter im Gesicht. Bronstein unterdrückte eine bissige Replik und begab sich auf die Treppe, die in das nächste Stockwerk führte.

Dort klopfte er zuerst bei Stadlers. Eine löwenmähnige Brünette öffnete die Tür. Die Frau war nur mit einem seidenen Morgenmantel bekleidet, der ihrer Kurven jedoch nicht einmal ansatzweise Herr wurde. Die riesigen Brüste drängten ebenso ins Freie wie der üppige Bauch, dessen Nabel trotz des Gürtels, der das Textil zusammenhalten sollte, sichtbar war. Die Augen der Frau verengten sich zu Schlitzen, während sie sich in verführerischer Absicht über die Lippen leckte.

„Wen haben wir denn da? Ein potentes Mannsbild, will ich meinen", schnurrte die Stadler.

„Oberst Bronstein von der Mordkommission. Ich komme wegen …"

„… dem Suchy. Schon klar. Kommen S' doch erst einmal herein, Herr Oberst. Da redet sich's doch gleich viel leichter."

Bronstein war sich nicht sicher, ob er dieser Einladung alleine Folge leisten sollte. Die gute Dame schien ihm nicht ganz geheuer. Doch obsiegte seine Neugier, und so folgte er der Stadler in die Küche der Wohnung. Dort begann die Frau an einer Kaffeemaschine herumzuhantieren. „Sie mögen doch sicher einen Kaffee, Herr Oberst, oder? So richtig heiß und verführerisch süß." Dabei formte sie ihre Lippen zu einem Schmollmund.

„Um ehrlich zu sein …"

„Aber sicher wollen Sie. Das sehe ich Ihnen doch an. … Hoppala." Nachgerade penetrant absichtlich hatte die Stadler einen Kaffeelöffel fallen lassen. Sie lüpfte ihren Schlafrock, sodass Bronstein die ebenso mächtigen wie milchigen Schenkel der Frau sehen konnte, während sie sich in reichlich peinlicher Pose um das Besteck bückte. Es entging ihm nicht, dass sie dabei an ihrem Gürtel herumnestelte. Als sie sich wieder aufrichtete, geschah, was sie offenbar beabsichtigt hatte. Der Gürtel ging auf, und der Morgenmantel öffnete sich. Für einen Moment hatte Bronstein freien Blick auf die Rubensfigur der Stadler. In unendlicher Langsamkeit schloss sie den Rock wieder, wobei sie freilich so tat, als hätte sie in Windeseile auf den vermeintlichen

Fauxpas reagiert. „Na so etwas, peinlich, gell?!" Dabei kicherte sie. Bronstein hätte die Aussage gerne bestätigt.

„Kennen Sie übrigens ein anderes Wort für zwangsläufig, Herr Oberst?", fuhr die Stadler einstweilen fort.

Bronstein erwischte die Frage auf dem falschen Fuß. „Äh, nein", sagte er nur.

„Nymphoman!" Die Stadler lachte eine Spur zu laut und zu schrill.

„Also, zur Sache", ignorierte Bronstein die Anzüglichkeiten der Stadler, „der Suchy. Wie war der so?"

Die Stadler schien wild entschlossen, sich nicht so leicht abweisen zu lassen. „A Zniachterl war des. Ned so wie Sie, Herr Inspektor."

Unweigerlich musste Bronstein lachen. Er hatte Suchy auf dem Boden liegen gesehen, und „Zniachterl" war das letzte, was ihm zu dieser Leibesfülle eingefallen wäre. Die Frau musste es wirklich dringend nötig haben.

„Ihr Mann ist Friedhofsgärtner?" Bronstein versuchte, die Stadler durch die Erwähnung ihres Gemahls einzubremsen.

„Ja", sagte sie bitter, „und das passt a zu eam. Da wie durt is afoch nix mehr los, is ollas tot."

„Tot ist das Stichwort. Zurück zum Suchy. Haben Sie heute Nacht irgendetwas bemerkt?"

„Heast, Kieberer, hast an Stecken verschluckt oder wos?" Die Stadler stellte den mittlerweile fertig gebrühten Kaffee auf den Küchentisch und beugte sich bedrohlich nahe zu Bronstein hinab. „Wos bist denn gar so steif? Vor allem am völlig falschen Platz."

„Frau Stadler. Ich bin eine Amtsperson. Wenn Sie also bitte davon Abstand nehmen könnten, eine persönliche Vertrautheit zu insinuieren …"

„Zu insinuieren? Na, Sie machen mir Spaß. San Sie vielleicht a Warmer oder was?" Die Stadler schien die Geduld zu verlieren. „Da renn i praktisch nackert durch die Gegend und servier mich Ihnen quasi auf dem Silbertablett – und Sie reagieren ned amoi. San Sie hinig oder impotent oder wos?"

Die Stimme der Stadler hatte einen schneidenden Ton angenommen.

„Weder noch. Aber Sie sind ziemlich impertinent, das muss ich Ihnen schon sagen."

Jetzt verlor die Stadler endgültig die Contenance. „Geh schleich di, du Impotenzler!", schrie sie mit sich überschlagender Stimme, „waun mei Mann hamkummt, dann tögelt er di die Stiagn obe! Oba wia aa no!"

Instinktiv richtete sich Bronstein auf: „Na aber hallo! Jetzt reicht's aber! Beruhigen S' Ihnen, aber gach aa no! So wos hab i ja überhaupt no ned erlebt!"

„Überhaupt no ned erlebt", äffte sie ihn nach. „Des hamma schon gern. Z'erst aner verheirateten Frau schöne Augen machen und caun so tuan, ois warat nix g'wesen. Oba des sog i da, Kieberer, i werd' mi über di beschweren."

„Jo, moch des, du mannstolle Urschel. Oba am Salzamt!"

Die Stadler sah nun endgültig aus wie eine Erinnye. „Drah di, oba gaunz schnöö! Sunst kennen deine Kollegen glei in zwa Mord' ermitteln."

Und auch wenn es ihm peinlich war, spürte Bronstein doch eine gewisse Angst in sich aufsteigen. Ohne den Versuch zu unternehmen, die Befragung irgendwie fortzusetzen, stand er auf und ging laut fluchend zur Tür. „Depperte Funser, depperte. Mit so wos stell i mi doch gar ned hin!"

Erleichtert atmete er auf, als er wieder auf dem Gang stand und die Wohnungstür hinter sich geschlossen wusste.

Nun blieben noch die Lehners. Ein weiteres Mal pochte er an eine Pforte. Es war die Tochter, die öffnete. „Sie wünschen?"

Abermals stellte Bronstein sich vor. „Haben Sie heute Nacht irgendetwas Außergewöhnliches bemerkt? Sie, oder Ihre Eltern?"

„Sie kommen sicher wegen dem Suchy. Tut mir leid, Herr Oberst, aber ich kann Ihnen gar nicht helfen. Meine Eltern sagen immer, ich schlaf wie ein Toter. Und heute bin ich schon kurz nach neun ins Bett gangen, weil ich gestern a wichtige Arbeit hab schreiben müssen in der Berufsschul'. Wenn also wer was g'hört oder g'seh'n hat, dann meine Eltern. Aber die sind beide im G'schäft."

Bronstein nickte. Es war nicht zu erwarten, dass er von dem Mädchen irgendetwas von Relevanz erfahren würde. Also konnte er die Vernehmungen fürs Erste als abgeschlossen betrachten. Die Eltern würde er sich zu einem anderen Zeitpunkt vornehmen. Jetzt sah er zu, dass er wieder nach unten zu Cerny kam.

Der war tatsächlich immer noch mit der Sichtung der Wohnung beschäftigt, wobei sein Tun lebhaft von der Winter kommentiert wurde. Als Cerny Bronstein die Wohnung betreten sah, atmete er erleichtert auf und ging auf seinen Vorgesetzten zu. „Die nervt vielleicht, kann ich dir sagen", zischte er.

Bronstein konnte Cernys Aussagen nur bestätigen. Aber in diesem Haus nervten – mit der bemerkenswerten Ausnahme der Frau Raczek – alle Parteien, und das nachhaltig. Bronstein bewegte seinen Kopf auf Cerny zu. „Die ganze Hütten da ist ein einziges Narrenhaus. Schau'n wir, dass wir weiterkommen", raunte er. Die beiden verabschiedeten sich andeutungsweise von der Winter und gingen dann die Treppe abwärts zum Haustor. Wieder im Freien, wandten sie sich nach links, um auf diese Weise wenig später die Alser Straße zu erreichen. Vorbei am Landesgericht, hielten sie auf die Universität zu, vor der sich ein Menschenknäuel gebildet hatte. Cerny und Bronstein brauchten nicht viel Phantasie, um zu ahnen, was der Grund für diesen Auflauf war. Schon von weitem erkannten sie die riesigen Fahnen mit der schwarz-weiß-roten Dritteilung. Bronstein ärgerte sich. Die Nazis waren leider nicht blöd. Die offizielle Flagge des Reichs, die rote mit dem Hakenkreuz, war natürlich verboten, doch die alte Kaiserfahne, die seit 1935 nicht mehr als offizielles Symbol Deutschlands galt, war rechtlich unangreifbar, obwohl jeder wusste, was damit signalisiert werden sollte. Immerhin hatte die nationale Rechte dieses Banner auch all die Jahre mitgeführt, da offiziell Schwarz-Rot-Gold den nördlichen Nachbarn symbolisierte, und Bronstein erinnerte sich daran, wie die Nazis diese Kombination als „Schwarz-Rot-Mostrich" verunglimpft hatten. Doch das Weimarer Tuch war mittlerweile ebenso Geschichte wie die Republik, für welche es gestanden war. Und wer vermochte zu sagen, wann es auch mit Rot-Weiß-Rot vorbei sein würde.

Mit einem flauen Gefühl im Magen erreichten sie das Präsidium. „Weißt was, Cerny, du machst uns jetzt einmal einen starken Kaffee, und dann halten wir eine Lagebesprechung ab." Cerny nickte nur und begab sich in die Teeküche, dieweilen Bronstein gravitätisch seinem Büro zustrebte.

Er hatte kaum an seinem Schreibtisch Platz genommen, als Cerny den Raum betrat. Sorgsam schloss dieser hinter sich die Tür. „Was gibt's?", fragte Bronstein, den Cernys Verhalten neugierig gemacht hatte.

Cernys Gesichtsausdruck ließ erahnen, dass er nicht mit guten Neuigkeiten gekommen war. „Ich habe aus sicherer Quelle erfahren, dass der Schuschnigg heute noch die Volksabstimmung absagen wird. Und mein Informant sagt auch, dass noch heute Abend, spätestens aber morgen Seyß-Inquart zum Bundeskanzler ernannt wird."

Bronstein ließ sich nach hinten auf die Sessellehne plumpsen. „Cerny!", rief er aus. „Wer lässt dich denn so einen Mist glauben?"

„Aber wenn ich es dir sage. Das kommt von absolut zuverlässiger Seite."

„Jetzt glaub doch nicht jedes Schauermärchen, Cerny. Der Schuschnigg sagt die Volksabstimmung nie und nimmer ab. Dafür ist er viel zu gerne Bundeskanzler. Und genau deshalb wird er sich einem solchen Vorgehen auch niemals beugen."

„Die haben ihm damit gedroht, dass die Wehrmacht bei uns einmarschiert, wenn er nicht klein beigibt."

„Jetzt mach aber einmal einen Punkt. Das ist doch absurd." Bronstein machte eine vage Geste, die ziemlich italienisch aussah, ohne dass man erahnen konnte, was sie konkret bedeuten mochte. „Ich sehe ihn förmlich vor mir, den fetten Göring, wie er da auf den Tisch haut. Na und? Wen kratzt der?" Bronstein lächelte. Er äffte Göring nach: „Und wenn nicht, dann Wasser marsch!"

„Du, David, das ist kein Spaß!" Cernys Stimme hatte eine eindringliche Note angenommen. „Die Information kommt aus einer absolut zuverlässigen Quelle. Wenn der Schuschnigg nicht zurücktritt, dann marschieren die Nazis ein. Und du weißt, was das für jemanden wie dich bedeutet."

„Ein so ein Topfen! Du glaubst doch nicht im Ernst, dass der sich das traut, der Hysteriker aus Braunau, der. Da machen doch der Engländer und der Franzos nie mit." Bronstein hob die Hand, um Cernys Entgegnung Einhalt zu gebieten. „Ich weiß genau, was du jetzt sagen willst. Aber das Rheinland und die G'schichte an der Saar, das waren letztlich innerdeutsche Angelegenheiten. Da hat er sich nur zurückgeholt, was sowieso Deutschland gehört. Aber bei Österreich ist das etwas anderes. Darum muss die Entente da auch einschreiten. Außerdem lässt sich das der Mussolini sicher auch nicht so ohne Weiteres gefallen."

„Da mach dir amal bloß keine Illusionen. Die Alliierten werden tatenlos zuschauen, das sag ich dir! Und weißt du auch, warum? Weil wir uns in den letzten Jahren um jede Sympathie gebracht haben, die wir vielleicht noch irgendwo besessen haben. Und die Menschen haben den Ständestaat ohnehin satt. Für die ist der Hitler die Erlösung."

„Komm, komm, Cerny, jetzt übertreibst aber gewaltig. Sicher, die Nazis sind in den letzten Jahren nicht gerade weniger geworden. Aber mehr als zehn Prozent der Bevölkerung haben die nie und nimmer hinter sich."

Cerny sah Bronstein mit ernster Miene an: „Ich bin der Erste, der sich freut, wenn ich unrecht habe. Aber wir sollten die Möglichkeit einer Machtübernahme durch die braunen Horden immerhin in Erwägung ziehen. Ich …"

„Jetzt sollten wir einmal in Erwägung ziehen, wer den Suchy g'macht hat", erklärte Bronstein bestimmt. „Pflichtest du mir bei, wenn ich sage, aus dem Haus war's niemand?"

Cerny seufzte und sagte dann: „Ja, ein Motiv ist da nirgendwo zu entdecken."

„Genau. Und Motive gibt es in dieser Sache drei: das Erbe, also ein finanzielles Motiv, die Politik und Rache."

„Du meinst, irgendein Vater hat das mit den Kindern spitzgekriegt und deswegen zugeschlagen?"

„Na ja, möglich wär's immerhin! Wir müssen also herausfinden, wer aller beim Suchy Unterricht bekommen hat. Außerdem haben wir seinen Notar oder Anwalt zu finden, um feststellen zu können, wer ihn beerbt. Und schließlich wird man den braunen Lokalgrößen auf den Zahn fühlen müssen. Dem Frauenfeld, dem Suchenwirth und dem Neubacher, würde ich einmal meinen."

Cerny lachte auf. „Du machst mir wirklich Spaß. Da stehen die ganz knapp davor, die Macht im Staat zu übernehmen, und da willst du, der in ihren Augen einer von den Juden ist, die gleich nach der Machtübernahme entfernt werden sollen, die verhören? Die lassen dich einfach totschlagen im Moment. Fertig und aus!"

„Cerny, schön langsam gehst mir am Nerv mit deinen Untergangsvisionen. Du kannst mir den Hobel ausblasen mit dera G'schicht'. Mir ist wurscht, was da rundherum passiert. Der Frauenfeld und die anderen, die sind potenziell verdächtig. Und daher werd ich sie mir vorknöpfen. Ganz einfach."

„Die werden dich gar nicht vorlassen. Und der Frauenfeld ist in Deutschland. Den kannst also überhaupt vergessen."

In Bronstein stieg allmählich die Wut hoch. Cerny hatte ja recht, das ließ sich nicht leugnen. Aber er, Bronstein, war noch nie in einer solchen Lage gewesen. Er fühlte sich hilf- und wehrlos. Was, wenn Cernys Prophezeiungen wahr wurden? Er wüsste ja nicht einmal, wohin er fliehen sollte. Er kannte keine Menschenseele in Ungarn, der Tschechoslowakei oder Jugoslawien. Und er besaß kaum genügend Barmittel, um irgendwo in der Fremde länger als ein paar Wochen über die Runden zu kommen. Unwillkürlich musste er an diesen Ort an der Côte d'Azur denken, dieses Sanary-sur-Mer, wo sich die ganze deutsche Hautevolee ein Stelldichein gab. Jemand wie er würde dort gerade zweimal übernachten können, dann wäre er vollkommen pleite.

Ach was!, sagte er sich. Er löste jetzt einmal diesen Fall, alles andere war im Augenblick sekundär.

„Also, Cerny, find heraus, wer für den Suchy notariatsmäßig zuständig ist. Ich frag derweil noch einmal diese Jedlicka, ob sie wenigstens von einem der Buben den Namen kennt. Vielleicht kommen wir ja so weiter."

Cerny seufzte abermals und verließ dann wortlos das Büro. Bronstein griff nach seinen Zigaretten und zündete sich eine an. Dabei merkte er, wie seine Hand zitterte. Offenbar ging ihm die ganze Sache doch mehr an die Nieren, als ihm bewusst war. Er schüttelte sich und sog dann gierig den Rauch ein. Der Konsum des Nikotins ließ ihn etwas ruhiger werden. Was also, so fragte er sich, war zu tun? Am besten, er begab sich zurück in die Skodagasse und versuchte dort, irgendwelche Namen von Kindern in Erfahrung zu bringen, die Suchy unter seinen Fittichen gehabt hatte.

Er hatte sich eben erhoben, als das Telefon läutete. Er ließ sich wieder auf den Sessel plumpsen und hob den Hörer aus der Gabel. Vorschriftsmäßig meldete er sich.

„Schwester Aurelia hier. Vom Krankenhaus der Barmherzigen Schwestern in der Stumpergasse. Sagt Ihnen, Herr Oberst, der Name Pokorny etwas?"

Bronstein fuhr auf: „Der Pokorny! Ja sicher! Was ist leicht mit ihm?"

„Er hat ein Schlagl g'habt. Und es könnt besser ausschauen, auch wenn's, Gott sei's gedankt, durchaus noch Hoffnung gibt. Wir haben ihn g'fragt, ob wir irgendjemanden verständigen sollen, und da hat er uns Ihren Namen genannt, Herr Oberst. Und deswegen ruf ich an."

„Jessasmarandana! Der Pokorny! Ja, um Himmels willen! Kann man ihn besuchen?"

„Ja, ohne Frage! Jederzeit. Und, ehrlich g'sagt, es wäre besser, Sie täten Ihnen beeilen. Sicher ist sicher."

„Ich bin in zwanzig Minuten da."

Bronstein verließ das Präsidium und winkte einem Taxi. Einmal im Fond des Wagens, nannte er die Adresse und zündete sich nervös eine Zigarette an. Der Pokorny! Wie war ihm der Mann während der 14 Jahre, die sie zusammengearbeitet hatten, mitunter auf die Nerven gegangen! Aber seit Pokornys Pensionierung war kaum eine Woche vergangen, in der er den alten Dampfplauderer nicht vermisst hätte. Erst vorigen September hatten sie seinen 75. Geburtstag gebührend gefeiert, und wie eh und je waren Bronstein und Cerny kaum dazugekommen, auch nur ein Wort zur Unterhaltung beizutragen. Pokorny war in seinem Element gewesen, und wenn ein Stenograph seine Monologe an jenem Abend mitgeschrieben hätte, die Stadt würde heute über eine neue Bibliothek verfügen. Und nun lag der arme Pokorny also im Spital. Vom Schlag getroffen. Merkwürdig, dass dieses Ereignis ausgerechnet jetzt eingetreten war, denn vor wenigen Stunden hatte er ja noch selbst geglaubt, von dieser Erde abberufen zu werden. Das Schicksal ging oft merkwürdige Wege.

Bronstein kurbelte das Fenster hinunter und warf den Zigarettenstummel auf die Straße. Dann bezahlte er den Fahrer und stieg aus. Mit klammen Beinen betrat er das Krankenhaus. „Ah, Sie sind sicher der Herr Inspektor", wurde er von einer dicklichen Alten in Schwesternornat begrüßt. „Der Herr Pokorny liegt im zweiten Stock auf 205. Und schrecken Sie sich Ihnen nicht, es schaut schlimmer aus als es möglicherweise ist." Bronstein konnte nicht behaupten, dass ihn diese Information beruhigt hätte.

Er öffnete die Tür und sah sich sechs Betten gegenüber, von denen vier belegt waren. Je zwei an jeder Wand. Zwischen den

Betten standen hölzerne Sessel, über ihnen befanden sich große Kruzifixe. Die Mitte des Raumes wurde von einem schlichten Tisch dominiert, während sich unter dem einzigen Fenster des Raumes irgendein Grünzeug, das Bronstein kurzerhand zu einem Gummibaum erklärte, befand.

„Sea's, O'ers." Die matte, lallende Stimme hatte keinerlei Ähnlichkeit mit dem volltönenden Organ Pokornys. Sein Gesicht war aschfahl, die Wangen eingefallen, die Augen lagen tief in ihren Höhlen. Das schlohweiße Haar stand wirr von seinem Kopf ab, der bereits beängstigende Ähnlichkeit mit einem Totenschädel aufwies.

Bronstein musste zweimal hinsehen, um in dem Häufchen Mensch den einst so feisten Pokorny zu erkennen. Aus der mehr als strammen Erscheinung schien über Nacht ein Strichmännchen geworden zu sein. Zudem wunderte sich Bronstein, wie klein der Mann auf einmal aussah. Nicht, dass Pokorny jemals sonderlich stattlich von Wuchs gewesen wäre, aber das Männlein in dem Feldbett wirkte kaum größer als eineinhalb Meter. Und Bronstein bemühte sich, sein Entsetzen über Pokornys Erscheinungsbild zu verbergen.

„So sch'imm?"

Offenbar war es ihm nicht gelungen.

„Pokorny! Na du machst vielleicht Sachen", bemühte sich Bronstein um eine aufmunternde Lässigkeit. „Legst dich einfach ins Spital, während der Cerny und ich Verbrecher jagen müssen."

„Tät 'ern 'ausch…en", nuschelte Pokorny und verzog dabei das Gesicht. Es war offenkundig, dass ihn eben eine Schmerzwelle durchzuckte. Bronstein trat eilig auf Pokornys Bett zu und war versucht, dem Mann die Hand zu halten. Im letzten Augenblick nahm er davon Abstand und setzte sich stattdessen auf den Sessel. „Ich hab's grad erst erfahren. Drum hab ich leider auch gar nichts mitbracht."

„Brauch ... eh ... nix", hauchte Pokorny. Gleich danach seufzte er. „... mehr", schickte er hinterher.

„Red ned a so, Pokorny. Am End verschreist du's noch."

„Da is", Pokorny verdrehte die Augen und starrte ausdruckslos an den Plafond, „nix mehr zum Verschrei'n. Mit mir ... geht's ... z' End."

„Pokorny! Jetzt hör aber auf. Du machst mir Angst und Bang." In Bronstein kam wirklich ernste Besorgnis auf. „Erzähl mir lieber was. Wie war das damals mit dem Berghammer? Zum Beispiel. Oder die Kletzmayr-G'schicht'." Bronstein bemühte sich um ein Lächeln.

Pokorny stöhnte. „Der Berghammer ... und der ... Kletzmayr ... san ... tot. ... Und ... i ... aa."

„Ach was, Pokorny! So schnell stirbt man ned. Weißt eh, Unkraut vergeht ned. Zumindest ned so gach."

Doch Pokorny schloss die Augen und wirkte wie leblos. Nur mit Mühe widerstand Bronstein der Versuchung, Pokorny zu rütteln.

„Keine Angst!" Von hinten war lautlos eine Schwester in den Raum gekommen. „Er schläft jetzt. Das ist eh gut für ihn. Wir sorgen schon für ihn." Bronstein sah die Nonne dankbar an. „Wissen S', er war ... mein Lehrer."

Innerlich verfluchte er sich. Das hatte er Pokorny nie gesagt. Es ihm nicht einmal indirekt zu verstehen gegeben. Warum lobte man die Leute immer erst, wenn sie nichts mehr davon hatten?

Davon hatten?

Bronstein. Jetzt reiß dich gefälligst zusammen. Der Pokorny ist noch lange nicht tot. Und du wirst ihn mit deinen düsteren

Gedanken auch nicht ins Grab schicken! Ist das klar! Hör sofort auf, so wehleidig zu sein! In Wirklichkeit geht es dir doch vielmehr um dich als um ihn! Also Schluss mit der Larmoyanz, verstanden, ja? Der Pokorny war zäh. Der würde das überstehen. Und er, Bronstein, würde es auch überstehen. Pokornys Krise, Österreichs Krise – und die ganze Hitlerei! Er war schließlich schon mit ganz anderen Dingen fertig geworden.

„Sagen Sie, Schwester, kann man ein paar Worte mit dem behandelnden Arzt wechseln?"

„Ja, Herr Oberst. Er ist zufällig anwesend. Und für Sie wird er sich sicher Zeit nehmen. Geh'n S' nur rüber zu ihm. Zimmer 201."

Bronstein schickte Pokorny noch einen langen Blick, dann stand er auf und trat auf den Gang hinaus. Schief gegenüber befand sich Zimmer 202, das offenbar für die Schwestern reserviert war. Gleich daneben stieß er auf Zimmer 201, das den Ärzten vorbehalten war. Er atmete kurz durch, dann klopfte er.

„Herein!"

„Guten Tag, Herr Doktor. Oberst Bronstein. Ich bin da wegen …"

„Ah, ja, ich weiß schon. Schwester Aurelia hat Sie avisiert."

„Na dann. Wie geht's ihm, Herr Doktor?"

„Diese Frage, werter Herr Oberst, ist nicht so einfach zu beantworten. Der aktuelle apoplektische Insult macht mir keine Sorgen. Aber ich fürchte, er war nicht der letzte. Und niemand vermag zu sagen, ob ein neuerlicher Apoplex nicht verheerendere Folgen hat als der vergangene. Ehrlich gesagt, hat der Patient diesen sogar erstaunlich gut verkraftet. Es gibt weder einen ernsthaften Ausfall des Sprachzentrums noch sonst irgendwelche körperlichen Fehlfunktionen. Aber genau deshalb fürchten wir, dass dieser Anfall eigentlich nur eine Vorankündigung des eigentlichen Insults war, der dann mit umso größerer Wucht auf Herrn ... – auf den Patienten hereinbrechen wird."

„Und wie könnte man das verhindern?"

„Schauen S', ein Patentrezept gibt's da natürlich gar keins, ned wahr! Aber vor allem bräuchte er absolute Ruhe. Und da frag ich Sie, lieber Herr Oberst, wie soll das gehen ... in solchen Zeiten?"

Bronstein wusste, was der Arzt meinte. Die politischen Ereignisse überschlugen sich, wie sollte man da ruhig bleiben?

„Vielleicht, wenn wir ihn aufs Land bringen? Irgendwo in ein Sanatorium? Täte das helfen, Herr Doktor?"

„Das wäre sicherlich gut. Aber in Zeiten wie diesen müsste dieses Sanatorium schon sehr abgeschieden und weltabgewandt sein."

„Ein Kloster vielleicht?"

„Sie, Herr Oberst, das wäre gar keine schlechte Idee. Aber es bräuchte halt auch eine entsprechende Betreuung. In medizinischer Hinsicht, meine ich."

„Gut, Herr Doktor. Ich werde mich darum kümmern. Wenn's erlaubt ist, kontaktiere ich Sie morgen fernmündlich."

Der Arzt nickte: „Ja, tun Sie das, Herr Oberst. Ich bin ohnehin den ganzen Tag da." Der Mediziner kramte in seinen Taschen und förderte ein silbernes Etui zutage, dem er eine Visitenkarte entnahm. „Bitte schön, da ist die Nummer von meinem Fernruf drauf. Einfach durchstellen lassen, wenn S' was wissen oder was wissen wollen." Dabei lächelte der Herr in Weiß aufmunternd.

Bronstein dankte, schüttelte dem Arzt die Hand und empfahl sich. Wieder auf dem Flur, schaute er instinktiv auf die Uhr. Die Jedlicka konnte er vorerst vergessen. Besser war es, zurück ins Büro zu eilen, denn Cerny würde dort sicher schon bald wieder auftauchen. Also machte er sich auf den Weg und eilte alsbald die Alser Straße hinunter ins Zentrum. Er war eben im Begriff, die Straße zu überqueren, als er einer hageren Gestalt gewahr wurde, deren weißer Rauschebart ihm sofort bekannt vorkam. Er fasste die Erscheinung näher in den Blick und war sich sodann sicher, wen er vor sich hatte. Der alte Professor aus Prag, Martin Kvitek, war ihm mehrere Male am Semmering untergekommen, wenngleich der Kontakt in den letzten Jahren völlig abgerissen war. Sofort dachte Bronstein an jene Tage vor über einem Jahrzehnt, als er im Mordfall Guschlbauer ermittelt hatte. Damals war er der Tochter des Professors beigestanden, die von einem reichsdeutschen Flegel bedrängt worden war. Sein beherztes Eingreifen hatte dazu geführt, dass er mit Vater und Tochter Kvitek einen bemerkenswerten Abend verbrachte. Die Tochter erwies sich als Radikale, wenngleich ihre Argumentation reichlich unausgegoren aus ihrem Munde gekommen war. Jelka hätte über sie wahrscheinlich geschmunzelt, weil die Vorstellungen der Kvitek wohl eher einem rabiaten Spießbürger und nicht einem klassenbewussten Kommunisten entsprachen, und doch war Bronstein damals beeindruckt gewesen. Wenngleich die Kvitek ein gutes Vierteljahrhundert jünger war als er selbst, hätte er nichts dagegen gehabt, sie wiederzusehen und die Bekanntschaft zu vertiefen. Doch jedes Mal, wenn er in den folgenden Jahren am Semmering bei Kviteks Haus vorbeigeschaut hatte, war der Professor alleine am Berg gewesen. Das Fräulein Tochter, so hieß es, studiere eifrig und habe eine großartige Karriere als Hochschullehrerin in Wien vor sich. Bronstein war nach dieser Auskunft stets ein wenig geknickt gewesen und hatte sich damit zufrieden geben müssen, mit dem alten Kvitek ein paar Partien Schach zu spielen, welche dieser allesamt gewonnen hatte, sodass sein Animo, die Kviteks zu besuchen, mit der Zeit erlahmte. Die Besuche waren seltener geworden und hatten schließlich gänzlich geendet.

Nun aber lief Kvitek ihm auf der Alser Straße förmlich in die Arme. „Ja, Herr Professor", begann Bronstein, „wie kommen denn Sie hierher?"

Kvitek blinzelte einen Moment unsicher, ehe sich seine Züge erhellten. „Der Herr Oberst", entgegnete er glucksend. „Dass ich Sie wieder einmal treff, das ist aber eine Freude. Wie geht's denn immer so?"

Bronstein zuckte mit den Schultern und machte eine betroffene Miene: „Wie soll es einem gehen in diesen Tagen? Ich habe schon schönere Zeiten erlebt."

Nun wurde auch Kvitek ernst: „Sie haben ja so recht, Herr Oberst. Und genau das ist auch der Grund, weshalb ich meine Zelte hier abbreche. Ich kehre heim nach Prag, denn, offen gesagt, Wien wird nicht mehr lange die Hauptstadt eines unabhängigen Staates sein. Davon bin ich fest überzeugt."

„Aber die Volksabstimmung, Herr Professor! Sie glauben doch nicht ernsthaft, dass die für die Deutschen ausgeht?"

„So weit wird es gar nicht kommen, sage ich Ihnen. Der Hitler wird den Schuschnigg einfach dazu zwingen, sie abzusagen. Und selbst wenn, glauben Sie, die Nazis erkennen eine solche Niederlage an? Nein, die marschieren dann einfach ein. Erinnern Sie sich an das Saarland."

„Diese Argumentation kenne ich schon. Aber das Saarland war immer deutsch. Österreich hingegen …"

„Das ist ja der Punkt. Für die Nazis ist Österreich auch deutsch. Nicht umsonst heißt die Parole ‚Heim ins Reich'. Und eine andere lautet bekanntlich ‚Gemeinsames Blut gehört in ein gemeinsames Reich'. Nein, nein, Österreich ist verloren. Und ich bin mir nicht einmal sicher, ob wir Tschechen mit heiler

Haut aus dieser Sache herauskommen. Ich kann mir gut vorstellen, dass Hitler auch noch jene Gebiete der Tschechoslowakei annektieren will, die man allgemein das Sudetenland nennt.
Aber wir werden wenigstens noch ein wenig Zeit haben, weil er
zuerst einmal Österreich verdauen muss.«

Bronstein hatte Kviteks Vortrag mit angehaltenem Atem ge-
lauscht. Und dabei war diese merkwürdige Angst in ihm wieder
hochgekrochen, die ihn seit Tagen immer wieder heimsuchte.
Sollte es wirklich ein Ende mit Schrecken geben? Daran wollte
er gar nicht denken.

»Aber sehen Sie das nicht ein wenig zu pessimistisch, Herr
Professor?«

»Ach, sehen Sie sich doch um, Herr Oberst. Hier geht doch
alles den sprichwörtlichen Bach hinunter. Alles versinkt im
Chaos. Die Regierung hat doch überhaupt nichts mehr unter
Kontrolle. Das halbe Kabinett hört nur noch auf die Anwei-
sungen aus Berlin, und die Beamtenschaft unternimmt alles in
ihrer Macht Stehende, um sich auf die Seite der zu erwarten-
den Sieger zu schlagen. Für Österreich sind doch nur noch die
Juden, ein paar unverbesserliche Monarchisten und vielleicht
das Häuflein Kommunisten, das es in diesem Lande gibt.«

»Apropos«, Bronstein wollte nicht schon wieder Weltunter-
gangsphantasien hören, »wie geht es denn dem Fräulein Tochter?«

Kvitek sah Bronstein einen Augenblick skeptisch an, dann
seufzte er laut. »Mit der Katastrophe, in die dieses Land schlit-
tert, korrespondiert die persönliche Tragödie, von der ich getroffen wurde.«

Bronstein wurde blass. »Um Himmels willen, Herr Professor! Dem Fräulein Tochter wird doch hoffentlich nichts passiert sein?«

Kvitek machte eine wegwerfende Bewegung mit der rechten Hand. „So schlimm ist es nun wieder auch nicht. Aber sie ist die Enttäuschung meines Lebens."

„Wieso das denn? Ist sie zu den Nazis übergelaufen?" Bronstein wusste sofort, dass sein versuchter Scherz mehr als unpassend gewesen war. Kvitek hielt inne, stieß schwer Luft aus und nahm dann seine Augengläser ab. Er rieb sich die Nasenwurzel, seufzte ein weiteres Mal und schien mit sich zu ringen, inwieweit er Bronstein ins Vertrauen ziehen sollte.

„Erinnern Sie sich noch an den Sommerabend vor etwa zehn Jahren?", fragte er dann.

„Aber selbstverständlich! Wie könnte ich den vergessen?"

„Sehen Sie, damals hatte man doch allen Grund anzunehmen, dass mein Fräulein Tochter, wie Sie sich auszudrücken belieben, eine großartige Karriere vor sich hat. Sie wirkte wie eine überaus kompetente Studentin, die es bis zur Hochschullehrerin bringen konnte. Und ich Narr habe nicht bemerkt, dass das alles nur Fassade war!"

Beinahe schien es, als träten Kvitek die Tränen in die Augen.

„Nur Fassade? Verzeihen Sie, Herr Professor, aber ich fürchte, ich kann Ihnen nicht ganz folgen."

„Betrogen hat sie mich. Ausgenützt und angelogen!", platzte es aus Kvitek plötzlich hervor. „Ich alter Trottel habe geglaubt, ihre Studien zu finanzieren, dabei hat sie hier in Wien die Nacht zum Tage werden lassen. Ist von einem Tanzvergnügen zum nächsten geeilt, trieb sich in zwielichtigen Spelunken herum, und wenn man ..." Kvitek versagte die Stimme, und Bronstein war sich nun sicher, dass er weinte, wenngleich der Professor demonstrativ das Gesicht von Bronstein abwandte.

„Wenn man ...", half dieser aus, doch ehe der Professor weitersprach, zog er ein Sacktuch aus seinem Jackett und putzte sich umständlich die Nase. „Wenn man", begann er mit brüchiger Stimme, „den Aussagen ihrer Mitbewohner glauben darf, dann war sie eine Art Wanderpokal."

„Wanderpokal?" Bronstein verstand nur Bahnhof.

„Jeder schien sie haben zu dürfen", schrie der Professor plötzlich, und in seinem Gesicht blitzte ein Zorn auf, der unendlich großer Verletzung und Zurücksetzung geschuldet war. „Der Kellner, der Hausmeister, der Fleischer an der Ecke …, anscheinend ist meine saubere Tochter hochgradig nymphoman. Es brauchte nur irgendein Schlawiner schief grinsen, und schon hat sich meine Tochter … ihm … hingegeben."

Kvitek machte eine abwehrende Geste. Er hob die Arme und wandte sich ab. Bronstein stand verlegen da und wusste nicht, was er sagen sollte, während Kvitek sein Gesicht in seinen Händen vergrub. „Und wissen Sie, was der einzige Platz war, an dem man sie nie angetroffen hätte?" Kviteks Worte drangen gedämpft aus dem Schutzschild, das Kvitek vor seinem Mund gebildet hatte. „Die Universität! Sie hat natürlich nicht fertig studiert. Sie arbeitet …, wenn sie überhaupt arbeitet … in irgendeiner Schankwirtschaft als Kellnerin. Meine Tochter! Stellen Sie sich das vor! Diese Schande! Am liebsten würde ich sie verstoßen!"

Bronstein trat verlegen von einem Bein auf das andere.

„Na ja", resümierte Kvitek mit belegter Stimme, „jetzt muss sie alleine klarkommen. Mich kümmert das nicht mehr. Ich reise heute Abend noch nach Prag. Und daher muss ich noch einige Besorgungen erledigen. Herr Oberst, ich wünsche Ihnen viel Glück. Aber wenn ich Sie wäre, würde ich mich auch rarmachen in der schönen Wienerstadt. Die Nazis werden kommen. Und bei Ihrem Namen, Sie verzeihen, wenn ich das so unverblümt sage, werden Sie dort nicht viele Freunde finden."

Sofort verspürte Bronstein wieder dieses beunruhigende Stechen in der Seite. Trotz der Kälte begann er zu schwitzen. Seine Hände verkrampften sich, und er musste sich um einen regelmäßigen Atem bemühen. „Herr Professor", presste er förmlich aus sich heraus, „es war schön, Sie noch einmal gesehen zu haben. Ich wünsche Ihnen von Herzen alles Gute, auch, dass die Angelegenheit mit Ihrer Tochter wieder in Ordnung kommt. … Aber Sie müssen mich jetzt entschuldigen, ich habe einen Mord aufzuklären. … Weil noch sind nämlich die Nazis nicht da. … Zumindest nicht an der Macht. Wenn ich mich also empfehlen dürfte?"

„Ja, das dürfen S'", entgegnete Kvitek bedächtig, „aber denken S' darüber nach, was ich Ihnen g'sagt hab. Passen S' auf, dass es nicht zu spät ist. Im Reich haben die Leute auch geglaubt, so heiß, wie's gekocht wird, wird's schon nicht gegessen, und dann sind s' auf einmal in Dachau g'sessen, oder in Oranienburg oder sonst wo. Denken S' an meine Worte, Herr Oberst."

Bronstein begann bereits, seinen Weg fortzusetzen. „Ja, ja, ich werde sie beherzigen", rief er noch über die Schulter, dann sah er zu, dass er in sein Büro kam. Unwillkürlich wurden seine Schritte dabei immer schneller, und ohne dass er sich sein Verhalten irgendwie hätte erklären können, ertappte er sich plötzlich dabei, dass er lief. Keuchend erreichte er den Ring und bog nach links ein, wo das Präsidium bald in seinen Blick kam. Als er die Treppe hinauf in sein Stockwerk nahm, verspürte er einen stechenden Schmerz in der Seite. War er auch schon so bedient wie der alte Pokorny? Bronstein drückte die aufsteigende Panik weg und gelangte endlich an seinen Arbeitsplatz.

Schwer ließ er sich in seinen Sessel plumpsen. Er stützte seinen Kopf in die Hände und schloss die Augen. Wie sollte er

sich auf den Fall konzentrieren, wenn links und rechts alles zu-
sammenbrach? Doch Bronstein kam nicht zum Grübeln. Schon
ging die Tür auf, und Cerny betrat den Raum.

„Du wirst es nicht glauben …“, begann er, ehe er Bronsteins
Gemütslage erkannte, … „aber was ist denn?“

„Ah, der Pokorny … des aa no!“ Und Bronstein berichtete
im Telegrammstil, was dem alten Kollegen widerfahren war.
„Und deswegen war ich auch nicht bei der Jedlicka“, fügte er
entschuldigend hinzu. „Aber zurück zu dir. Was werd’ ich nicht
glauben?“

Cerny stand einen Augenblick unschlüssig da. Er wusste um
Bronsteins enge Beziehung zu Pokorny, hatte den Alten selbst
aber kaum je kennengelernt, weshalb er nun hin- und hergeris-
sen war zwischen Anteilnahme für Bronsteins Besorgnis und
dem Bedürfnis, dem Vorgesetzten seine Erkenntnisse zu über-
mitteln. Bronsteins einladende Geste nahm ihm schließlich die
Entscheidung ab, und er setzte sich.

„Das Haus“, begann er also, „hat gar nicht dem Suchy
g’hört.“

Bronstein schreckte aus seinem Sinnieren auf und zog die
Augenbrauen nach oben: „Ah ned?“

„Nein. Es gehört der Partei.“ Cernys Lächeln hatte etwas
Überlegenes. Es war ihm anzusehen, wie stolz er auf seine Ent-
deckung war.

„Du meinst, der Suchy war nur ein Strohmann?“

„Na ja, eigentlich nicht so direkt.“ Cerny holte kurz Luft
und fasste dann seine Erkenntnisse für den Chef zusammen.

„Es dürfte tatsächlich so gewesen sein, dass der Suchy das
Haus seinerzeit selbst gekauft hat. Also für sich, meine ich. Mit
eigenem Geld. Wobei – im Nachhinein kann man das natürlich
nicht mehr rekonstruieren. Jedenfalls dürfte dem Suchy mit der

Zeit das Geld ausgegangen sein, denn er hat das Haus zuerst teilweise und dann nach und nach ganz belehnt. Im 31er Jahr hat es de facto der Creditanstalt gehört."

„Der Creditanstalt?" Bronstein war seine Verwunderung deutlich anzumerken. „Der Oberarier war ausgerechnet beim alten Rothschild in der Kreide?"

„Ja, genau. Das nennt sich Ironie, was? Na ja, aber die Creditanstalt ist ja dann zusammengebrochen …"

„Ja, erinnere mich nicht daran!" Bronstein verzog den Mund zu einer angewiderten Grimasse.

„… und da kommt jetzt die Partei ins Spiel", fuhr Cerny dessen ungeachtet fort. „Offenbar war das Haus Teil jener Konkursmasse, die irgendwie veräußert wurde, um die Schulden der Bank wenigstens teilweise abzudecken."

„Und der Suchy selbst hat sich das nicht leisten können, weshalb …", fuhr Bronstein mit Cernys Erzählung fort, „er seine Partei bat, für ihn einzuspringen."

„Genau", bestätigte Bronsteins Visavis, „das dürfte gar nicht so leicht für ihn gewesen sein, denn immerhin musste er seinen arischen Freunden erklären, warum er sich ausgerechnet bei einem jüdischen Bankhaus verschuldet hat."

„A wos", Bronstein machte eine wegwerfende Geste mit der rechten Hand, „im Gegenteil, der wird genau das g'sagt haben, was diese Brüder immer sagen. Shylock, raffendes Kapital, Wucher … das ganze Programm halt."

„Ja, kann sein. Jedenfalls gehört das Haus seit Anfang 32 der NSDAP."

Bronstein griff nach einer Zigarette und hielt plötzlich inne. „Moment", sagte er, „die Partei ist doch seit 33 verboten. Wie kann die also irgendeinen Besitz haben? Rechtlich, meine ich."

Cerny grinste: „Gratuliere, Chef. Du hast den Nagel wieder einmal auf den Kopf getroffen. Hätten die Nazis nicht aufgepasst, wäre das Haus so wie all ihr anderes Vermögen beim Verbot einfach beschlagnahmt worden. Also haben die Parteigranden das Haus rechtzeitig einem treuen Parteigenossen geschenkt."

„Also doch dem Suchy?"

Noch ehe Cerny Enttäuschung signalisieren konnte, bremste ihn Bronstein mit einer erhobenen Rechten, „nein, Blödsinn, kann nicht sein, weil sonst hättest du ja am Anfang nicht g'sagt, es g'hört gar nicht ihm. … Hmm, dem Frauenfeld, dem Seyß-Inquart, dem …"

„… dem Frank."

Cernys triumphierendes Lächeln ließ keine Interpretationsmöglichkeit zu.

„Dem alten Grantscherm aus dem dritten Stock?" Bronstein war ehrlich überrascht.

„Genau dem. Aber es kommt noch besser. Der Frank ist seit jeher beim Suchy hoch verschuldet, und so haben die beiden vor ziemlich genau einem Jahr bei einem Notar, der übrigens auch der Bewegung nahesteht, einen Vertrag aufgesetzt. Wenn der Frank seine Schulden nicht bis zum 1. Mai 1938 auf Schilling und Groschen zurückzahlt, dann fällt das Haus automatisch wieder an den Suchy zurück."

„Waren denn die Schulden so hoch?"

„Wahrscheinlich nicht. Aber der Frank muss sich ziemlich sicher gewesen sein, bald zu Geld zu kommen. Sonst wäre er auf so eine riskante Variante gar nicht eingestiegen."

„Entweder das, oder er hat gehofft, dass die Bewegung vorher in Österreich an die Macht kommt, sodass der Vertrag aus politischen Gründen hinfällig wird."

Cerny nickte. „Jedenfalls sollten wir uns den sauberen Herrn Frank noch einmal genauer anschauen."

Nun nickte Bronstein. „Allerdings stellt sich die Frage, warum er ausgerechnet jetzt so eine Panikreaktion setzen sollte. Immerhin waren es ja noch eineinhalb Monate bis zum Fälligkeitsdatum, und bis dahin kann ja noch viel passieren."

„Das stimmt", pflichtete Cerny bei, „aber das könnte bedeuten, dass Frank entweder nicht das Geld bekommen hat, mit dem er gerechnet hatte, oder er hat schon jetzt zugeschlagen, um den Zusammenhang mit besagtem Vertrag zu verschleiern."

Jetzt schüttelte Bronstein den Kopf: „Nein, nein, so blöd ist nicht einmal ein Nazi. Der weiß, dass wir recht schnell auf die Sache mit dem Vertrag draufkommen", dabei machte er eine anerkennende Geste in Richtung Cerny, „und dann ist er automatisch der Verdächtige Nummer eins. Aus Berechnung kann er also nicht vorgegangen sein. Bleibt die Panik. Nur, warum sollte er die haben?"

Cerny bereicherte den Fundus an mimischen Reaktionen nun durch eine ratlose Miene. „Tja", sagte er nur, „das bleibt herauszufinden."

„Wie wahr." Bronstein sah auf die Uhr. „Na ja", meinte er dann, „Mittagessen fällt heute anscheinend aus. Wir müssen noch einmal in die Skodagasse. Einerseits wegen der Jedlicka, andererseits wegen dem Frank."

„Ja, das sehe ich auch so", signalisierte Cerny Zustimmung.

Zwanzig Minuten später befanden sie sich wieder vor dem Haus. Bronstein zögerte. „Du, ich glaub, es ist besser, du gehst zu dem Frank. Ich nehm mir die Jedlicka vor. Weißt eh, mit Hausmeisterinnen kann ich irgendwie besser." Dabei bemühte er sich um ein Schmunzeln. „Und wenn wir fertig sind, treffen wir uns da drüben beim Wirten." Dabei deutete er auf das Gasthaus, das sich an der Ecke befand. „Auch an solchen Tagen muss man irgendwann etwas essen."

„Passt. Bis dann also." Cerny nickte Bronstein noch einmal zu und schickte sich an, den dritten Stock zu erklimmen. Bronstein aber klopfte an die Pforte der Hausbesorgerin. Diese öffnete umgehend.

„Der g'selchte Kieberer", sagte sie mit einer gehörigen Portion Verachtung in der Stimme. „Was wollen nachher Sie schon wieder?"

„Na ja, Gnädigste", ignorierte Bronstein die bösartige Anrede, „Sie haben in der Früh etwas erzählt über diverse Buben, die der Suchy ... nun ... nationalpolitisch erzogen hat. Darüber müssten wir, glaube ich, mehr wissen."

„Was meinen S'? Glauben S', i war da dabei oder was?" Die Jedlicka stemmte die Hände in die Hüften und nahm eine ablehnende Haltung ein.

„Nein, nein", beeilte sich Bronstein mit einer Antwort, die er mit einer begütigenden Geste seiner Hände unterstrich, „ich dachte da an die Knaben. Und daran, ob Sie vielleicht wissen, wie die heißen und wo die wohnen."

„Sagen S' einmal, um was soll ich mich denn noch alles kümmern, ha?! Ich muss da jeden zweiten Tag die Glander wischen. Zweimal in der Wochen heißt's Stiegen waschen, einmal im Monat Fenster putzen. Den Zins muss i kassieren, das Licht auswechseln, wenn irgendwo a Birn' gangen ist. und wenn irgendeine von die Herrschaften meint, die Nacht zum Tag machen zu dürfen, dann muss i aus mein' Bett außekraxeln und denen die Tür aufsperren. Und da glauben Sie ernsthaft, i kann mi a no darum scheren, wie die Bankerten heißen, die da auf Wotan und Odin machen?"

Bronstein hielt dem flammenden Blick der Jedlicka stand. „Ja", sagte er nur.

Gegen ihren Willen musste die Hausmeisterin grinsen. „Ja, haben S' eh recht", gluckste sie. „Natürlich waaß i des. Es gibt nix, was a Hausmeisterin ned waaß."

„Ja, das wiederum weiß ich. Jahrelange Berufserfahrung."

„Alsdern. Am besten, Sie fangen mit die Oberhollenzer an. Die wohnen in dem Abbruchhaus in der Lederergassen. Dann ist da noch der Kranewetter in der Kochgassen, und drüben in der Spitalgassen die Wagnerischen. Und als besonderes Zuckerl schauen S' Ihnen die Witzmann am Bennoplatz an. Des is a ganz besondere Mischpoche."

„Warum, Frau Jedlicka, hab ich das Gefühl, Sie können mir noch einiges über diese Familien erzählen, bevor ich dorthin gehe?" Dabei lächelte Bronstein verschwörerisch.

„Weil aa a Kieberer amoi den richtigen Riecher haben kann." Die Jedlicka winkte ihn zu sich. „Also kommen S' erst einmal rein da. Bei einem Kaffee redet si's leichter."

Bronstein befand sich wieder einmal in einer der charakteristischen Vorzimmerküchen der Wiener Vorstadt. Auch diese war kaum größer als zehn Quadratmeter. Linker Hand befand sich der Gasherd, daneben die Spüle, und rechter Hand war ein wackeliger Tisch untergebracht, der mit einer weißen Sitzbank und einem ebenfalls weißen Sessel versehen war. Auf Letzterem nahm Bronstein Platz, dieweilen die Jedlicka eine Espressomaschine vom Herd nahm, aus der sie Bronstein einschenkte. „Ich hab mir nämlich grad einen g'macht", erklärte sie.

„Die Oberhollenzer", fuhr sie fort, nachdem sie selbst ihren Kaffee wieder in die Hand genommen hatte, „san ganz arme Hund. Die kumman eigentlich aus Südtirol, aber von dort hat s' der Mussolini verjagt, weil s' halt Deutsche san, ned. Der alte

Oberhollenzer war dort Bauer. Na, frag ich Sie, was soll a Bauer in Wien, ned wahr?! Der hat die Haxen da nie am Boden kriegt. Lebt von der Luft, könnt ma sagen. Und hat natürlich a Mordstrum Wut im Bauch. Saufen tut er aa a bissl, oisc ned wirklich des, was ma einen netten Zeitgenossen nennen könnt'. Dann is eam a no sei Alte im Vorjahr g'storben, und jetzt steht er da mit seine zwe_ Gschrazn. Der Karl und der Otto. Der Ältere ist zehne oder elfe, der Otto zwei Jahr' jünger. Die san dauernd beim Suchy g'wesen. Ka Wunder eigentlich, weil die hat er, wos i waaß, a in Ruh g'lassen. Die waren eam beide zu fremd, tät i sagen, weil was die reden, des is alles, nur ka Deutsch ned, verstehen S'? Die tan ned tuan, die tan tian! Und die san a ned, die sein." Dabei bemühte sich die Jedlicka um ein möglichst phonetisches Nachäffen des Südtiroler Dialekts. „Da war er scho wesentlich mehr auf die Kranewetter versessen, weil die kommen so wie er aus der Böhmei. Irgendwo hinter Iglau waren die daheim. Von dort haben s' es g'stampert im 19er Jahr. Na, is er nach Wien kommen, der Hermann. Da hat er dann die Fini g'heiratet, die ehemalige Strickwarenmamsell von der Fuhrmannsgassen. Jetzt haben die aa zwa Buam, den Richard und den Schurli. Liebe Buam eigentlich. Und genau des is ihr Gwirks."

Bronstein ahnte, was die Jedlicka damit meinte.

„Beim Wagner is' ähnlich. Der hat früher beim Waggonbau g'hackelt und ziemlich gut verdient dabei. Jetzt is er seit fast zehn Jahr hackenstad und schreit bei jeder Gelegenheit, wann der Hitler endlich kumman tät, dann warat endlich alles anders. Den habts eh schon zweimal eing'naht. Und sei Bua is a echte Krätz'n. Ganz der Papa, könnt man sagen. Siegfried heißt er. Und dauernd brunzt er mir ins Stiegenhaus, der Saubartel, der elendige. Aber irgendwann erwisch i eam, und dann is für eam Antori am Letzten, des sag i Ihnen "

„Und diese … Witzmanns? Vom Bennoplatz?"

„Na servas. Vor denen tät sogar Ihnen grausen. Die Alte is a Geheime …"

„Was? Eine Kollegin?"

„Na! A Hur. Aber ohne Deckel halt. Die schafft daham an. Drum haut's ihre Gschrappen dauernd auße, damit s' die Gschamsterer drüberlassen kann. Des waaß a jeder do im Bezirk. Bitte, i versteh des eh ned, weil die Alte is so was von schiach, da solltert ma glauben, die Mauna miassatn wos zahlt kriagn dafür. I maan, de miassatn S' sehn: a Gstell wia a Postross, Haxn wia a Elefant und a Haut wia ane von de Kellerleichen da in die Katakomben in Böhmen oben. Und ned amoi Dutteln. Aber bitte. Vielleicht hat's ja a b'sondere Praktik oder so, wos waaß i. Jedenfois schustert de in ana Tour. Und der Trottel, der wos ihr Mann is, der dackelt ihr hinterher, als wär er ihr persönlicher Leibsklave. Aber der is a a ganz besonderes Siemandl. A Stimm wia a Kastrat, und wennst eam schief anschaust, dann bischt er si an."

„Und woher, Frau Jedlicka, wissen Sie das alles?"

„Jo mei, i kenn mi aus in mein' Rayon." Die Bestimmtheit, mit der diese Aussage erfolgte, ließ keinen Widerspruch zu. Noch ehe Bronstein dazukam, eine weitere Frage zu stellen, klopfte es an der Tür.

„Wer is nachher des? No ana von eichan Verein?" Die Jedlicka stieß sich von ihrer Kredenz ab und bewegte sich in Richtung Tür. Als diese geöffnet war, kam Cerny zum Vorschein. „Du", begann er sichtlich irritiert, „der Frank macht ned auf."

„Der wird sicher sein Mittagsschlaferl halten", antwortete die Jedlicka an Bronsteins statt, „des macht der immer so um die Zeit. Warten S' halt a halbe Stund."

„Ah ja, verbindlichen Dank." Cerny verbeugte sich leicht, machte auf dem Absatz kehrt und begab sich wieder ins Stiegenhaus. Die Jedlicka sah ihm kopfschüttelnd nach. Dann wandte sie sich an Bronstein.

„So hab ich das aber nicht g'meint. Ich hab g'meint, er soll dableiben, da bei uns."

„Er ist sehr dienstbeflissen, der Kollege Cerny", sagte Bronstein leichthin.

„Ja, des sieht man. Schad'! So ein fescher Kampel. Da geht einem direkt das Herz auf." Die Jedlicka schickte einen sehnsuchtsvollen Blick in Richtung obere Stockwerke.

„Tja, Frau Jedlicka", bemerkte Bronstein lapidar, „der fesche Kampel ist in festen Händen."

Die Hausmeisterin wandte sich um und legte sich eine Spur Koketterie zu: „Aber Sie ned, gell? Sie warat'n nu zum Haben?"

Bronstein fühlte sich verunsichert. Tändelte die Alte jetzt mit ihm? Nun ja, alt! Hatte sie nicht am Morgen gesagt, sie sei 50? Dann wäre sie immerhin vier Jahre jünger als er. So gesehen mochte er für eine Frau im vorgerückten Alter durchaus attraktiv sein. Es hieß also, Vorsicht walten zu lassen.

„Äh ja, aber …"

„Das hab i ma denkt", unterbrach ihn die Jedlicka. „Die besten Mannsbilder san immer schon vergeben. Nur so schiache Krampen wia Sie aner san, die gabat's no. Es ist a Jammer."

Bronstein meinte, sich verhört zu haben. Doch die verächtliche Pose der Hausbesorgerin ließ keinen Zweifel zu. Er war eben zu einem alten Werkzeug degradiert worden. Mit einer üppigen Portion Bestimmtheit stellte er den Kaffee auf den Tisch und erhob sich. „Na, dann wird der alte Krampen einmal den Mörder vom Suchy dingfest machen, damit die alte Bissgurn in Ruhe schlafen kann."

Ohne die sprachlos zurückbleibende Jedlicka noch eines Blickes zu würdigen, verließ er deren Wohnung und trat ins Freie. Auf diese Demütigung hatte er sich ein ordentliches Mittagessen wahrlich verdient. Er wechselte die Straßenseite und begab sich ins Innere des dort angesiedelten Gasthauses. Gleich gegenüber der Schank fand er einen freien Tisch. Er ließ sich nieder und zündete sich eine „Donau" an, während der Wirt an ihn herantrat.

„Was darf's sein, der Herr?"

„A Viertel Weiß. Und was hamma zum Essen?"

„A Stephaniebraten warat da. Mit Erdäpfelpüree und g'röste Zwiefel."

„Das klingt verlockend. Das nehm ich."

„Sehr wohl, der Herr."

Bronstein sah sich um eine Zeitung um. Er ignorierte den kaum versteckten „Völkischen Beobachter" und griff stattdessen zur „Wiener Zeitung". Die machte naturgemäß in marktschreierischer Form mit Schuschniggs Volksabstimmung auf, welche der Kanzler am Vortag in Innsbruck angekündigt hatte. Folgte man der Argumentation des Staatsorgans, dann diente das Plebiszit der Sicherung des inneren Friedens im Lande. Bronstein blies verächtlich aus. Innerer Frieden! Als ob die Nazis eine Niederlage einfach so hinnehmen würden. Viel wahrscheinlicher war es, dass sie auf ihre Abfuhr an den Urnen mit einer neuen Terrorwelle antworten würden. Wie schon in den letzten Jahren gingen dann wohl wieder Bahngleise und Fabrikseinrichtungen hoch, und wie immer würde die Staatspolizei dabei mehr als alt aussehen. So schmerzhaft die Erkenntnis auch war, aber Cerny hatte recht. Selbst wenn der Ständestaat sich noch einmal gegen Hitlers Horden durchsetzen würde, so gewann er damit bestenfalls eine Atempause. Solange diese Barbaren nicht im Reich stürzten, so lange würden sie auch Österreich im Würgegriff halten. Und diese Erkenntnis verlangte eigentlich nach einem Schnaps.

Bronstein verkniff es sich allerdings, schon vor dem Essen Hochprozentiges zu sich zu nehmen, sondern bemühte sich stattdessen, dem Artikel weiter zu folgen. Anscheinend glaubte Schuschnigg wirklich, der Bevölkerung eine beeindruckende Bilanz seiner Kanzlerschaft vorlegen zu können. Von einer verdienstvollen Sozialpolitik war da die Rede, die das stolze Gebäude der sozialen Gesetzgebung in Österreich nicht nur erhalten, sondern vielmehr weiter ausgebaut habe. Von einer Wirtschaftspolitik, die sich erfolgreich dem Erhalt bestehender und der Schaffung neuer Arbeitsplätze verschrieben habe. Im Übrigen, so buhlte die Regierung unverhohlen um die Stimmen der Nazis, bedeute ein Bekenntnis zu einem unabhängigen Österreich keineswegs eine Absage an die deutsche Volks- und Kulturgemeinschaft. Gerade in einer Zeit wachsender internationaler Bedrohungen, wo es allerorten Spannungen und Gefahrenmomente gebe, dürfe der Einzelne nicht mehr abseits stehen, sondern müsse mitwirken am Aufbau des ewigen, unzerstörbaren Österreich.

Bronstein nahm einen tiefen Schluck aus seinem Weinglas, welches der Wirt mittlerweile gebracht hatte. Ewig und unzerstörbar! Er wollte, er könnte sich ebenfalls zu einem derartigen Optimismus hinreißen lassen. Doch es wäre wohl besser gewesen, den Artikel gar nicht erst zu lesen, dann hätte er vielleicht mit etwas mehr Zuversicht der Abstimmung entgegensehen können. Nun aber kam ihm Cernys Einschätzung der Lage mit einem Mal mehr als realistisch vor.

Dieser Eindruck verfestigte sich, nachdem Bronstein umgeblättert hatte. Auf Seite 2 befand sich ein geradezu hysterischer

Artikel, dessen Verfasser behauptete, Innsbruck sei, da der Kanzler dort die Volksabstimmung angekündigt hatte, zum Mittelpunkt der Welt geworden. Woher nahmen Politiker und die mit ihnen symbiotisch verwachsenen Zeilenschinder immer diese größenwahnsinnigen Phrasen? Eine Kleinstadt, in der einem der Föhn permanent Kopfweh bereitete und wo einem die Nordkette das Gefühl gab, gleich unter einer Steinlawine begraben zu werden, sollte das Zentrum des Weltgeschehens sein. Wer, bitte schön, sollte das glauben? In diesem Lichte waren auch die Prognosen des Journalisten in höchstem Maße anzuzweifeln. Ein millionenfaches „Ja" werde die Antwort auf Schuschniggs Ankündigung sein, prophezeite das Blatt. Na ja, dachte Bronstein, während er sich nach seinem Essen umsah, wenn eine Million für Schuschnigg stimmte, dann blieben immer noch drei Millionen für Hitler.

„Mahlzeit."

Wie recht der Mann hatte, auch wenn es der Wirt, der eben den Stephaniebraten auf den Tisch stellte, sicherlich ganz anders meinte. Bronstein dankte und griff zur Gabel. Sobald sich der erste Bissen faschierten Fleisches in seinem Mund befand, fühlte Bronstein förmlich, wie er sich zu beruhigen begann. Bei einem vollen Magen war eben alles nicht mehr so tragisch. Und der Küchenchef hatte gute Arbeit abgeliefert. Der Braten war luftig und leicht, auch das Püree wies keinerlei Klumpen, dafür aber die richtige Konsistenz auf. Und die gerösteten Zwiebeln waren gleichfalls genau so geraten, wie sie sein mussten. Knusprig und würzig. Da konnte der Schmalspurführer aus Riva am Gardasee nicht mithalten. Was forderte der da überhaupt? An dieser Stelle war sogar der hymnische Bericht des Regierungsorgans entlarvend. Dieser notierte bei Schuschniggs Ruf, man wolle ein freies und deutsches Österreich, stürmischen Beifall, bei seiner Forderung, man wolle ein soziales Österreich, begeisterte Zustimmung, und bei seiner Ankündigung, man wolle ein einiges und christliches Österreich, lediglich Bravorufe. Stürmische Begeisterung war da offensichtlich ausgeblieben. Doch diese Tatsache bekümmerte Bronstein weit weniger als die Erkenntnis, den letzten Bissen seiner Mahlzeit zu sich genommen zu haben. Er fühlte sich keineswegs satt und überlegte, ob er sich noch irgendeine Nachspeise bestellen sollte. Just in diesem Augenblick ging die Tür auf, und Cerny stand in der Stube. Hastig trat er auf Bronstein zu, der sich eben eine weitere „Donau" anzündete.

„Wir haben ein Problem", flüsterte Cerny, leicht zu Bronstein hinabgebeugt.

„So?", sagte der in normalem Tonfall.

„Der Frank ist tot", zischte Bronsteins Gegenüber. „Ermordet. Genau wie die Suchy. Durchgeschnittene Kehle."

Bronstein brachte gerade noch seine Lippen wieder zusammen, um zu verhindern, dass ihm die Zigarette aus dem Mund fiel. „Na servas", sagte er endlich und gestand sich dabei ein, eben seinen Hauptverdächtigen verloren zu haben. Er rief nach dem Wirt, zahlte seine Zeche und folgte dann Cerny zurück in jenes Haus, das zum zweiten Mal binnen weniger Stunden zum Tatort geworden war.

In Franks Wohnung angekommen, besah sich Bronstein die Bescherung. Der alte Mann lag in merkwürdig verdrehter Körperhaltung auf dem Boden zwischen seiner Chaiselongue und dem Schreibtisch aus Eichenholz. „Offenbar hat er sich gerade irgendetwas angesehen, das auf dem Tisch da lag", begann Cerny und wies auf die mit Blutspritzern übersäte Schreibfläche, „als der Täter ihm von hinten die Gurgel aufgeschlitzt hat."

„Ja", bestätigte Bronstein, „sonst wäre hier nicht alles voller Blut." Er beugte sich zu dem Opfer hinunter. „Sieht haargenau so aus wie beim Suchy. Ich sage, das war derselbe Täter, und zwar mit derselben Waffe."

„Das sehe ich auch so", pflichtete ihm Cerny bei. „Entweder, der Täter hat Frank in eine Falle gelockt, indem er ihm irgendetwas mitbrachte, was der in Augenschein nahm, oder er hat einfach einen günstigen Moment für sein Vorhaben ausgenutzt."

„Also ich vermute, der Täter hat dem Frank etwas gezeigt. Nur, was kann das gewesen sein? Geld? Und er hat es gezählt?"

„Oder die Besitzurkunde", mutmaßte Cerny.

„Jedenfalls ist es schon eine Weile her", stellte Bronstein fest, „da, schau, die kleineren Blutspritzer sind teilweise schon eingetrocknet."

Cerny stieß einen Pfiff aus. „Das heißt, Frank war wahrscheinlich schon tot, als die Hausmeisterin gemeint hat, er halte sein Mittagsschlaferl."

„Ja. Vermutlich." Bronstein sah sich in dem Zimmer um. Dann wandte er sich wieder an Cerny: „Weißt du, was mich am meisten magerlt?"

„Was denn?"

„Dass mir jetzt gleich beide Spuren abhanden gekommen sind. Denn es ist mehr als unwahrscheinlich, dass ein aufgebrachter Vater, der den Suchy g'macht hat, weil der mit seinem Sohn widernatürliche Unzucht trieb, auch diesen alten Trottel da aus dem Weg räumt."

„Es sei denn, der Frank hat etwas spitzgekriegt und den Täter erpresst."

„Komm, Cerny, das ist ein Topfen. Du hast selber g'hört, dass das lauter arme Hund' sind. Wie soll der Frank so jemanden erpressen? Die haben doch keinen Groschen Geld in der Tasche."

„Hast recht. Das heißt, wir stehen wieder ganz am Anfang."

„Schaut ganz so aus."

Bronstein dachte nach. Dann straffte er seinen Körper. „Gut", begann er, „du schaust, was wir alles über den Frank haben. Ich geh trotzdem noch zu diesen Vätern. Vielleicht weiß ja doch irgendwer irgendwas. Und um vier treffen wir uns im Präsidium noch einmal und gleichen unseren Wissensstand ab." Cerny nickte nur.

Die beiden verließen die Wohnung und gingen die Treppe abwärts. Sie hatten fast das Haustor erreicht, als die Tür aufflog und die Raczek ins Innere des Hauses eilte. Sie wirkte abgekämpft und sichtlich erregt.

„Ja Joh…, Asia, was ist denn?", fragte Bronstein besorgt.

„Ah nix", gab sie unwillig zurück, „die depperten Nazibuam regen mich auf. Die lungern da an der Ecke und feixen in einer Tour. Die tun grad a so, als g'hörat ihnen das Land scho. Und ihr schauts dabei a noch zu."

Bronstein fühlte sich in seiner Ehre gekränkt. „Das werden wir gleich haben. So weit ist es ja zum Glück noch nicht, dass diese Falotten einer Dame eine Goschen anhängen dürfen. Noch nicht!"

„Aber, David, lass nur", lenkte die Raczek ein, „das hat ja keinen Sinn. Die lernen's eh nie."

„Was haben s' denn überhaupt g'sagt oder tan?"

„Ah, das Übliche. Dass, wenn sie einmal an der Macht sind, Leute wie ich am Strick baumeln. Weil ich eine perverse Ostsau bin. So Sachen halt. Das machen die jedes Mal. Eigentlich bin ich ja schon dran gewöhnt. Aber weißt eh, irgendwann wird einem das auch zu viel."

Bronstein öffnete das Haustor und sah sich um. Tatsächlich standen ein paar junge Männer an der Ecke und grinsten provokant. Ihr ganzes Erscheinungsbild passte zu den illegalen Nationalsozialisten. Sie hatten die Haare hinten ausrasiert, während selbige vorne weit in die Stirn hingen. Dazu trugen sie weiße Hemden, Knickerbockerhosen und weiße Kniestrümpfe, die in genagelten Goiserern steckten. Die schwarzen Hosenträger waren unverkennbar Teile der NS-Uniform, doch konnte man sie dafür kaum belangen. Dennoch fühlte sich Bronstein bemüßigt, seine Reputation bei Johanna wiederherzustellen. „Fahrts o do, es Bagage!", belferte er und hielt dabei seine Kokarde hoch, „schauts, dass weiterkommts!"

„Geh in Oasch, Kieberer", erntete er als Antwort, „mit dein' Blech kannst abmarkieren. Aber gach aa no."

„Genau! Des zählt elfe", ließ sich ein zweiter Jungnazi vernehmen.

„Hörst, i werd dir gleich zeigen, was das zählt!", brauste Bronstein auf, „die nimm i mit aufs Revier, da werden dir deine Sprüch' gleich vergehen."

Die Jungen sahen sich kurz an, dann setzten sie sich in Bewegung. Sie kamen drohend auf Bronstein zu, der blitzschnell seine Chancen kalkulierte. Die Gegner waren zu fünft. Sie waren wesentlich jünger und wohl auch wesentlich stärker als er. Unwillkürlich wich er einen Schritt zurück. „Ich warne euch!", rief er, doch es klang alles andere denn überzeugend.

Die Männer waren nur noch zwei, drei Meter von ihm entfernt. Sie ballten die Fäuste und begannen links und rechts auszuscheren. Es war offenkundig, dass sie ihn erst umkreisen und dann verprügeln wollten.

„Jetzt ist es aber genug!", hörte er Cernys Stimme hinter sich.

„Da schau, noch so a Spinatwachter", kam es verächtlich zurück.

Ganz plötzlich tauchte Cerny links in Bronsteins Gesichtsfeld auf. Er lief auf den ersten der Nazis zu, packte ihn, ehe dieser reagieren konnte, und schleuderte ihn mit dem Kopf voran gegen die Hausmauer. Es folgte ein dumpfes Geräusch, und der Nazi drehte sich langsam um die eigene Achse. Deutlich konnte Bronstein sehen, wie das Blut aus der Platzwunde an der Stirn quoll. Der Mann verdrehte die Augen, dann sackten ihm die Beine weg, und er schlug der Länge nach auf dem Gehsteig hin. Die anderen vier starrten ebenso überrascht wie entsetzt auf ihren Kameraden. Cerny achtete hingegen nicht auf ihn, sondern rammte dem Mann, der ihm nun am nächsten war, das Knie in die Weichteile. Der schrie kurz auf und ging dann gleichfalls in die Knie. Cerny riss seine rechte Hand hoch. „Schleichts euch", zischte er, „oder i faschier euch."

Tatsächlich traten die drei schweigend den Rückzug an. Cerny war ihnen sichtlich nicht geheuer. „Du kommst aa no in unser Gassen!", riefen sie, als sie genug Abstand zwischen sich und die Polizisten gebracht hatten. „Ja", antwortete Cerny, „und dann stampf i euch aa no ein!"

Bronstein war sprachlos. So wütend hatte er Cerny noch nie erlebt. „Heast", flüsterte er, nachdem er halbwegs zur Ruhe gekommen war, „so kenn ich dich ja gar ned."

„G'wöhn dich besser nicht dran", entgegnete Cerny, während er dem am Boden liegenden Nazi Handschellen anlegte, „allzu oft bring i des a ned z'samm."

Mit ziemlich wackligen Beinen begab sich Bronstein erneut in das Wirtshaus und rief von dort das zuständige Kommissariat an. Als er wieder auf die Straße trat, sah er, wie Cerny den zweiten Nazi ebenfalls fesselte. Mangels weiterer Handschellen mit einer Paketschnur, die er weiß Gott woher aus seinen Taschen zutage gefördert hatte. Trotz der aufkommenden Kälte rann ihm der Schweiß über die Stirn. Bronstein reichte ihm sein Sacktuch, und Cerny schenkte ihm einen dankbaren Blick. „Sonst verkühlst du dich noch", fügte Bronstein hinzu und scharrte verlegen mit den Beinen. Ohne Cerny, das wusste er, hätte er in dieser Auseinandersetzung noch älter ausgesehen als er sich fühlte. Vielleicht wurde er wirklich zu alt für diesen Beruf. In etwas mehr als einem halben Jahr würde er 55 werden. Da war man wahrlich kein junger Held mehr. Vielleicht suchte er, wenn das alles ausgestanden war, um eine Versetzung an? Irgendeine ruhige Büroarbeit, wo er die restlichen Jahre bis zur Pensionierung ohne all diese Aufregungen auskam! Doch würde er dann nicht doch etwas vermissen?

Ach was, sein ganzes Leben vermisste er etwas! Da kam es darauf auch nicht mehr an. Er war auf dem besten Weg zum senilen Trottel! Bald würde er im Park sitzen, Tauben füttern und heimlich verliebten Paaren beim Techtelmechtel zusehen. Und wenig später würde er zu trenzen beginnen. Er würde inkontinent und mangels Familie in irgendein Altenheim abgeschoben werden. Dort würde er dann noch ein Weilchen vor sich hinvegetieren, ehe er endlich die Patschen streckte. Man würde ihm den Holzpyjama anlegen, die Pompfineberer würden ihn einscharren, und kurz danach würde kein Mensch mehr wissen, dass es ihn überhaupt gegeben hatte!

„Kommst du klar?"

Cerny nickte. Bronstein begab sich ein drittes Mal in das Gasthaus. „Einen doppelten Obstler. Schnell. Es pressiert." In einem Zug leerte Bronstein das Glas. Fast augenblicklich wurde ihm ein wenig schwummrig. Die Bilder in seinem Kopf begannen zu verblassen. „Noch einen!" Endlich verschwanden die düsteren Zukunftsvisionen. Bronstein räusperte sich, legte den geforderten Betrag auf die Budel und begab sich wieder zu Cerny.

Der hatte mittlerweile Gesellschaft von ein paar Uniformierten erhalten, welche nach seiner kurzen Erklärung die beiden Krawallbrüder mitnahmen. Bronstein sah ihnen noch einen Moment nach, ehe er sich an den Oberstleutnant wandte. „Ich glaub zwar nicht mehr, dass die Spur mit den Kindern uns irgendwohin führen würde, aber anschauen will ich sie mir trotzdem. Wir treffen uns dann wie vereinbart am Revier." Abermals kam von Cerny ein Nicken.

Bronstein erwiderte dieses auf dieselbe Weise und wandte sich dann nach Westen in Richtung Gürtel. Als Erstes, so dachte er, steuerte er den Bennoplatz an, wobei er sich freilich nicht eingestand, die Witzmanns vor allem wegen der behaupteten Profession der Mutter als erste Familie gewählt zu haben.

Am Platz angekommen, fand er ohne Mühe sofort das richtige Haus. Davor spielten einige Kinder Tempelhüpfen. Sie waren überaus schäbig gekleidet und hatten für die Jahreszeit viel zu dünnes Gewand an. Wenigstens, so dachte Bronstein, wurde ihnen bei dieser Bewegung nicht kalt. Er blieb vor der Gruppe stehen und sah ihr eine Weile zu. Vor allem die drei Knaben interessierten ihn, denn es war gut möglich, dass zwei davon die kleinen Witzmanns waren.

„Servus, junger Mann", wandte er sich an den Ältesten der drei, „verrätst du mir, wie du heißt?" Der hob den Kopf, blickte aber haarscharf an Bronstein vorbei. „Hermann", sagte er mit einem merkwürdig schiefen Grinsen, „und ich gehe schon in die Schule. Aber nur am Vormittag."

Bronstein bückte sich leicht nach vor, um besser mit dem Jungen sprechen zu können. Die anderen Kinder waren neugierig geworden, ließen ihr Spiel Spiel sein und umrundeten den Oberst. „Servus, Hermann", fuhr dieser fort, „kannst du mir sagen, wie du noch heißt? Witzmann vielleicht?"

Der Junge schüttelte den Kopf und wies auf eine kleine Rotznase zu seiner Linken. „Der da, der Hans, der heißt Witzmann. Ich heiße Meier", erklärte er feierlich. Bronstein folgte dem ausgestreckten Zeigefinger und nahm Hans in Augenschein. Der Knirps mochte fünf oder sechs Jahre alt sein. Er war hochgradig unterernährt, ungewaschen und ungepflegt. Unter dem löchrigen Mantel, der ihm um einiges zu groß war, schien er nur ein altes Hemd zu tragen, das mutmaßlich einmal weiß gewesen war. Die grobe Stoffhose wies mehrere Risse und Löcher auf, und die Sohle seiner Schuhe war sichtlich im Begriff, sich vom Rest des Schuhwerks zu lösen. Der Knabe starrte förmlich vor Dreck und zog demonstrativ Rotz hoch, als er sich der Aufmerksamkeit bewusst wurde, die ihm zuteil geworden war.

„Du bist also der junge Witzmann", begann Bronstein vorsichtig, „hast du auch einen Bruder?"

Der Kleine nickte.

„Ist der auch da?"

Der Kleine schüttelte den Kopf.

„Wo ist er denn?"

Der Kleine deutete nach oben.

„Aber sonst ist er bei dir?"

Wiederum ein Nicken.

„Sag, und gehst du mit deinem Bruder manchmal in die Skodagasse? Zum Herrn Suchy?"

Der Knabe wurde rot und begann arhythmisch zu keuchen. Selbst ein Ahnungsloser hätte sofort gemerkt, wie sehr sich das Kind bei der Nennung des Namens zu ängstigen begann.

„Na ja, wurscht", lenkte Bronstein ein, „sind deine Eltern da?"

Hans hatte sich noch nicht wirklich gefangen, und so brauchte er eine ganze Weile, um ein weiteres Nicken zustande zu bringen. Bronstein bemühte sich um eine gütige Miene. Er kramte ein Zehngroschenstück aus seiner Tasche und hielt es Hans hin. „Da hast, weil du so brav warst", sagte er und drückte es Hans in die Hand. Dann deutete er auf das Haustor? „Welcher Stock?"

„Hear'n S', wos mochen Sie mit meine Gschrazn?" Eine furienhaft schrille Stimme drang von hinten an sein Ohr. Er drehte sich um. Die alte Jedlicka hatte keinesfalls übertrieben. Die Witzmann sah wirklich zum Fürchten aus. Trotz der Länge des Rocks war deutlich zu erkennen, was für elefantenartige Stampfer die Frau hatte. Deren Stämmigkeit wurde nur noch von dem ausladenden Hinterteil übertroffen, das links und rechts weit über den Oberkörper hinausragte. Die Frau trug eine reichlich abgetragene Bluse, deren oberste Knöpfe offen waren. Ihr Dekolleté und ihr Hals waren von entstellenden Leberflecken übersät, während ihr nahezu kreisrundes und knallrotes Mondgesicht an einen überreifen Paradeiser erinnerte. Ihre Hände, die sie in die Hüften gestemmt hatte, wiesen etliche Narben und Krusten auf, und Bronstein verspürte ob dieses Anblicks unwillkürlich aufsteigenden Ekel. Er fingerte seine Kokarde aus der Hosentasche und hielt sie in die Höhe. „Frau Witzmann, wie ich vermute?"

Die Frau war erstaunt. „Woher wissen S' des?", fragte sie in einem bereits merklich konzilianteren Ton.

„Sie sind mir beschrieben worden", entgegnete Bronstein lapidar. „Ich hätte ein paar Fragen an Sie."

„Alles nur bösartige Verleumdungen", antwortete sie blitzartig.

„Wie bitte?"

„Unterstellungen! Alles nur üble Nachrede! Ich bin eine ehr-
bare deutsche Frau."

Endlich fiel der Groschen bei Bronstein. Die Witzmann dachte offenbar, er kam von der Sitte. „Nein, nein", beeilte er sich
daher um eine Klarstellung, „ich habe nur ein paar Fragen an
Sie bezüglich eines Herrn Suchy …"

„A feiner Mensch, der Parteige…, der Herr Suchy. Was is
mit ihm?"

„Tot ist er. Ermordet. Und ich …"

Die Witzmann schlug die Hände zusammen. „Jessasmarand-
anna! Wer mocht denn nochher so was?" Noch ehe Bronstein
etwas erwidern konnte, hatte die Witzmann die linke Hand
bereits wieder auf ihrer Hüfte, während sie mit dem Zeigefinger der rechten durch die Luft wedelte. „Des war'n sicher die
Juden, diese Blutsauger! Die haben den armen Partei…, den
armen Herrn Suchy am G'wissen!"

„Wie kommen Sie denn auf die Idee?"

„Na sicher! Wer sonst? Die sind doch nix als Parasiten am
Volkskörper. Die san doch für alles verantwortlich, was schlecht
is in dera Wöd."

Bronstein rang um Beherrschung. Leicht gepresst fragte er:
„Haben Sie Ihre Kinder zum Herrn Suchy geschickt? Zu Zwe-
cken der … nun … politischen Erziehung?"

„Jo sicha! In da Schul lernen die ja nix. Nur an Bledsinn. Ka
Wunder. San jo ollas Judn, die Lehrer. Und die Pforra aa!"

„Die sind ja wohl eher Katholiken, oder?"

„Ah wos! Pfaff und Jud, eine Brut! Schau'n S' ihna die Bi-
bel nur amoi an. Lauter Sarahs und Noahs, da Moses und da
Abraham. Hör'n S' ma doch auf mit dem jüdischen Schas! Mit
dem Christentum hat doch unser ganzes Elend erst ang'fangt.
Die Kuttenbrunzer san doch aa auf der Lohnlisten von die

Gödjud'n. Die zahn uns den letzten Groschen aus der Taschn, und da Pforra sogt jo und amen dazu! Na, unsa Ölend hot erst a End, wann do wieda a deitscher Wind waht."

Loss an Schas, du oide Schlampen, daun waht a deitscher Wind, dachte sich Bronstein, bemühte sich nach außen hin jedoch weiter um Sachlichkeit. „Sie können also über den Unterricht des Herrn Suchy nur das Beste sagen?"

„Eh kloa! Wieso? Sogt wer was anderes?"

„Es heißt, er soll die ihm anvertrauten Kinder geschlagen haben", meinte Bronstein geradeheraus.

„A so! Jo. Sicha!"

Die Reaktion der Witzmann überraschte Bronstein. „Sie wussten davon?"

„Eh kloa! Waun ma die Bankerten ned urntlich trickat, daun wer'n s' verweichlichte Siemandln. Und des kaun der Füh…, des kaun kana brauchen."

„Und wenn der Herr Suchy bei den Züchtigungen zu weit gegangen wäre?"

„A wos! Wos an ned umbringt, des mocht an hart! So schaut's aus! Nehmen S' mein Buam. Glauben S', des hot eam g'schodt, waun eam da … Suchy amoi birnt hot?"

Bronstein ließ ein gedehntes „Ja" vernehmen.

„Bledsinn!" Ansatzlos knallte sie dem Kind eine über den Hinterkopf, sodass Hans nach vor geschleudert wurde und Mühe hatte, nicht zu Fall zu kommen. Die Tränen schossen ihm in die Augen, und unweigerlich begann sein kleiner Körper zu zittern. „Wannst rerst, kriagst no ane, verstanden", herrschte die Mutter ihn an. Dann wandte sie sich wieder Bronstein zu: „Woll'n S' mir jetzt sogn, des schodt eam?"

„Frau Witzmann, ich muss doch sehr bitten. Das ist doch keine …"

Die Witzmann nahm eine Drohhaltung ein. „Wos is des ned, ha? Wos? Waun da wos ned passt, Kieberer, daun schleich di zu de Itzig. Oba pass auf! De tögeln ihre Gschrapp'n vielleicht ned, dafia schlachten s' de unseren."

Bronstein überkam die Wut. Er vergaß seine Rücksichtnahme und ging gleichfalls in Kampfposition. „Jetzt pass DU amoi auf, du oide Bodhur! I schick da die Fürsorg' an den Hals. Es is allaweil besser, der Hans wachst in an Kinderheim auf ois bei so ana Schlampen wie dir. Und wennst jetzt ned stantepede stad bist, daun nimm i di mit aufs Revier, host mi? Für illegale Prostitution gengan si locker zwa Joa aus! Zeugen hamma gnua, oiso überleg da guat, obst no amoi so an Schas daherredst! Alsdern, habe d' Ehre!"

Bronstein nutzte die Verblüffung der Witzmann, um sich aus dem Staub zu machen. Denn er traute ihr zu, dass sie, sobald sie das von ihm Gesagte in vollem Umfang begriffen haben würde, handgreiflich wurde. Und nach dem Zwischenspiel mit den Nazis wollte er nicht schon wieder in eine brenzlige Situation geraten. Besser, er begab sich zu den Kranewetters. Dort war vielleicht eher etwas zu holen. Vom Bennoplatz waren es keine fünf Minuten in die Kochgasse. Bronstein wunderte sich. Dieses Grätzel zählte ohne Frage zu den besseren Wohngegenden Wiens. Wie kam es, dass dort auch arme Schlucker wohnten?

Die Antwort gab ihm die Adresse, die ihm die Jedlicka genannt hatte. In dem vornehmen Wohnhaus aus der Jahrhundertwende gab es einen Innenhof, in dem sich eine heruntergekommene Werkstatt befand. Vermutlich waren hier einmal Kutschen und später Automobile repariert worden, nun freilich zeugte nichts mehr von der einstigen Geschäftigkeit. Ein unrasierter, müde und ungepflegt wirkender Mann in Flanellhose und weißem Unterhemd saß auf einer leeren Kiste und rauchte eine Zigarette.

„Guten Tag, sind Sie der Herr Kranewetter?"

Der Mann blies den Rauch aus und sah auf: „Wer lasst fragen?"

Bronstein hob nur seine Kokarde.

„Ja, aber i war's ned."

Bronstein war verwirrt: „Was?"

„Wurscht. Egal was. I war's ned."

Bronstein verstand, dass der Mann sich bloß abzusichern versucht hatte. „Ach so. Nein. Ich komm wegen einer Auskunft."

„Ana Auskunft?"

„Ja. Ihre Kinder. Die sind öfter beim Herrn Suchy, hab ich g'hört?"

„Naa."

„Ah nicht?"

Der Mann schüttelte den Kopf. „War'n. Die war'n öfter beim Suchy. Jetzt nimmer."

„Aha. Und wieso?"

„Weil er tot ist", schnarrte der Mann, „kommen S' mir ned blöd, Herr Inspektor. Das ganze Grätzel weiß das schon, Sie logischerweis' aa. Also tamma do ned Versteck spü'n, gell."

Bronstein spürte einen latent aggressiven Unterton in der Stimme des Mannes, vermochte aber nicht zu sagen, ob dieser brodelnde Zorn ihm persönlich galt oder ganz allgemein an die Welt gerichtet war. „Könnt ich mit Ihren Kindern sprechen? Die haben vielleicht etwas bemerkt, was uns bei der Aufklärung des Falles weiterbringen könnte."

Der Mann erhob sich von seiner Kiste. „Na, dann kommen S', Herr Inspektor." Bronstein folgte dem Kranewetter ins Innere der Werkstatt, die, wie sich nun herausstellte, der Familie als Wohnung diente. Wo einst wohl eine Hebebühne untergebracht gewesen war, stand nun ein gusseiserner Herd, an dem sich eine verhärmte Mittvierzigerin, in welcher Bronstein die Frau Kranewetter vermutete, zu schaffen machte. Kranewetter kümmerte sich weiter nicht um sie, sondern ging in den Nebenraum, der wohl einst als Büro gedient hatte. Nun befand sich hier das Schlafzimmer der vier Kranewetters. Tatsächlich saßen die beiden Knaben auf ihrem Bett und schienen in ein Murmelspiel vertieft zu sein. „Richard! Schurli!", belferte der Vater. „Her da!"

Die Kinder ließen sofort alles fallen und nahmen vor dem Vater Aufstellung. Dieser sah sie einige Sekunden streng an und erklärte ihnen dann, sie müssten dem Herrn Inspektor alles sagen, was sie wüssten. Die beiden nickten zaghaft und stumm. Doch eine halbe Stunde später war er auch nicht klüger. Beide Kinder erwiesen sich als überaus maulfaul, und es war deutlich zu sehen, dass sie das Thema beunruhigte. Aber Bronstein hatte auch nicht damit gerechnet, dass ihm die Kinder weiterhelfen könnten. Stattdessen wandte er sich wieder Kranewetter zu. Der saß mittlerweile wieder auf seiner Kiste und rauchte eine weitere Zigarette. Bronstein tat es ihm nach und lehnte sich an den Türstock. Dabei ließ er seinen Blick auf Kranewetter ruhen. „Schlechte Zeiten, was?"

„Sie g'fall'n mir", Kranewetter zupfte sich ein Tabakkrümel von der Lippe und spuckte dann demonstrativ aus. „I kunnt ned sog'n, dass die Zeiten je guat war'n. Aber so finster wia jetzt war's überhaupt no nie. Wenn uns der Führer ..., 'tschuldigen schon, aber was wahr is, is wahr, wenn uns der ned rettet, dann san wir alle verloren."

Bronstein warf ärgerlich die Zigarette zu Boden. Er konnte es nicht mehr hören. Was sollte anders werden, wenn der Widerling erst einmal am Ruder war?

„Und wie soll der uns retten?"

„Na, wenn der kommt, dann hab ich wieder eine Arbeit.
Und dann bin ich wieder wer. Und meine Kinder müssen ned
in einem Hinterhofloch aufwachsen", sprudelte es aus Kranewetter heraus.

„Was arbeiten Sie überhaupt, wenn ich fragen darf?"

„Schuster bin i ..., war i."

„Aha, und wenn der Hitler kommt, dann braucht ma in
Wien auf einmal viel mehr Schuh' – oder wie?"

„Na, des ned. Aber die jüdische Konkurrenz tät's dann nimmer geben. Und so müssten die Leut' wieder bei mir arbeiten
lassen und ned bei dem windigen Flickschuster in der Feldgas-
sen. ... Und den seine Wohnung krieget ich wahrscheinlich
auch. Also wär alles wieder gut."

„Für Sie", sagte Bronstein mit Betonung auf dem zweiten
Wort. Kranewetter sah ihn mit einer Mischung aus Scham und
Wut an: „Ja eh", meinte er dann, „wenn sich niemand um
einen kümmert, dann muss man eben selber schauen, wo man
bleibt. Des is ka Zeit für Sentimentalitäten ..."

„Ist das das Konzept des Nationalsozialismus", fragte Bronstein spöttisch nach, „man bringt die eine Hälfte um, damit die
andere Hälfte leben kann?"

Kranewetter brauste auf: „Aber hören S' doch auf mit so
was. Das ist doch nur Feindpropaganda. Die geh'n einfach
wieder dorthin zurück, wo s' herkommen sind und aus. Und
wir, wir sind wieder Herren im eigenen Haus. So schaut's aus.
In der Volksgemeinschaft hat jeder seinen Platz, und das Volks-
ganze sorgt für ihn. So einfach ist das. Jetzt dagegen ..., aber
das sehen S' eh selber, wenn S' Ihnen umschauen."

Bronstein beschloss, die sinnlose Diskussion nicht weiterzu-
führen. Jemandem wie diesem Kranewetter kam man nicht mit

logischen Argumenten bei, dazu war der Mann viel zu verzweifelt und viel zu verbohrt.

„Der Herr Suchy hat das sicher auch so g'seh'n, oder?"

„Ja freilich."

„Und deswegen waren Ihre Kinder regelmäßig bei ihm. Damit s' das lernen, oder?"

Kranewetter nickte, blickte dabei aber unsicher drein. Es war ihm anzusehen, dass er irgendeine Fangfrage oder einen Fallstrick vermutete, weshalb er lieber auf der Hut blieb. „Und welchen Eindruck haben Sie selber vom Herrn Suchy g'habt?"

„Nur den allerbesten!"

„Es wär Ihnen also nichts komisch vorkommen? So im Umgang vom Herrn Suchy mit den Kindern, zum Beispiel?"

Kranewitter schien erleichtert zu sein. „Nein, ganz im Gegenteil. Der hat sie richtiggehend geliebt, die kleinen Racker. Es war mir ja direkt peinlich, dass der Richard und der Schurli so undankbar waren. Obwohl der Herr Suchy immer so nett war zu ihnen, wollten s' nie hin zu ihm."

„Und das ist Ihnen nicht verdächtig vorgekommen?"

„Jo mei, faul sind's halt, die bledn Buam, die! Und beim Suchy, da hat Disziplin g'herrscht, gell. Des war ned so wie bei meiner Frau, die ihnen alles durchgeh'n lasst. Deswegen wollten s' dort ned hin."

„Deswegen?"

„Na wegen was sonst?" Kranewetter machte eine Geste der Ratlosigkeit.

„Is recht, Herr Kranewetter. Schönen Tag noch." Bronstein wandte sich abrupt zum Gehen.

„Sieg … Grüß … Wiederschau'n." Kranewetters umständliche Versuche, sich gleichfalls zu verabschieden, nahm Bronstein nur noch beiläufig zur Kenntnis.

Während er die Kochgasse hinunter zur Alser Straße schlenderte, strich er Kranewetter geistig von der Liste der Verdächtigen. Der Mann war dermaßen simpel gestrickt, dass es ihm unmöglich war, sich so geschickt zu verstellen. Nein, es war offenkundig, dass Kranewetter rein gar nichts verstanden hatte, und genau deshalb kam er als Täter nicht in Frage. Andernfalls nämlich hätte Kranewetter Suchy in einem Tobsuchtsanfall erschlagen, um sich eine Minute später selbst zu stellen. Doch der Mann war so inbrünstig von der jungfräulichen Empfängnis des Nationalsozialismus überzeugt, dass er niemals einem Nazi auch nur das geringste Fehlverhalten zutrauen würde.

Ohne es wirklich zu merken, hatte Bronstein die Alser Straße überquert und sah sich plötzlich an der Ecke zur Spitalgasse stehen. Nun, dann konnte er die Wagner auch gleich aufsuchen, dachte er sich. Er betrat nach wenigen Metern das ihm genannte Haus, das fraglos schon bessere Zeiten gesehen hatte, und suchte am schwarzen Brett nach dem gewünschten Namen. Na bitte, Souterrain. Er begab sich zur Treppe und in der Folge halb unter die Erde. Auf halbem Wege in den Keller gab es eine einzige Tür. Hier mussten, so schloss Bronstein, die Wagners wohnen. Er klopfte.

Es dauerte eine Weile, ehe ihm aufgetan wurde. Ein schmutzstarrender Junge, in dem Bronstein den Siegfried vermutete, starrte ihn mit kalten Augen an. „Hallo“, begann Bronstein vorsichtig, „ist dein Vater da?“

Der Junge zeigte ihm die Zunge und blieb dabei, auf eine Reaktion wartend, stehen. Diese kam prompt in Form eines ansatzlosen Schlages auf den Hinterkopf. „Schleich di, Trouttlkind.“ Hinter dem Jungen war der Vater aufgetaucht. Er hatte eine Bierflasche in der rechten Hand und eine Zigarette im Mundwinkel. Der Junge zuckte nur kurz zusammen und lief dann eilig aus Bronsteins Blickfeld. Der Vater musterte ihn derweilen feindselig. „Und wea beistn du?"

Bronstein zeigte seine Marke.

„Sou schaust a aus, dou bleida Trouttl."

Bronstein nahm Haltung an. „Aber ich muss doch sehr bitten, mein Herr."

„Wouhea denn. Des wirst jou nou aushoultn."

„Ich habe ein paar Fragen an Sie, Herr Wagner. Wenn es Ihnen lieber ist, kann ich sie gerne am Kommissariat stellen."

„Toua des. Nua werd' i's daun wouhl ned hear'n." Dabei grinste Wagner provokant.

„A ganz a Lustiger. Jetzt pass einmal auf, du Pfeifenstierer. 24 Stund' auf der Liesl san ned lustig. Also reiß di z'samm, sonst pascht's."

Wagner rülpste, lenkte dann aber ein: „Waus wüllst wiss'n, Koumissar?"

„Sie waren in der Waggonfabrik beschäftigt?"

„Jou. Bis de Ausleinda kämen san." Wagner spuckte verächtlich auf den Boden neben Bronsteins Füßen.

„Die Ausländer? Du bist ja aa ned grod a Hiesiger, oder?"

Wie erwartet brauste Wagner sofort auf: „Heast, hoit di Pappn, Weana Oaschsau, Weanarische."

„Das reicht. Herr Wagner, Sie sind vorläufig festgenommen. Die Arme nach vor!" Bronstein tat, als würde er die Handschellen hervorholen.

Wagner wurde darob rasch nüchtern. „Na wouher denn? Dös weama ned brauchen … I red jo eh scho."

Doch was Herr Wagner zu erzählen wusste, war für Bronstein weder erfreulich noch nützlich. Er sei, berichtete Wagner, 1913 als 18-Jähriger vom heimatlichen Aichfeld nach Wien zum Armeedienst beordert worden und bald danach an die

Front gekommen. Dort habe er heroisch gekämpft, während Juden, Slawen, Ungarn und sonstige Bolschewisten den Untergang des Reiches betrieben hätten. Nach dem Zusammenbruch der Monarchie sei er in Wien geblieben und habe schließlich 1919 eine Anstellung beim Simmeringer Waggonbau gefunden. Im Zuge der Wirtschaftskrise waren dort aber massiv Arbeitskräfte abgebaut worden, weshalb er, Wagner, nun seit Anfang 1931 ohne Arbeit und seit fünf Jahren ausgesteuert sei. Und pfuschen, so erklärte er schließlich unumwunden, könne er auch nicht, weil die ganzen Ostler, so Wagners Diktion, dieselbe Arbeit doppelt so schnell und doppelt so billig verrichteten. „De Trouttln, de bleidn. Glaubst, de mochatn amoul a Pause? Nix! De parabern in aner Tour. Wou wüllst denn dou mitholtn, frog i di!"

Bronstein wollte keine wirtschaftspolitischen Fragen mehr erörtern, darum kam er ansatzlos auf Suchy zu sprechen. Hier freilich erlebte er eine Art Deja-vu, denn Wagner sprach wie Kranewetter nur in den allerhöchsten Tönen von dem Goldfasan. „Und Sie meinen nicht, Herr Wagner, dass der Herr Suchy vielleicht ein bisserl ... seltsam ... zu den Kindern war?"

Wagners Gesichtsausdruck signalisierte völlige Ratlosigkeit. Er hatte die Aussage von Bronsteins Satz schlicht nicht begriffen. „Na ja", sagte Bronstein daher und unterstrich seine Worte mit einer Geste seiner rechten Hand, „dass er vielleicht ein bisserl ..."

„Doss er sich vergriffen hot on de Gschropp'n?", verstand Wagner endlich, was Bronstein meinte, „der woa doch koa Ausländer ned", erging er sich in kaum verhüllter Empörung.

„Also nicht?"

„Sicher ned. Der orme Herr Suchy. Jetzt derlebt er dös nimmer. Ewig schod." Wagner hob den Zeigefinger und sah

Bronstein direkt in die Augen: „Weul wenn der Hitler kemmt, daun is' aus mit oll de Ausländer do und mit dem gaunzen Schas. Daun wird endlich ollas ondars und endlich ollas guat."

„Ja sicher", erwiderte Bronstein mit einem resignativen Tonfall. „Wiederschau'n, Herr Wagner." Angewidert verließ er das Haus und ignorierte dabei auch die obszönen Gesten des Jungen, der sich hinter seinen Vater gestellt hatte. Jetzt, so befand er, brauchte er erst einmal einen Kaffee, um wieder klar denken zu können.

Er betrat auf der Alser Straße direkt neben der Beethovenkirche ein Stehkaffee und bestellte sich eine Schale Gold, ehe er sich, während er auf das Heißgetränk wartete, eine Zigarette anzündete. Am Nebentisch unterhielten sich flüsternd zwei Arbeiter. An Bronsteins Ohr drangen nur einzelne Gesprächsfetzen.

„… der Hitler lasst uns ned hängen … der kommt, wirst sehen!"

„… aber die Volksabstimmung …"

„Wirst sehen, die is wurscht. Zur Not gibt's halt an Putsch. An erfolgreichen diesmal. Und dann san s' weg, die ganzen Ostler. Wien wird judenrein, das sag ich dir."

Der zweite Arbeiter, der eben noch skeptisch und bedrückt gewirkt hatte, richtete sich auf. Um eine Nuance lauter sagte er: „Ma, des warat schee. Endlich weg mit de Gfraster. Juden, Zigeiner, Monarchisten, Sozialisten, Kommunisten, Christen, Hahnenschwanzler, … olle weg! Waun I kenntat, wia I wolltat, I schoffat des ollas o. Heit no."

Bronstein fühlte eine heftige Übelkeit in sich aufsteigen. In großen Schlucken trank er seinen Kaffee aus und flüchtete sodann eilends aus dem Lokal. Er passierte das Landesgericht, überquerte die Zweierlinie und hielt auf die Universität zu.

Dort hielten die politischen Manifestationen an, und in Bronstein machte sich allmählich Panik breit. Immer schneller ging er, bis er am Ring schon fast ins Laufen kam. Beinahe ohne auf den Verkehr zu achten, wechselte er die Straßenseite und befand sich endlich vor dem Präsidium. Erst dort gelang es ihm, sein Tempo wieder etwas zu zügeln. Dennoch war er völlig außer Atem, als er in seinem Stockwerk anlangte.

Er atmete mehrmals tief durch. Dann wandte er sich der Tür zu seinem Amtszimmer zu. Als er sein Büro betrat, saß Cerny bereits an seinem Schreibtisch. „Und?", empfing er seinen Chef, „was herausgekommen?"

Bronstein schüttelte den Kopf. „Nein, nicht wirklich. Aber ich sag dir, ich mach mir echte Sorgen um dieses Land. Es ist unglaublich, welche Einstellung die Leute haben. Nicht einmal im Krieg habe ich so viel Wut, Hass und Enttäuschung gespürt wie jetzt."

Schwer ließ er sich auf seinen Sessel plumpsen. Er stöhnte und stützte den Kopf in die Hand. „Ich mein, ich kann die sogar verstehen! Nichts geht weiter, überall nur Not und Elend, und keine Perspektive, dass sich das ändert …"

„Außer natürlich durch den Schreihals aus Braunau", warf Cerny ein. Bronstein fuhr hoch: „Jetzt komm mir du nicht auch noch mit diesem böhmischen Gefreiten!"

„Doch nicht ich! Aber die Menschen sehen das so. Die hören andauernd Wunderdinge über Deutschland, wie es wieder aufwärts geht und so. Schau dir doch selbst diese Wochenschauen an, die sie in Pressburg zeigen. Überall wird gebaut, überall gibt es Arbeit, Geselligkeit, Spielmannszüge, Eintopfgemeinsamkeit. Man packt an, man blickt in die Zukunft. Und das alles als riesige Volksgemeinschaft. Wenn ich es nicht besser wüsste, würde sogar ich ihnen das abkaufen!"

Bronstein knirschte mit den Zähnen. Er wusste, dass Cerny recht hatte. Er erinnerte sich an einen Artikel, den er erst kürzlich über die „Wilhelm Gustloff" gelesen hatte. Das Kreuzfahrtschiff sollte dieser Tage zu seiner Jungfernfahrt auslaufen, und schon jetzt überschlugen sich auch ausländische Gazetten vor Begeisterung über diesen neuesten Stolz des Reiches. Für diese „Königin der Meere" schien es nur Superlative zu geben. Sie war auf 1.500 Passagiere ausgelegt, die von 500 Besatzungsmitgliedern betreut werden sollten. Die Kabinen waren für Fahrgäste und Besatzung gleich. Die Passagiere waren in Touristenklasse-Kabinen untergebracht. Es gab ausschließlich Außenkabinen für zwei oder vier Personen. Alle verfügten über fließendes kaltes und warmes Wasser, Tisch, Sofabank, Stockbetten und einen Kleiderschrank für jeden Fahrgast. So etwas kannten die klassischen Ozeanriesen der Briten oder Amerikaner nicht, wo die Klassengesellschaft sogar an Deck noch deutlich gemacht wurde. Die Reichen bewohnten ganze Schiffsbereiche, die Armen wurden in den Schiffsrumpf verbannt. Die Nazis posaunten nun in alle Welt hinaus, dass bei ihnen jeder Volksgenosse absolut gleich behandelt würde, sei er nun Straßenkehrer oder Reichsgerichtspräsident. Und alle Einrichtungen durften von allen Passagieren in gleicher Weise genutzt werden. Das Sonnendeck mit Sportplatz und Turnhalle, das Promenadendeck mit Theater- und Kinosaal, das schiffseigene Schwimmbad, die Wäscherei, der Friseur und all die kleinen Geschäfte, die es an Bord ebenso gab wie eine eigene Bäckerei, eine Fleischhauerei und sogar ein Spital. Nichts schien vergessen worden zu sein an diesem Wunderwerk der Technik, gegen das sich die alte „Titanic" wie der Schrottkahn ausnahm, der er dann ja auch letztlich gewesen war. Kein Wunder also, dass die Nazis von einem „Schiff ohne Klassen" sprachen, wie Bronstein erst kürzlich gehört hatte.

Nicht minder populär waren die Freizeiteinrichtungen der sogenannten „Kraft durch Freude"-Bewegung der Nazis. An dem Seebad „Prora" auf Rügen wurde seit geraumer Zeit gebaut, und die Zimmer dort waren geräumiger als jedes Mittelklassehotel und boten einen unvergleichlichen Meerblick. Von solch einem Urlaub konnte die überwältigende Mehrheit der Österreicher nur träumen. Und seit neuestem entwickelte, wie es hieß, Ferdinand Porsche für die Nazis einen „Volkswagen", den sich jeder Volksgenosse leisten können sollte. Über dieses Projekt hatte Cerny ihm erzählt, weil Porsche für dieses Auto einfach die Karosserie des tschechischen „Tatra" kopiert hatte. Tatsächlich verlangten die Nazis für diesen Wagen lediglich 990 Reichsmark, was gerade einmal zwei Monatsgehältern Bronsteins entsprach. Auf diese Weise würde sogar er sich ein Automobil leisten können, hatte er damals gedacht.

All das war natürlich nur Propaganda. Aber es war wirkungsvolle Propaganda! Hierzulande hatten die Leute nicht einmal Arbeit, geschweige denn das Geld, für einen Urlaub oder gar ein Auto zu sparen. Und eine Seereise hieß im Staate Schuschniggs ein Ruderboot am Erlaufsee! Bronstein unterdrückte einen Fluch. „Wurscht", sagte er laut, „was hast du über den Frank herausgefunden?"

„Du, der hat eine bizarre G'schicht' hinter sich", begann Cerny. „Geboren 1881 in Nachod bei Königgrätz. 1900 bis 1903 in der kaiserlichen Armee, danach Studium der Juristerei in Wien. 1908 Gerichtsjahr, danach als Anwalt eingetragen. Eigene Kanzlei auf der Alser Straße, spezialisiert auf Immobilien und Wirtschaftsangelegenheiten. 1911 erstmals politisch aktenkundig geworden als Unterstützer der böhmischen Nationalsozialisten. 1920 Kandidat der CDVP für den Nationalrat, 1923 Kandidat für dieselbe Partei bei den

Gemeinderatswahlen. Beide Male erfolglos. 1927 kandidierte er wie Riehl und Suchy bei den Christlichsozialen auf der Einheitsliste, kriegt aber wieder kein Mandat. Ein Jahr später steht er selbst vor Gericht, weil er angeblich seine Frau spitalsreif geprügelt hat. Die hat ihn bei dieser Gelegenheit auch verlassen, allerdings kam vor Gericht nichts heraus. Trotzdem ist interessant, dass Frank wenig später seine Anwaltslizenz verlor. Wovon er seitdem lebte, ist unbekannt. 1933 und 1936 gab es zweimal Ermittlungen gegen ihn wegen des Verdachtes der illegalen Betätigung für die NSDAP, aber beide Male wurden diese eingestellt."

„Und was, bitte schön, ist daran bizarr? Solche Lebensläufe haben wir zu Hunderten in diesem Land", merkte Bronstein bitter an.

„Ich bitt dich, es ist doch offenkundig, dass es mit diesem Kerl ständig bergab gegangen ist", hielt Cerny dem entgegen.

„Na eben, sag ich ja. Das ist doch geradezu symptomatisch für dieses Land."

Cerny ging nicht näher auf diesen resignativen Einwurf ein. „Ich hab auch gleich mit seiner Bank telefoniert." Dabei hielt er das Sparbuch hoch, das er in Franks Wohnung gefunden hatte, „der Mann war vollkommen Strand. Der hat keine hundert Schilling g'habt. Und es schaut nicht so aus, als hätte er anderswo noch über irgendwelche Geldquellen verfügt."

„Bleibt der Hausbesitz", erinnerte Bronstein.

„Ja. Dem müssen wir weiter nachgehen."

„Also, ich glaub nicht, dass die ganze G'schicht' irgendwie mit der Knabenliebe vom Suchy was zu tun hat. Ich bin mir mittlerweile sicher, das ist eine politische G'schicht'. Da räumt irgendwer groß auf. Was ja auch kein Wunder wär. So etwas passiert immer im Umfeld von Revolutionen."

Cerny riskierte eine Augenbraue. Bronstein beschwichtigte ihn: „Du weißt schon, wie ich's meine."

„Du denkst an eine naziinterne Vendetta?"

„Genau. Zwar nicht mehr unbedingt daran, dass der Seyß-Inquart oder der Glaise-Horstenau einen Rivalen um die künftige Macht im Staate liquidieren ließen, aber daran, dass hier lästige Mitwisser beseitigt werden. Denn sonst, seien wir ehrlich, hätte der Frank nicht auch dran glauben müssen."

„Es sei denn, die haben zuerst einen Rivalen beiseite geräumt, und dann einen Mitwisser, der von dieser Tat Wind bekommen hat."

Bronstein pfiff leise vor sich hin. Dann sah er Cerny direkt an: „So könnt's natürlich auch g'wesen sein. Aber das ändert am Bild nicht wirklich etwas."

„Aber was nützt uns diese Erkenntnis? Wie ich schon in der Früh gesagt hab, wir können nicht einfach zum Seyß-Inquart gehen und ihn zu der Sache befragen. Schon gar nicht jetzt, und schon gar nicht du."

Die letzten Worte hatte Cerny nur noch sehr leise ausgesprochen, Bronstein fühlte sich dennoch getroffen: „Was soll das heißen: schon gar nicht du? Sind wir jetzt die Polizei, oder sind wir sie nicht?" Aufbrausend schlug er mit der flachen Hand auf den Schreibtisch.

„Wir sind die Polizei", bestätigte Cerny sachlich, „und der Seyß-Inquart ist als Innenminister unser oberster Chef. Und sei ehrlich, David, einem Innenminister wärst mit dem Stellwagen nicht einmal ins G'sicht g'fahren, wo er noch Eldersch g'heißen hat."

Bronstein biss sich auf die Lippen. Abermals hatte Cerny recht. „Na, und was machen wir jetzt?" Ihm war die Ratlosigkeit deutlich ins Gesicht geschrieben.

Cerny blickte auf die Uhr. „Jetzt machen wir einmal Feierabend. Schau'n wir, ob uns über Nacht eine Erleuchtung kommt, ha?"

„Hast recht. Ist eh schon fast sechs. Gemma heim. Morgen ist auch noch ein Tag."

Die beiden erhoben sich gleichzeitig von ihren Stühlen, griffen nach ihren Mänteln und bewegten sich auf die Tür zu. Sie gingen die Treppen abwärts und erreichten so das große Portal, das sie auf die Ringstraße entließ. Dort wünschten sie sich noch einen guten Abend und wandten sich sodann jeder der Richtung zu, in der das jeweilige Zuhause lag. Bronstein überquerte die Ringstraße, hielt auf die Schottengasse zu und bog von dort in die Herrengasse ein. Vor dem Café „Herrenhof" blieb er stehen.

Für das Abendessen war es, befand er, noch zu früh, also sprach nichts dagegen, sich noch einen Kaffee zu genehmigen. Er trat ein und setzte sich an seinen gewohnten Tisch. Der Kellner trat an ihn heran. „Das Übliche, Herr Oberst?"

„Nein, Herr Franz, bringen S' mir heute einen Pharisäer. Ich weiß auch nicht warum, aber mir ist grad danach."

„Ein Pharisäer, bitte schön, kommt sofort." Und der Kellner ging ab. Bronstein wartete einen Augenblick, dann erhob er sich noch einmal und schlenderte zum Tisch mit den Zeitungen. Die Auswahl war, wie er befand, mehr als mager. Neben den drei zentralen Tageszeitungen, der „Reichspost", der „Neuen Freien Presse" und der „Wiener Zeitung", gab es nur die „Illustrierte Wochenpost", das „Tagblatt" und das „Sport-Tagblatt". Mit einer sentimentalen Wehmut erinnerte er sich daran, dass genau dieser Tisch einst jeden Tag unter einem gewaltigen Wust an Zeitungen beinahe zusammenzubrechen schien. Der „Pester Lloyd", das „Prager Tagblatt", das „Karpaten-Echo", die „Rundschau", die „Brünner Zeitung", …, wo waren die alle hingekommen? Und erst die Blätter aus dem Ausland! Im „Herrenhof" hatte man natürlich auch die führenden Presseerzeugnisse aus England, Deutschland, Frankreich und der Schweiz jeden Tag aufs Neue ausliegen gehabt. Und jetzt gab es nicht einmal mehr die altehrwürdige „Times". Nicht, dass Bronstein des Englischen mächtig gewesen wäre, aber allein schon die Präsenz solcher Presseerzeugnisse verlieh dem Ort und damit auch seinem Besucher ein Flair von Weltläufigkeit. Solange die Welt im eigenen Heim zu Gast war, zählte man etwas auf dem Erdenrund. Nun aber war man nur noch miefige Provinz!

Seufzend griff Bronstein zum „Sport-Tagblatt", denn von Politik hatte er an diesem Abend mehr als genug. Er kam gerade rechtzeitig zu seinem Tisch zurück, als der Kellner den Kaffee abstellte. Bronstein signalisierte durch ein kurzes Nicken einen Dank, setzte sich dann und entnahm seinem Etui eine „Donau", die er anzündete, ehe er den ersten Schluck aus seiner Tasse trank.

Er warf einen Blick auf die Titelseite der Zeitung und sah gleich angewidert wieder weg. Sogar hier war ein Aufruf für die Volksabstimmung am kommenden Sonntag zu lesen. Eilig blätterte Bronstein um. Da war über Einzelheiten die Fußball-Weltmeisterschaft betreffend zu lesen. Wie sich zeigte, gab es da noch jede Menge Ungereimtheiten. Die Mittelamerika-Gruppe war mit ihren Qualifikationsspielen in Verzug, und Titelverteidiger Italien ließ in Richtung des Ausrichters Frankreich die Muskeln spielen, da die Italiener den Franzosen nicht zutrauten, ansprechende Plätze zur Verfügung stellen zu können. Österreich hatte sich im Oktober durch ein knappes 2:1 gegen Lettland für die WM qualifiziert und konnte damit die Scharte der vorangegangenen WM, als man nur knapp die Bronzemedaille verpasst hatte, auswetzen. Trotzdem dachte Bronstein gerne an das Turnier in Italien zurück. Im Auftaktspiel hatten Smistik, Bican, Sesta, Zischek und der „Papierene" Matthias Sindelar die favorisierten Franzosen, die mit ihrem Fußballhelden Roger Rio aus Rouen, dem schnellsten Tankwart der Welt, angetreten waren, regelrecht schwindlig gespielt. Im Viertelfinale war man dann auf die Ungarn getroffen, bei denen just ein Spieler mit dem Namen Horvath den Magyaren die Heimreise aufgezwungen hatte. Die ganze Nation war so begeistert gewesen, dass Bronstein sogar ernsthaft überlegt hatte, um Urlaub einzukommen, damit auch er nach Mailand fahren konnte, um im San-Siro-Stadion das Halbfinale gegen die Gastgeber mitzuverfolgen. Aber natürlich war er dann an jenem 3. Juni auf die Radio-Übertragung angewiesen gewesen, weshalb er immer noch nicht zu sagen vermochte, ob der Schiedsrichter damals wirklich die Österreicher betrogen hatte, um dem Gastgeber Italien den Einzug ins Finale zu ermöglichen. Jedenfalls lief dann alles auf das „Spiel um Platz 3" hinaus, in dem die Österreicher auf Deutschland trafen. Die Deutschen waren schnell 2:0 in Führung gegangen, doch Horvath hatte mit seinem 29. Länderspieltor die Hoffnungen der Österreicher am Leben erhalten. Eine Unachtsamkeit der Verteidigung bedeutete das 3:1, der neuerliche Anschlusstreffer durch den unvergleichlichen Karli Sesta kam zu spät, Österreich musste sich mit Rang 4 begnügen. Aber immerhin war Sesta wieder einmal ein Glanzstück gelungen, und an solchen gab es in der Karriere des ausgebildeten Varietésängers bekanntlich keinen Mangel. Unsterblich war der Teplitzer allerdings durch einen Ausspruch im Rahmen einer Audienz beim englischen König geworden, als er diesem attestiert hatte, „ka schlechte Hackn" zu haben.

Mittlerweile spielte Sesta für die Vienna, und seine Vorliebe für Wein, Weib und Gesang hatte seinen Körperumfang merklich anwachsen lassen. Nicht umsonst wurde er von den Fans mittlerweile der „Blade" gerufen. Doch Sesta spielte ohnehin keine Länderspiele mehr. Auf ihn brauchte man in Frankreich also nicht zu bauen.

Bis zur Weltmeisterschaft waren es noch drei Monate, aber man konnte dem Artikel deutlich entnehmen, dass die FIFA immer nervöser wurde. Kein Wunder, erst sechs der 16 Mannschaften standen fest: Deutschland, Schweden, Norwegen, Österreich, Italien und Veranstalter Frankreich. Nun las Bronstein, dass Argentinien auf eine Qualifikation verzichtete, wodurch Brasilien kampflos das WM-Ticket in Händen hielt. Stimmten die Informationen des Blattes, dann schien auch Kuba bereits für den Sommer planen zu können, denn alle anderen mittelamerikanischen Mannschaften machten keine Anstalten, überhaupt ein Qualifikationsmatch zu bestreiten. Bronstein hoffte, dass Österreich zu Anfang einen leichten Gegner zugelost bekommen mochte, denn noch so eine Niederlage wie in der Vorwoche bei der Alpinen Ski-WM im schweizerischen Engelberg vermochte er nicht zu verkraften. Dort hatten die rot-weiß-roten Ski-Heroen es geschafft, in keinem einzigen Bewerb eine Medaille zu holen. Eine Flut von vierten und fünften Plätzen war die einzige Ausbeute gewesen, und ein solches Schicksal brauchte sich auf dem grünen Rasen wahrlich nicht zu wiederholen.

Wie die Zeit verging! Da saß er herum und sinnierte über längst vergangene Tage! War das nicht ein Zeichen dafür, dass man alt war? Durch diesen Gedanken war Bronstein endgültig die Zeitungslektüre verleidet. Es interessierte ihn auch nicht, dass in der Schweiz die Grasshoppers aus Zürich das Cupfinale gegen Servette Genf bestreiten würden. Ihn interessierte mit einem Mal überhaupt nichts mehr. Nur noch ein gepflegtes Nachtmahl. Er trank den Rest seines Kaffees, dämpfte die Zigarette aus und signalisierte dem Ober, er wolle zahlen. Dann ging er hinaus in die Nacht, und die eisige Kälte machte ihn frösteln.

Am Michaelerplatz rotteten sich zwei Gruppen zusammen. Die rechts stehende Menge war unschwer als Parteigänger Hitlers zu erkennen. Ein Haufen junger Männer mit Kniebundhosen, weißen Stutzen und genagelten Haferlschuhen. Ihnen gegenüber, direkt beim Einfahrtstor zum Heldenplatz, standen ein paar ältere Semester in abgetragenen Mänteln, deren Kragen sie hochgeschlagen hatten. Bronstein vermutete in ihnen Vertreter der illegalen Arbeiterbewegung. Beide Gruppen feixten sich schweigend an, während in der Mitte des Platzes einige uniformierte Polizisten herumgingen, die sichtlich nicht wussten, wie sie auf die Situation reagieren sollten. Bronstein beschleunigte seinen Schritt und sah zu, dass er unerkannt über den Platz kam.

In der Augustinerstraße kam ihm ein Streifenwagen entgegen, bald darauf ein weiterer. Offenbar hatten die Kollegen Verstärkung angefordert. Bronstein hielt auf die Albertina zu, nahm aber dann spontan davon Abstand, sich in den Augustinerkeller zu begeben. Stattdessen beschloss er, sich beim „Smutny" ein herzhaftes Fiakergulasch zu gönnen. Gemeinsam mit zwei Seideln Bier würde das seine Nerven wieder einigermaßen ins Lot bringen, dachte er. Eine halbe Stunde später konnte er mit großer Vorfreude seine „Donau" ausdämpfen, denn vor ihm dampfte nun die bestellte Speise. Aus dem dickflüssigen rotbraunen Saft erhoben sich würfelförmige Fleischstücke, neben denen ein Ehrfurcht gebietend großer Semmelknödel seinen

Platz gefunden hatte. In der Mitte glänzte ein Spiegelei, das von zwei kleinen Frankfurtern flankiert wurde, während am Tellerrand ein aufgefächertes Gewürzgurkerl für einen farblichen Kontrast sorgte. Dazu hatte der Kellner noch einen Brotkorb dazugestellt, aus dem eine goldbraun gebackene und leicht mit Mehl angestaubte Semmel förmlich danach schrie, von Bronstein verzehrt zu werden. Er tat einen langen kräftigen Schluck von seinem Ottakringer und griff dann mit der linken Hand zur Semmel, während seine rechte die Gabel aufnahm.

Der nächste Gedanke, den Bronstein fasste, kreiste um die Vergänglichkeit der Dinge. Es war doch erstaunlich, wie schnell man eine derart große Portion vertilgen konnte. Nicht einmal zehn Minuten hatte Bronstein benötigt, um den Teller vollkommen von jedem Hinweis auf das Gericht, das sich zuvor auf selbigem befunden hatte, zu säubern. Mit den Resten der Semmel hatte er jeden kleinsten Safttropfen aufgesaugt, sodass das Essgeschirr so jungfräulich rein wirkte, als wäre es eben frisch abgewaschen worden.

Doch die philosophischen Betrachtungen währten nicht lange. Der Gedanke musste praktischeren Überlegungen weichen, denn Bronstein verspürte nicht die geringste Lust, sich nach Hause zu begeben, obwohl ihn von seiner Wohnung kaum mehr als ein paar hundert Meter trennten. Nein, zu Hause würde er an einem Tag wie diesem höchstens trübsinnig werden! Er musste sich, solange es ging, ablenken.

„Haben S' ein Kinoprogramm da?", erkundigte er sich beim Kellner. Dieser nickte kurz und reichte ihm wenig später die „Reichspost" vom Tage. Bronstein fand die gesuchte Seite, und sein erster Blick fiel auf das Margaretner Bürgerkino, in dessen unmittelbarer Nähe er ein gutes Jahrzehnt gewohnt hatte. „Oberleutnant Franzl" wurde dort gegeben, eine volkstümliche Posse mit der süßen Lucie Englisch und der eher hantigen Magda Schneider. Nein, von Uniformen hatte er genug! Außerdem war ihm dieses Lichtspiel ohnehin zu weit entfernt. Wenn, dann wollte er sich in unmittelbarer Nähe von bewegten Bildern berieseln lassen. Seine Augen wanderten die Seite aufwärts zum Programm in den Innenstadtkinos. Am Schottenring wurde immer noch „La Habanera" gegeben. Eine Südseeschnulze mit vielen Palmen und seichten Melodien. Bronstein hatte den Film vor zwei Monaten gesehen, und damals war der Kontrast zu dem matschig-trüben Wetter in der Wienerstadt wohltuend gewesen. Doch ein zweites Mal verlangte es ihn nicht nach diesem Streifen, auch wenn die Kritik sich ungebrochen vor Begeisterung über die Leistung der Hauptdarstellerin Zarah Leander überschlug.

Blieb das Opern-Kino, keine hundert Meter vom „Smutny" entfernt. Dort lief „Hoheit flirtet", eine Produktion aus dem amerikanischen Hollywood. Allein schon die Tatsache, dass der Film nicht aus den Werkstätten des Berliner Propaganda-Rumpelstilzchens stammte, machte ihn für Bronstein sympathisch. Noch dazu hatte er erst unlängst die Telefonistinnen im Präsidium von dem Werk schwärmen hören. Eine kleine Schilehrerin gab in den Schweizer Alpen einem schüchternen Jüngling Unterricht, nicht ahnend, dass es sich bei diesem um einen waschechten Prinzen handelte. Natürlich, so war dem Geplauder der Damen zu entnehmen gewesen, bekam das kleine Bauernmädel am Ende ihren Prinzen, und das vor der malerischen Kulisse der Graubündner Bergwelt. Freilich hatten die Damen vor allem von Tyrone Power geschwärmt, der, wie Bronstein auf diese Weise erfahren hatte, ein Traum von einem Mann sein sollte, der unwiderstehlichste Adonis seit dem seligen Rudolph Valentino. Bronstein aber fand naturgemäß die weibliche Hauptdarstellerin weitaus interessanter. Sonja Henie, eine Norwegerin, hatte zehn Jahre hindurch alles gewonnen, was man im Eislaufsport gewinnen konnte. Sie war zehnmal Weltmeisterin geworden und hatte sich in drei aufeinanderfolgenden Olympischen Spielen jeweils die Goldmedaille geholt. Bronstein hatte noch lebhaft ihren Auftritt bei den Weltmeisterschaften in Wien vor Augen, als sie im Gegensatz zu ihren Konkurrentinnen in kurzem Röckchen und weißen Schlittschuhen eingelaufen war, während all die anderen Bewerberinnen mit langen Schürzen und klobigem schwarzem Schuhwerk antanzten. Ja, eine seichte Liebesromanze mit glücklichem Ausgang, das war das richtige Programm für einen traurigen Abend. Bronstein winkte den Kellner ein weiteres Mal zu sich, bezahlte seine Rechnung und blickte auf die Uhr. Die Vorführung begann in einer Viertelstunde, und so machte er sich ohne weiteren Aufschub auf den Weg.

Bronstein trat aus dem Kinosaal ins Freie. Der Film war ganz nett gewesen, auch wenn ihn die vielen Massenszenen auf dem Eis eindeutig überfordert hatten. Nun aber war es kurz vor elf Uhr, und alles in ihm wehrte sich dagegen, nun den Heimweg anzutreten. Es musste doch noch eine Möglichkeit bestehen, sich in Gesellschaft zu begeben. Wozu in die Ferne schweifen, dachte er sich, gab es doch in seiner Gasse gleich zwei Häuser weiter ein Etablissement, in dem ein Ablenkung suchender Herr im gestandenen Mannesalter auf seine Kosten kommen sollte. Der Zubau zum Haus Nummer 11 war schon 1884 errichtet worden und hieß eine gute Weile „Moulin Rouge", ehe man sich in der Republik von der kosmopolitischen Weitläufigkeit verabschiedet und den eher provinziellen Namen „Zur schiefen Laterne" erwählt hatte. Lange Zeit konnte man die

„Laterne" getrost vergessen, denn viel mehr als eine fade Nummernrevue wurde dem Publikum dort nicht geboten. Zuletzt allerdings, so hatte Bronstein gehört, war es mit dem Haus wieder deutlich bergauf gegangen, wofür nicht nur witziges Kabarett verantwortlich war, sondern auch die engagierten Damen, die der Bezeichnung „Lustspieltheater" eine eigene Note gaben. Für einen Polizeioffizier mochte es mithin ein wenig anrüchig sein, einen solchen Ort aufzusuchen, aber in Zeiten wie diesen brauchte sich jemand mit dem Nachnamen „Bronstein" darum wohl am wenigsten zu sorgen.

Kurz entschlossen überquerte er bei der Oper den Ring, umkurvte den merkwürdigen Bau der Herren Siccardsburg und Van der Nüll, und stand auch schon in der Walfischgasse. Er ging an seinem Wohnhaus vorbei und hielt auf die roten Lichter zu, die schon von weitem auf das gastliche Haus aufmerksam machten. Am Eingang verbeugte sich ein livrierter Diener und wies Bronstein darauf hin, dass er seine Garderobe gleich rechts abgeben könne. Der Oberst tat wie ihm geheißen und begab sich dann in das Rondeau, in dem sich die Tische und die Bühne befanden. Ein Kellner mit weißem Jackett trat auf ihn zu und wollte ihn eben an einen freien Tisch geleiten, als ein jüngerer Mann aufgeregt mit dem Arm fuchtelte und auf sich aufmerksam zu machen suchte.

„Ja grüße Sie, Herr Oberst", rief er über den Gesprächslärm hinweg, „Sie auch hier?"

Bronstein bemühte sich, den Mann genauer in den Blick zu bekommen, und endlich klingelte es bei ihm.

„Der junge Herr Duft! Was für eine Überraschung!"

„Na, Überraschung weniger. Ich bin ja praktisch täglich hier. Aber, sagen S' mir doch, Herr Oberst, was verschlägt denn Sie hierher? Es wird doch nicht am End gar was Dienstliches sein?"

„Nein, nein, mein Besuch ist rein privater Natur. Ich wohn ja praktisch nebenan, und da hab ich mir gedacht, ich schau mir den Laden einmal aus der Nähe an."

„Na, da schau her! Wenn das so ist, dann erweisen S' mir doch bittschön die Ehr', sich zu mir zu setzen. Oder sind S' mit wem verabredet?"

Bronstein verneinte.

„Na dann, nix wie her da. Ganz allein ist so ein Kabarettl doch nur der halbe Spaß. Herr Ober, noch ein Glaserl für den Herrn Oberst!" Und dann, wieder an Bronstein gewandt: „Sie trinken doch ein Flascherl mit, oder?"

Bronstein bejahte.

„So ist's richtig, Herr Oberst. Immerhin muss man einen Tag wie den heutigen gebührend feiern!"

„Feiern? Hat leicht jemand Geburtstag? Am End' vielleicht gar Sie, Herr Duft?"

„Aber geh'n S'! Dass die Nazis uns jetzt doch nicht kriegen, das muss man feiern!" Innerlich freute sich Bronstein, endlich auf jemanden gestoßen zu sein, der die Dinge optimistisch sah, denn seine Zuversicht war zuletzt deutlich erschüttert worden.

„Sie glauben also auch, dass wir die Volksabstimmung g'winnen?", fragte er hoffnungsvoll.

„Aber sicher, Herr Oberst! Da fahrt die Eisenbahn drüber." Duft beugte sich leicht zu Bronstein hinüber und senkte dabei seine Lautstärke: „Der Schuschnigg ist zwar ein provinzieller Trottel, aber alles, wirklich alles ist besser als diese Wahnsinnigen vom Hitler."

„Da haben Sie vollkommen recht", pflichtete ihm Bronstein bei.

„Womit", fragte Duft schelmisch, „mit Ersterem oder mit Zweiterem?"

„Offiziell mit Letzterem, inoffiziell mit beidem", gab Bronstein glucksend zurück.

„Ja, Herr Oberst, ich sag's Ihnen ehrlich, ich bin so erleichtert, das kann ich gar nicht in Worte fassen. Ich hab am Schluss schon richtig Spundus g'habt. Die waren ja schon beinahe nicht mehr zum Aufhalten, diese widerlichen G'stalten. Die sind ja zuletzt aus dem Boden g'schossen wie die Schwammerln nach dem Regen. Menschen, die man für vollkommen anständige Leut' g'halten hat, haben einen auf einmal nimma gegrüßt. Da wird einem dann schon anders."

„Ja, da haben S' recht. Das ist … war … ungut."

„Unser Hausmeister zum Beispiel. Jahrzehntelang ist der vor meinem Vater am Bauch g'rutscht. Küss die Hand, Herr Kommerzialrat, g'schamster Diener, habe die Ehre und so weiter. Und vorige Woche steht er einfach nur da und schaut. Als mein Vater ihn fragt, welche Laus ihm denn über den Weg gelaufen ist, sagt der nur: Was geht dich das an, du Itzig! Und als sich mein Vater diesen Ton verbitten will, wird der Hausmeister nachgerade rabiat und sagt zu meinem Vater, er soll sich in Acht nehmen, weil übers Jahr g'hört die Wohnung ihm, und der Herr Papa fahrt auf Dachau zur Erholung."

„Na, ich hoffe, der Herr Papa setzt diesen vorlauten Flegel vor die Tür! Übrigens, wie geht es ihm denn, dem Herrn Duft?"

„Wenn's nach meinem Vater ginge, dann könnte der Kerl heute noch sein Ränzel schnüren. Aber leider g'hört ihm das Haus ja nicht, also kann er da gar nichts machen. Und, ehrlich g'sagt, es ist ihm schon einmal besser gangen. Herrenhemden sind nicht gerade etwas, von dem man reich wird. Vor allem nicht, wenn die halbe Kundschaft ausbleibt."

Bronstein war sich nicht sicher, ob dieser Satz eine versteckte Spitze beinhaltet hatte, doch er kam zu dem Schluss, ohnehin schon lange nicht mehr beim alten Duft eingekauft zu haben. „Sehen S', das ist wirklich gut, dass ich Sie heute hier getroffen hab. Ich brauch eh schon lang ein neues Hemd. Da kann ich gleich morgen nach Dienstschluss bei Ihrem Herrn Vater vorbeischauen."

„Ja, machen S' das, Herr Oberst, er wird sich freuen wie nur was! Aber schauen S' halt bitte, dass es nicht zu spät wird mit dem Besuch. Wissen S' eh, morgen ist Freitag."

Bronstein brauchte eine Weile, bis die implizite Botschaft bei ihm ankam. „Ah, Sie meinen wegen dem Sabbat?"

„Genau!"

„Und der fängt mit Einbruch der Dunkelheit an, richtig?"

Duft bestätigte diese Vermutung.

„Na, dann werde ich schon in der Früh hingehen. Das ist sicherer."

Duft lächelte. „Das wird ihn freuen, den alten Herrn. Er spricht immer so voller Hochachtung von Ihnen, Herr Oberst." Das Lächeln ging in Lachen über: „Aber ich muss Sie warnen. Mein Herr Papa hat sich noch immer nicht von der Vorstellung befreit, Sie auf den rechten Weg unseres Volkes zurückzuführen. Eines Tages, sagt er immer, wird auch der liebe Herr Bronstein, der Schöpfer segne ihn, in die Synagoge geh'n. Und wenn es nach ihm geht, werde ich Sie dahin begleiten."

Bronstein fiel nicht in Dufts Lachen ein. Mit ernster Miene fragte er: „Ihr Herr Papa weiß aber schon, dass ich nicht der erste Protestant in meiner Familie bin?"

„Wahrscheinlich schon. Aber er sieht das als, wie soll ich sagen, temporäre Verirrung an, denke ich. Für ihn gehören wir alle zur jüdischen Schicksalsgemeinschaft."

Na jedenfalls nicht zur deutschen Volksgemeinschaft, dachte Bronstein, der sich gleichzeitig fragte, warum alle Welt aus ihm etwas machen wollte, was er nicht war und nicht sein wollte. Er kannte sich im Judentum nicht im Geringsten aus, wusste nichts über dessen Speisegesetze, über die Feier- oder die Fasttage, und er hätte kein einziges jüdisches Gebet hersagen können. Nicht, dass es um seinen Protestantismus besser bestellt gewesen wäre. Er hätte nicht einmal zu sagen vermocht, ob für ihn nun drei Sakramente galten oder ob nur eines zählte. Aber darum ging es nicht. Der Protestantismus war ihm vertraut, das Judentum hingegen fremd. Genauso gut hätte man aus ihm einen Italiener machen können. Er konnte gerade „Grazie" und „Buongiorno" sagen, und ungefähr diesen Umfang besaßen auch seine Kenntnisse des Jiddischen.

„Die Juden täten sich schön bedanken, wenn ich mich ihnen auf einmal aufdrängen würde", sagte er tonlos, „an mir würd eine ganze Legion von Rabbinern scheitern. Den Talmud werd ich in diesem Leben nimma versteh'n."

„Mein Vater tät jetzt sagen, wer zurückfindet zum wahren Glauben, der wird immer willkommen sein."

„Herzlich willkommen, meine Damen und Herren, an diesem wunderschönen Abend hier in unserem heimeligen Etablissement."

Ohne dass es Bronstein oder Duft aufgefallen wäre, war der Conferencier auf die Bühne gekommen und schickte sich an, das Programm des Abends anzukündigen.

Zwei Stunden später konnte Bronstein bilanzieren, dass sich wenigstens in Sachen Kabarett im letzten Vierteljahrhundert nichts geändert hatte. Die Nummern ähnelten auffallend jenen aus der Zeit der Monarchie. Ein Zauberkünstler da, ein Zotenerzähler dort, dazwischen sang eine Dame Couplets. Höchstens die Tanzeinlagen waren neu, obwohl sich Bronstein daran erinnerte, dass auch seinerzeit in diversen Etablissements an den

Kostümen der Tänzerinnen gespart worden war. Die hiesige Truppe zeigte jedenfalls erstaunlich viel Haut für ein christlich-ständisches Gemeinwesen. Für einen Augenblick wähnte sich Bronstein in Paris, als die jungen Mädeln ihre nackten Beine in die Luft wirbeln ließen. Und er gestand sich ein, dass ihn ein wohlig-warmes Gefühl beschlich, als er die grazilen Körper der Elevinnen betrachtete. Für eine kurze Weile vergaß er tatsächlich all das Elend, das ihn den ganzen Tag über verfolgt hatte, all die Tatarennachrichten, Niederlagen und Bedrohungen, und er konstatierte mit dem Anflug eines Lächelns, dass er sich gleich um vieles jünger fühlte.

„Haben S', Herr Oberst, genug Schilling mit?"

Duft hatte sich zu ihm gebeugt und ihm diese Frage zugeraunt.

„Wieso?"

„Na ja, nach der Vorstellung lassen sich die Damen gerne einmal auf ein Glaserl Sprudel einladen, wenn S' verstehen, was ich meine." Dabei zwinkerte Duft anzüglich. Und die wohlige Wärme in Bronstein nahm augenblicklich zu.

„Na ja", schmunzelte Duft dann, „kann man, muss man aber nicht."

„Genau", pflichtete Bronstein bei, „aber ich gebe zu, der Gedanke an sich, der hat was."

Er gönnte sich ein Stifterl Wein und spürte, wie seine Backen angenehm glühten. Auch wenn er eifrig weiter den Tänzerinnen zusah, so verschwammen ihm doch allmählich die Bilder. Er träumte sich fort an einen anderen Ort und eine andere Zeit. Wie ein stiller Zecher saß er schweigsam am Tisch, nippte ab und zu von seinem Glas und lächelte auf eine entrückte Art blödsinnig vor sich hin.

„Herr Oberst! Hallo! Herr Oberst!"

Bronstein schreckte hoch.

„Jetzt wäre das Programm dann aus. Jetzt heißt's entweder ins Separee oder nach Hause gehen." Duft lächelte aufmunternd.

Bronstein blickte um sich, seufzte dann und begann, seine Sachen im Jackett zu verstauen. „Herr Duft, es war ein wunderschöner Abend, für den ich mich herzlich bedanke. Aber wie heißt es so schön, man soll gehen, wenn's am schönsten ist."

Duft erwiderte Bronsteins Gruß und wandte sich dann einer Gruppe junger Menschen zu, mit denen er sich in ein Gespräch vertiefte. Bronstein gab dem Türsteher noch einmal Trinkgeld und legte dann die paar Meter bis zu seinem Wohnhaus in leichtem Schwanken zurück. Unwillkürlich summte er die Melodie aus „Orpheus in der Unterwelt" und musste sich am Türstock festhalten, um rechtzeitig zum Stehen zu kommen. Umständlich suchte er seine Schlüssel, steckte sie nach mehreren Versuchen endlich erfolgreich ins Schloss und betrat das Innere seines Hauses. Dabei hatte er die Tür zu heftig geöffnet, sodass sie mit einem lauten Scheppern gegen die Wand donnerte. Bronstein zuckte erst zusammen, dann kicherte er kindisch. Er legte übertrieben outriert seinen Zeigefinger auf die Lippen und ließ ein lautes „Scht" vernehmen. Als sich niemand über sein Tun echauffierte, wankte er schwerfällig in den 1. Stock, um sich dort Zutritt zu seiner Wohnung zu verschaffen. Er betrat seine Küche, holte eine Flasche Erlauer aus der Speisekammer und entkorkte sie umständlich. Dann schenkte er sich ein Glas ein, von dem er in vorsichtigen Schlucken nippte.

Na bitte, dachte er sich. Das Leben hatte auch seine guten Seiten. Die Nacht hatte zwölf Stunden, dann kam schon der Tag. Was hatte er sich vor wenigen Stunden noch gefürchtet, und was war ihm seitdem alles widerfahren! Er hatte nach einem Vierteljahrhundert das Fräulein Raczek wieder getroffen, und nach all dem politischen Ungemach konnte er zufrieden feststellen, dass sich der Abend als überaus versöhnlich erwiesen hatte. Mochten die Dinge oft auch trüb aussehen, letztlich wandte sich doch alles zum Guten. Auf diesen Gedanken gönnte sich Bronstein einen weiteren Schluck.

Eigentlich, so dachte er dann, konnte er nun zufrieden zu Bett gehen. Doch was, wenn ihn nächtens wieder solche Beklemmungen befielen? Was, wenn es über Nacht einen nationalsozialistischen Putsch gab? Augenblicklich implodierte sein eben noch vorhandener Optimismus, und mit zittriger Hand führte er das Weinglas an die Lippen, um dessen Inhalt gierig in sich aufzunehmen.

Doch es half nichts. Seine Nervosität wich nicht von ihm, so viel er auch trank. Das Einzige, konstatierte er, das noch sicher war, war, dass nichts sicher war. Mochten der junge Duft und die Seinen fröhlich feiern, doch das war nur ein Tanz auf einem Vulkan, der schon hörbar grummelte. Merkwürdig, wie schnell Stimmungen wechseln konnten! Eben war er noch reichlich euphorisch gewesen, und jetzt packte ihn völlig unvermutet wieder das kalte Entsetzen. Er beobachtete, dass seine rechte Hand immer noch zitterte. Bronstein erhob sich und goss Milch in ein Reindl. Dieses stellte er dann auf den Herd, den er anschließend anwarf. Ein Glas warme Milch, vielleicht mit einem Esslöffel Honig darin, würde zur Beruhigung beitragen, dachte er sich. Doch vor allem musste er auf andere Gedanken kommen. Die Trübsinnigkeit war seiner Gesundheit fraglos abträglich.

Während er darauf wartete, dass die Milch warm wurde, starrte er auf seinen blanken Esstisch. Einer spontanen Eingebung folgend, griff er zu seinem Portemonnaie und leerte dessen metallenen Inhalt auf den Tisch. „So", sagte er zu sich, während er den Haufen Münzen vor sich betrachtete. Er griff nach zwei Halbschillingen, die er in der Mitte des Tisches platzierte. Diese sollten Suchy und Frank symbolisieren. „Zwei halbe Portionen", grinste Bronstein. Danach nahm er einige Eingroschenstücke, auf deren Rückseite sich jeweils ein Adlerkopf befand. Diese standen für die Kinder, die bei Suchy gewesen waren. Bronstein zählte sie ab. Zwei für die Witzmanns, zwei für die Oberhollenzer und drei für die anderen Pimpfe, nämlich zwei für Richard und Georg Kranewetter und einen für Siegfried Wagner.

Nachdem er die Milch vom Herd genommen, in ein Glas geschüttet und mit Honig versetzt hatte, kramte er weiter in seinem Münzhaufen. Er zog drei Einschillingstücke heraus. „Das sind jetzt der Glaise-Horstenau, der Seyß-Inquart und der Frauenfeld", lachte er glucksend und drehte die Münzen um, sodass sie mit dem Bildnis des Parlaments die beiden Opfer umrahmten. Dann hielt Bronstein eine kleine Weile inne. Irgendwer hatte ihm noch etwas von zwei HJ-lern erzählt, die am Abend vor Suchys Tod bei diesem gewesen waren. Bronstein nahm zwei Zehngroschenstücke, auf denen ein Bauersmann abgebildet war, und legte sie unter die beiden halben Portionen. Ein Fünfgroschenstück mit dem Kruckenkreuz darauf vertrat Vater Staat, denn es war ja immerhin möglich, dass tatsächlich irgendein Heimwehrler gegen die beiden Nazis vorgegangen war.

Sein pekuniärer Besitz war beinahe gänzlich zur Neige gegangen. Neben ihm gab es jetzt nur noch die Karlskirche, welche die Zweischillingmünze zierte, und eine Mariazeller Gnadenmutter, die auf der Fünfschillingmünze zu sehen war. Die Maria, so beschloss er, sollte für die große Unbekannte stehen, die Zweischillingmünze hingegen für die sonstigen Verbindungen Suchys, für seine Geschäfte, denn wer passte besser für

Schachereien als die Kirche? Mochte Jesus seinerzeit die Schächer aus dem Tempel geworfen haben, aber jetzt regierten sie die Kirche, die der Zimmermannssohn einst begründet hatte, mehr denn je. Also war die Karlskirche Suchys Rinderimperium. Rinderimperium? Was wusste er überhaupt darüber? Nichts, wenn er es genau bedachte. All seine Kenntnis beruhte auf der Aussage der Hausmeisterin. Es würde also nicht schaden, dem nachzugehen.

Bronstein stand auf und ging in sein Vorzimmer, wo sich sein Telefonapparat befand. Wie gut, dass Cerny als Oberstleutnant der Wiener Polizei nun auch über einen Fernsprecher verfügte, denn so konnte ihn Bronstein jederzeit erreichen. Tatsächlich meldete sich sein Mitarbeiter umgehend. „Du", begann Bronstein, „wir haben uns noch gar nicht mit Suchys Firma beschäftigt. Kannst du dir das morgen gleich in der Früh näher anschauen? Vielleicht gibt's ja dort einen Anhaltspunkt." Cerny erklärte, er werde sich gleich als Erstes darum kümmern, und so legte Bronstein zufrieden auf, um sich sodann wieder dem Münzporträt auf seinem Esstisch zuzuwenden. Lange und nachdenklich betrachtete er es.

„So a Schas!", fluchte er endlich und ging ins Wohnzimmer.

Er hatte sich tatsächlich viel von dieser Aufstellung erwartet, doch nun musste er sich eingestehen, sie half ihm kein bisschen weiter.

II.

Freitag, 11. März 1938

Es war schon lange nach Mitternacht gewesen, als Bronstein endlich in sein Bett gekommen war. Und wenn er gehofft hatte, dadurch schneller einzuschlafen, so hatte er sich getäuscht. Zwar verhielt sich sein Körper weniger rebellisch als in der Nacht zuvor, doch sein Gehirn ließ ihm keine Ruhe. Gedanken über Gedanken drängten danach, gewälzt zu werden, und bei weitem nicht alle kreisten um den Fall Suchy.

Irgendwann, es mochte schon auf drei Uhr gegangen sein, war plötzlich die Frage in ihm gekeimt, wie es überhaupt so weit hatte kommen können. Normalerweise, so war ihm in den Sinn gekommen, bestand der Zweck eines Lebens doch darin, sich zu entwickeln. Zu wachsen. Auf Jahre des Lernens, Erkennens und Verstehens folgten solche der Entfaltung, ehe man das erworbene Wissen und die gewonnene Erfahrung an die nächste Generation weitergab. Man nahm seinen Platz in der Gesellschaft ein, machte Karriere und erwarb sich so Respekt und Anerkennung. Doch irgendetwas, so konstatierte er, war hier ganz fürchterlich schiefgelaufen. Die Zahl der Menschen, die ihn respektierten, die ihn anerkannten, mochte er an den Fingern einer Hand abzählen. Und von Karriere konnte schon überhaupt keine Rede sein.

Karriere! Was war das überhaupt? Dunkel erinnerte er sich daran, dass der Begriff aus der Reiterei stammte und so etwas wie gestreckten Galopp meinte. Ein Kavallerieoffizier stürmte also in der schnellstmöglichen Weise vorwärts, um auf direktem Wege sein Ziel zu erreichen. Nun, er saß wie weiland

Sancho Panza auf einem störrischen Esel, der sich nicht nur weigerte, einen einzigen Schritt nach vorn zu machen, sondern der, objektiv betrachtet, nach hinten zurückwich.

Aber das passte ja, so meinte er, perfekt zu dem Land, dessen Bürger er war. Mit Österreich ging es seit Menschengedenken nur bergab. Eine Erkenntnis, über die länger nachzusinnen es sich lohnte, befand er. Er setzte sich auf, stieg aus dem Bett und ging zu seinem Esstisch hin, wo er sich eine Zigarette nahm, die er dann im Dunkeln rauchte. Eigentlich war Österreichs Aufstieg spätestens mit Ferdinand I. zu einem Ende gekommen. Was danach noch unter Erfolg zu verbuchen gewesen war, das fiel unter das sprichwörtliche Massl, das Österreich lange Zeit gehabt hatte. Ohne die Polen wäre Wien schon seit 250 Jahren osmanisch, und ohne die Engländer spräche man heute Französisch. In Wirklichkeit war Österreich nur deshalb so lange eine Weltmacht gewesen, weil die anderen Großmächte die Donaumonarchie für eine solche gehalten hatten. Doch seit zwanzig Jahren ging es in jeder Beziehung nur noch abwärts. Österreich war wie die „Titanic", es sank unausweichlich. Und er, Bronstein, war einer jener Passagiere, die keinen Platz in einem Rettungsboot mehr ergattert hatten.

Dabei waren die Zeichen doch unübersehbar gewesen! Auch und gerade für ihn, hatte er sich doch eigentlich stets mitten im Zentrum der Geschehnisse befunden. Der Brand des Justizpalastes vor knapp mehr als zehn Jahren. Die Auflösung des Parlaments fünf Jahre später. Die Bürgerkriege anno 34. Da musste doch jedem klar geworden sein, dass auf diese Weise kein Staat zu machen war!

Und jetzt erst dieser Schuschnigg! Nicht einmal in den finstersten Stunden der Monarchie hatte es so viele politische Gefangene gegeben! Ein Drittel unterdrückte die anderen beiden.

Das konnte doch niemals gutgehen! Und Menschen wie er würden darunter zu leiden haben. Es war doch wirklich ein Hintertreppenwitz, dass er jetzt auf einen blasierten Rechtsanwalt hoffen musste, um wenigstens das bisschen Wohlstand, das er sich über die Jahre erkämpft hatte, behalten zu dürfen.

An dieser Erkenntnis erschreckte ihn freilich am meisten, dass auch er all die Jahre von diesem typisch österreichischen „So schlimm wird's schon ned werden" angekränkelt gewesen war. Selbst jetzt, in dieser überaus ernsten Stunde, ertappte er sich dabei, in dieser Formulierung Zuflucht suchen zu wollen. Mit genau diesem Satz war es stets nur noch schlimmer geworden. Für Österreich und für ihn. Bis zuletzt hatte er an einen Sieg der Monarchie im großen Krieg geglaubt. Dann hatte er sich nicht vorstellen können, dass die Königreiche und Länder jemals für ihn Ausland werden würden. Und als der kümmerliche Rest, zur Republik geworden, sich eine fortschrittliche Verfassung gab und die Demokratie ausrief, da kam es ihm nicht in den Sinn, dass man für eine leichtsinnige Bemerkung über den Kanzler ins Gefängnis oder ins Lager wandern könnte. War es da nicht folgerichtig, dass er sich eben jetzt an eine dubiose Volksabstimmung klammerte? Und angesichts dieser niederschmetternden Perspektiven sollte er sich um einen gewöhnlichen Mörder sorgen?

Müde schleppte er sich zurück ins Bett. Er vergrub sich unter seiner Bettdecke und wünschte sich, dass es niemals morgen würde.

Erbarmungslos läutete um sieben Uhr der Wecker. Bronstein kämpfte lange gegen das penetrante Klingeln an, doch schließlich gab er seinen Widerstand auf. Er mochte kaum mehr als drei Stunden geschlafen haben, und so fühlte er sich auch. Die Wohnung präsentierte sich in einem abweisenden Halbdunkel, und Bronstein vermochte nicht zu sagen, ob es einer objektiven Kälte oder aber seiner unendlichen Mattigkeit geschuldet war, dass er elendiglich fror. Er flitzte in die Küche, stellte eilig die Espressomaschine auf den Herd und suchte dann hektisch nach Socken. Unter konvulsivischen Zuckungen entledigte er sich seines Nachthemds und schlüpfte geschwind in neue Unterwäsche, wobei er ob eines nicht zu ignorierenden Schüttelfrosts darauf verzichtete, sich grundlegend zu waschen. Als er endlich Hemd, Hose und Weste am Leibe trug und die ersten paar Schlucke des Kaffees intus hatte, begann langsam die Kälte in ihm zu weichen. In diesem Lichte riskierte er es, seine Bewegungen sparsamer werden zu lassen. Er setzte sich an den Küchentisch und rauchte sich eine „Donau" an. Während er den Rauch ausblies, bemühte er sich um eine Tagesordnung für die geplanten Verrichtungen. Als Erstes, so beschloss er, würde er den alten Herrn Duft aufsuchen. Das Präsidium konnte warten. Er warf einen mitleidigen Blick auf sein Münzorganigramm und sammelte die einzelnen Geldstücke ein. Da saß er nun, er armer Tor – und war so beschränkt und vernagelt wie eh und je. Er seufzte und dämpfte die Zigarette aus. Dann stand er auf, griff nach dem Jackett, hernach nach dem Mantel, zog beide Kleidungsstücke über und verließ dann, erneut seufzend, die Wohnung.

Kaum hatte er das Haustor geöffnet, schlug ihm eisiger Wind entgegen. Er zog den Mantel noch fester zu und befahl sich selbst, den Unbilden des Tages zu trotzen. Er wollte gerade die Straße überqueren, als ein Radfahrer, der gegen die Einbahn fuhr, dahergerast kam. Bronstein schaffte es gerade noch, wieder auf den Bordstein zu springen, ehe ihn der Radler passierte.

„Öha!", rief Bronstein, dem eindrucksvoll der Grund für die Bezeichnung „Waffenrad" vor Augen geführt worden war, und schickte ein „Vursicht, heast!" hinterher. Der Radfahrer drehte nur leicht den Kopf und forderte ihn in derben Worten zur Darmentleerung auf. Reflexartig war Bronstein versucht, die berühmten Worte Kaiser Ferdinand des Gütigen zu zitieren: „Halts eam, bindts eam, und bringts eam aufs Rathaus", doch dann griff er blitzschnell nach seinem Bleistift und zog seine Zigarettenschachtel hervor. Er kniff die Augen zusammen und notierte das Kennzeichen des Verkehrssünders. Innerlich dankte er der Finanzverwaltung, im Vorjahr eine Kennzeichenpflicht für Radfahrer eingeführt zu haben, denn bislang waren diese bei allen Verkehrsübertretungen ungeschoren davongekommen, da sie im Gegensatz zu den Lenkern von Automobilen nicht kenntlich waren. Na wart, dachte sich Bronstein, di zag i an. Zufrieden steckte er die Zigarettenpackung wieder ein und überquerte nun endlich die Straße.

Noch ehe er den gegenüberliegenden Bürgersteig erreicht hatte, fiel ihm ein Stück Papier auf, das, scheinbar achtlos weggeworfen, im Rinnsal gelandet war. Bronstein hätte keinen zweiten Blick darauf geworfen, wenn ihm nicht das völlig aus der Mode gekommene Wort „Genossen" am Beginn des Textes aufgefallen wäre. Er hielt inne und beugte sich zu dem Zettel hinunter, um ihn besser lesen zu können. „Die Form, in der Schuschnigg die Volksabstimmung diktiert, stellt Euch vor die Entscheidung, entweder mit Ja zu stimmen oder dem Hitler-Faschismus zur Macht zu verhelfen." Bronstein hatte nur diesen einen Satz lesen müssen, um sich darüber im Klaren zu sein, dass er es mit einem Flugblatt der illegalen Arbeiterbewegung zu tun hatte. Nun, nach einem derartigen Stakkato an patriotischen Worthülsen mochte es eine nette Abwechslung sein, einmal zu lesen, was die Gegenseite dachte. Bronstein hob den Zettel vorsichtig hoch und fuhr dann mit der Lektüre fort.

„Ein Sieg Hitlers bedeutet nicht nur die blutige Unterdrückung und grenzenlose Ausbeutung der österreichischen Arbeiter, er bedeutet auch eine Niederlage der Arbeiterbewegung der ganzen Welt und die Stärkung der unmenschlichen Diktatur, die der deutsche Nationalsozialismus gegen die deutschen Arbeiter ausübt."

Das mochte nicht falsch gedacht sein, sagte sich Bronstein, während er sich dem nächsten Absatz zuwandte.

„Die österreichischen Arbeiter können daher auf Schuschniggs Frage am Sonntag nicht mit Nein antworten, da dies den Hitler-Faschismus stärken würde. Der kommende Sonntag ist nicht der Tag, an dem wir mit dem österreichischen Faschismus abrechnen und dem autoritären Regime alle Verbrechen, die seit dem Februar 1934 an der österreichischen Arbeiterschaft begangen worden sind, heimzahlen, indem wir gegen Schuschnigg stimmen. Am kommenden Sonntag manifestieren wir unseren glühenden Hass gegen den Hitler-Faschismus. An diesem Tag muss daher die gesamte Arbeiterklasse mit JA stimmen."

Unwillkürlich atmete Bronstein auf. Die Sozis hatten sich also darauf festgelegt, Österreich gegen die Nazis zu verteidigen. Jetzt konnte eigentlich nichts mehr schiefgehen. Die Nazis selbst verfügten höchstens über ein Drittel der Bevölkerung, der Rest hatte sich nun gegen sie festgelegt. Vielleicht kam das Land – und damit er – doch noch mit einem blauen Auge davon.

Mit einer Messerspitze voll Optimismus im Gemüt betrat er das Kleidergeschäft des alten Herrn Duft. Den Inhaber konnte er nicht ausmachen, dafür aber eine Verkäuferin, die mit dem Rücken zur Tür stand. Es schien, als bebten ihre Schultern, und Bronstein meinte, ein leises Schniefen zu hören. Deutlich konnte er sehen, wie die Frau eilig nach einem Taschentuch griff und es sich über das Gesicht führte. Dann drehte sie sich um und meinte mit belegter Stimme: „Sie wünschen?"

Man musste nicht der Vogeldoktor vom Alsergrund sein, um erkennen zu können, dass diese Person eben noch geweint hatte. „Aber Gnädigste, was ist Ihnen denn?", fragte Bronstein teilnahmsvoll.

„Ah nix. Womit kann ich helfen?" Die Verkäuferin kämpfte mit dem Inhalt ihrer Nase, erwog offenbar kurz, den Rotz einfach hochzuziehen, entschied sich dann aber doch, abermals zum Taschentuch zu greifen und sich zu schnäuzen.

„Vielleicht Probleme mit dem Herrn Gemahl?", mutmaßte Bronstein.

„Aber geh'n S', zum Heiraten bin ich doch noch viel zu jung!" Gegen ihren Willen musste die Dame lachen. „Gemahl! Wie sich das schon anhört!"

„Entschuldigung schon …", gab Bronstein leicht indigniert zurück.

„Nein, nein, der Herr. Es ist eh nett, dass Sie sich …, ich mein' …, es war nur das Wort … so lustig. Verstehen S'? … Das war", und an dieser Stelle trat wieder die Traurigkeit auf das Gesicht der Verkäuferin, „der erste erheiternde Moment in all dieser Trostlosigkeit da."

„Aber wie können S' denn so etwas sagen, Gnädigste. Eine so hübsche junge Frau wie Sie. Da liegt ja das ganze Leben noch vor einem …"

„Ja", replizierte sie bitter, „das Leben von einem jüdischen Mischling ersten Grades."

Endlich wurde auch Bronstein die Lage der Frau bewusst! Natürlich! Er befand sich ja in einem jüdischen Geschäft. Da war natürlich auch die Belegschaft jüdisch.

Verdammt! Jetzt dachte er auch schon so wie diese Barbaren! Das war doch nicht die Möglichkeit, dass diese Schurken einem sogar das Denken vorgaben! Bronstein räusperte sich. „Ich verstehe Ihre Sorgen, Gnädigste. Ich bin auch so ein … Fall. Aber jetzt gibt es ja wieder Hoffnung. Die Volksabstimmung … nicht?! Die Sozis werden für Schuschnigg stimmen, das hab ich Schwarz auf Weiß, also wird's nicht so schlimm kommen."

Die Gesichtszüge der Angestellten spiegelten eine Mischung aus Verärgerung und Mitleid wider: „Sind S' so naiv oder tun Sie nur so?"

„Wie belieben?"

„Das ist doch vollkommen powidl, wie diese Volksabstimmung ausgeht! Die Nazis kommen. So oder so. Entweder demokratisch legitimiert oder halt mit nackter Gewalt. Wahrscheinlich mit Letzterer. Darin sind s' ja Experten, die braunen Horden."

„Na ja …"

„Aber ich bitte Sie, der Herr, das hat doch schon längst begonnen. Seit Monaten werden wir boykottiert. Wenn ich das Geschäft aufsperre, kommt einer von den Nazis und beschimpft mich. Vor ein paar Tagen hat mir einer sogar eine mit der flachen Hand auf den Hinterkopf gegeben."

„Da müssen S' zur Polizei gehen, Fräulein …"

„Geh bitte! Die ist doch zur Hälfte eh schon braun. Was glauben S', was die mit mir machen. Die lachen mich bestenfalls aus. Und wahrscheinlich nennen S' mich dann noch unverblümt eine Hure, die selber schuld ist, wenn sie eine aufs Dach bekommt. … Sie sind ein feiner Herr, Sie können das vielleicht nicht wissen, weil … Was sind Sie überhaupt, wenn ich fragen darf?"

Bronstein schien es geboten, jetzt nicht zuzugeben, dass er Polizist war. „Journalist", sagte er daher knapp.

„Na sehen Sie! Und warum unternehmen Sie dann nichts gegen all das? Schreiben Sie auch nur so Reportagen zur Befriedigung der Sensationslust saturierter Bürger? Sehen Sie nicht, was mit Österreich geschieht?"

„Doch, doch, aber …"

„Dieses Land wird vergewaltigt!", fuhr die Verkäuferin unbeirrt fort, „ruchlose Schurken werden es verwüsten. Tausende Menschen wird man töten oder zumindest mit voller Absicht in den Selbstmord treiben. Und alles wird noch schrecklicher sein, als es in Deutschland ohnehin schon war."

Bronsteins zartes Hoffnungspflänzchen, eben erst von den Sozis begossen, drohte nun endgültig einzugehen. Die Angestellte aber hatte sich in Rage geredet: „Und so wird es weitergehen. Woche für Woche, Monat für Monat und Jahr für Jahr. Hunderttausenden wird man es unmöglich machen, genug zu verdienen, um sich auch nur ein Stück Brot kaufen zu können. Hunderttausende werden ins Exil getrieben werden, wo sie keiner aufnehmen wird, oder man wird sie einfach wie räudige Hunde im Rinnsal verhungern lassen. Die Nazis werden erst ruhen, wenn sie den Letzten von uns totgemacht haben. Es … ich … ach!" Die Frau wollte weitersprechen, doch ihr versagte die Stimme. Über ihre Wangen liefen dicke Tränen, und aus ihrem Gesicht sprach eine derartige Hoffnungslosigkeit, dass Bronstein versucht war, augenblicklich in ihr Lamento einzufallen.

„Sie glauben, es wird wirklich so schlimm?", fragte er leise.

Sie nickte nur. Dann kämpfte sie mit sich, um ihre Stimme wiederzuerlangen. „Am Sonntag werd ich 18, und ich hab solche Angst, meinen 19. Geburtstag nicht zu erleben. Die werden uns in ein Lager stecken, und dann werden sie uns in den Osten verschicken, und dort werden s' dann dafür sorgen, dass uns irgendein Mob einfach totschlägt. Und dann … werden s' … meine Leiche .. irgendwo verscharren … und niemand wird wissen, dass ich einmal g'lebt hab, dass ich … auch Träume g'habt hab, dass ich eine Familie hätt haben wollen …, einen Mann und … Kinder, dass ich einmal auf meine Enkerln aufpass, … dass ich …, kurz, dass ich ein Mensch aus Fleisch und Blut war."

Bronstein hatte erwartet, dass die Frau nun endgültig zusammenbrechen würde. Doch sie stand einfach nur da und blickte unverwandt an Bronstein vorbei ins Leere, was in Bronstein eine nicht geringe Verlegenheit auslöste. Gerne hätte er die Frau begütigt und ihr gesagt, dass sie die Dinge viel zu schwarz sähe und ohnehin alles wieder in Ordnung kommen würde. Doch er dachte ja irgendwie ähnlich. Auch er hatte entsetzliche Furcht vor der Zukunft. Wie gerne war er bereit, sich an jeden Strohhalm zu klammern, der ihm Rettung verhieß, und doch kam er nicht umhin, die Dinge einer realistischen Bewertung zu unterziehen. Und da sagte ihm die simple Perzeption, dass die junge Frau mehr als recht hatte. In seinem Gedächtnis tauchten die Bilder wieder auf, die er in einigen fortschrittlicheren Gazetten gesehen hatte: Nazis, die Menschen zwangen, auf Schaufenster „Kauft nicht bei Juden!" zu schmieren, SA-Männer, die Fensterscheiben einschlugen oder ihre Mitbürger mit Paradeisern bewarfen. All das hatten sie in Österreich bislang nicht gewagt, da sie verboten waren. Nun aber würde sich das schlagartig ändern, und die heimischen Nazis würden bemüht sein, gegenüber ihren reichsdeutschen Gesinnungsgenossen den Rückstand an Unmenschlichkeit schnellstmöglich aufzuholen. Und ihm wurde bewusst, dass es ihm da noch vergleichsweise gut ging, da er nicht an einer so exponierten Stelle seine Tage zubringen musste wie die Verkäuferin, die für jeden erkennbar in einem Geschäft stand, das für sogenannte Arier ab sofort tabu war, womit sie automatisch zum Freiwild für braune Halbstarke wurde, ohne dass sie darauf hoffen durfte, irgendjemand würde ihr im Ernstfall beistehen.

Ja, resümierte Bronstein desillusioniert. Alles, was man tun konnte, war, an der Wirklichkeit vorbei ins Nichts zu starren, denn genau damit hatte man exakt die eigene Zukunft vor Augen. Unwillkürlich wischte er sich eine Träne aus dem Augenwinkel und trat dabei verlegen von einem Bein auf das andere. Es war die Frau, die sich als Erste fing.

„Aber deswegen sind Sie sicher nicht gekommen, der Herr, dass Sie sich die Klagen einer dummen Urschel anhören. Verzeihen Sie, bitte! Soll nicht wieder vorkommen. Was also darf es sein?"

Bronstein brauchte eine Weile, um seine Gedanken neu auszurichten. „Ich wollte eigentlich ein Hemd ... oder zwei. Aber, sagen Sie, ist der Herr Duft vielleicht auch zugegen?"

Wie aufs Stichwort ging am hinteren Ende des Ladens eine Tür auf, und der Besitzer des Geschäfts betrat die Szene. Er wurde Bronsteins ansichtig, und ein seliges Lächeln zeigte sich auf seinem Gesicht. „Ja, was fir a Freid. Wenn ar dos nit der Herr Broinstajn sajn tut! Dem Bascheffer saj's gedankt. Wos varschofft mir die Ehre?"

Auch Bronstein konnte Freude und Erleichterung nicht leugnen. Die Mundwinkel zogen sich bei ihm gleichfalls nach oben: „Begrüße Sie, lieber Herr Duft! Ich muss gleich einmal um Entschuldigung bitten, dass ich mich sträflicherweise so lange nicht bei Ihnen eingestellt habe. Ich weiß, das ist eigentlich unverzeihlich. Aber die Zeiten ..., man kommt nie zu etwas, weil ..."

Bronstein wusste nicht, wie er den Satz beenden sollte, doch Duft erlöste ihn umgehend mit einer begütigenden Geste.

„A giter Freind bleibt a giter Freind, afile wenn me seht ihm selten."

Duft wurde der traurigen Miene seiner Verkäuferin gewahr. „Aber warum blicken Sie denn drein asou trouerig? Es is doch gor nischto kein Grund zu sein verzweifelt!"

Bronstein fühlte sich dazu berufen, sich für die Frau ins Mittel zu legen. „Aber wenn jetzt wirklich der Hitler kommt, dann sind gute Ezzes teuer …"

Auf Dufts Gesicht zeichnete sich ein schmales Lächeln ab: „Unser Volk hot ousgehalten schon ganz andere Prifungen. Wenn der Pharao hot in Ägypten die Kinder Jisroel ongemacht gehackte Zores, ist der Bascheffer uns allein beigeschtanen und hot uns geschickt Moischen, mir sollen mit ihm arousgejn fun der Gefangenschaft. Und wenn mir gedenken in jener Zeit, essen mir Mazzes, dos trikene Broit, Ihr weißt doch. Asou tun mir bis dem heitigen Tog. Und wenn der Homen, der hechster Beamter in der Regierung bei die alte Perser, hot gewollt vernichten die Jiden, hot er allein eingenimmen a Misse meschine, oufgehongen hot men ihm, un schoin. Und wenn mir gedenken in jener Zeit, essen mir die feine Homentaschen. Bleibt noch ein einzige Frage: wos wer'n mir essen noch dem, wenn der Hitler hot ouch eingenimmen a Misse meschine?"

„Ihr Optimismus in allen Ehren, Herr Duft, aber Sie sollten die Gefahr nicht auf die leichte Schulter nehmen. Denken Sie an die Nürnberger Gesetze, an die Bedrängnis …"

Duft hob abwehrend die Hand: „Farschtejt sich, es wird nischt gringer dos Leben. Ober, majn tajerer Herr Bronstein, es is doch asoi, as die Daitschen seinen a Kulturvolk. Nischt wie die Russen, wos vermachen unsere Synagogen und warfen unsere Rabbiner in die Tfisses, in die Gefengenischn. Sicher, me wert uns machen Zores, jo, ober zu dem sein mer zugewount.

Mir wern ouch dos oushalten, weil der Bascheffer vergesst keinmol nit in sein Volk. Und wenn die Noit ist am gressten, dann werd er uns wieder ratewen."

„Ich wollte, ich hätte dieses Gottvertrauen auch", entfuhr es Bronstein.

„Wie hob ich gesogt mit Johren zurick, tajerer Herr Bronstein? Wer es kummt zurick zum Glouben von seine Tates, der werd nischt gehen in kein falschen Weg!"

„Wer sagt Ihnen denn, Herr Duft, dass ich überhaupt danach suche?", nahm Bronstein Zuflucht in einer sarkastischen Replik. Zu seiner Verwunderung war Duft darüber keineswegs echauffiert. „Keiner muss es mir nit sogen, ich seh es doch. A ganz' Leben hot Ihr gesucht, mein lieber Herr Bronstein, und es ist sicher, as Ihr wert es gefinden."

Dabei blickte Duft so feierlich drein, dass sich auch Bronstein der Besonderheit des Moments nicht entziehen konnte. Er gestand sich ein, dass er Duft um seine im Glauben fußende Zuversicht beneidete. „Na ja, vielleicht haben Sie ja recht, werter Herr Duft. Fürs Erste würde es mir aber schon genügen, wenn wir ein passendes Hemd für mich fänden."

„Dos wer'n mer. So sicher, wie ouch Ihr wert gefinden amol Glick und Hoffenung. Wie finster es soll nit oussehn die Nacht, werd noch heller strahlen der najer Tog."

„Herr Duft, das haben Sie jetzt so schön feierlich gesagt, dass ich Ihnen gleich zwei Hemden abkaufe. Ein weißes und ein hellblaues."

Dufts Augenbrauen zogen sich nach oben: „Nu, un kenn dos sein a Zufall? Weiß und Blou, dos seinen die Farben von Jisroel. Ich sog Eich doch, Ihr sent ouf dem Weg …"

Bronstein ertappte sich bei der Frage, ob es klug sei, diesen Weg ausgerechnet jetzt einzuschlagen. Doch er zog es vor, diesen Gedanken nicht auszusprechen, denn er wollte den alten Herrn nicht vor den Kopf stoßen. Aber Weiß und Blau waren tatsächlich seine Lieblingsfarben. Konnte das Schicksal sein? Er atmete tief durch: „Dann seien Sie doch so gut und packen mir die beiden Hemden ein. Meine Größe kennen Sie ja." Duft ging zum entsprechenden Stapel und zog das Gewünschte daraus hervor. Er schickte sich an, sie Bronstein zur Prüfung vorzulegen, doch der wehrte ab: „Ich weiß, dass ich bei Ihnen keinen Tinnef kaufe, werter Herr Duft. Packen Sie sie nur ein. Was bin ich Ihnen schuldig?"

Duft nannte den Preis, während die Verkäuferin für Bronstein ein Päckchen zurechtmachte. Dieses nahm Bronstein entgegen, nachdem er die genannte Summe auf die Budel gelegt hatte. Für einen Augenblick sahen sich die drei Menschen in dem Geschäft schweigend an. „Masel tov", sagte Bronstein endlich und wusste nicht, ob er damit den richtigen Ton getroffen hatte.

Dufts Augen blitzten kurz auf. „Weißt Ihr wos, Herr Bronstein, wenn Hitler is awek in der Geschichte, un er un alle Nazis hobn eingenimmen a Misse meschine, wern mir sich sehn in der Synagoge. Wos sogt Ihr?"

„Ja, das wäre eine Messe wert ... also einen Gottesdienst ... ein ... na, Sie wissen schon." Bronstein zuckte verunsichert mit den Schultern.

„Und wieder a Schritt oufn Weg. Bis demoßt – viel Glick und Segen."

„Das wünsche ich Ihnen auch."

Nachdenklich verließ er das Geschäft und hielt auf die Herrengasse zu. Er hatte sich einen Einspänner verdient, dachte er und sah zu, dass er ins „Herrenhof" kam, wobei er sich dabei ertappte, wie er beständig nach links und rechts spähte, als wäre er ein Wild in freier Natur, das Obacht vor den Raubtieren geben müsse. Unwillkürlich wurde sein Schritt immer schneller und ging schließlich gar in leichten Trab über. Die letzten Meter rannte er beinahe, was seine Lunge mit einem nachhaltigen Keuchen quittierte. Erschöpft, aber auch erleichtert im Café angekommen, wurde ihm wie selbstverständlich die „Wiener Zeitung" auf den Tisch gelegt und eine Schale Gold serviert. Er überlegte kurz, ob er auf seinem Einspänner beharren sollte, doch der Kellner war einfach der Macht der Gewohnheit gefolgt, sodass nichts dagegen sprach, die Dinge so zu belassen, wie sie waren. Bronstein zündete sich eine „Donau" an und bemühte sich, Ordnung in den Fall zu bekommen.

War er zu Anfang davon ausgegangen, dass Suchy einem wütenden Familienvater zum Opfer gefallen war, so kam er nun mehr und mehr zu der Überzeugung, dass hier irgendeine Nazi-interne Vendetta lief. Klar, ein aufgebrachter Vater, der dahintergekommen war, dass der Suchy den Sprössling … nun … widernatürlich belästigt hatte, der wäre niemals auf die Idee gekommen, Suchy auf eine solche Art zurückzulassen. Der hätte Suchy vermutlich zu Tode geprügelt oder eventuell auch erstochen. Doch keinesfalls hätte er Suchy nackt ausgezogen und auf dem Teppich drapiert. Gerade die Art, wie Suchy aufgefunden worden war, deutete darauf hin, dass irgendjemand großes Interesse daran hatte, dass er, Bronstein, glauben sollte, es gehe um Suchys perverse Vorlieben. Und dass dann wenig später sein Parteigenosse gleichfalls das Zeitliche segnete, das sprach ganz entschieden dafür, dass die Herrenmenschen untereinander die Abrechnung suchten. War nicht auch die SA seinerzeit eliminiert worden, als Röhm Hitler zu gefährlich geworden war? Und was Röhm vor fünf Jahren in Berlin gewesen war, das hätte Suchy jetzt in Wien werden können.

Damit freilich musste er jemandem im Weg stehen, die Frage war nur, wem. Frauenfeld schied augenscheinlich aus. Der war seit vier Jahren schon nicht mehr in Wien gewesen und hatte sich mittlerweile, wie Cerny in Erfahrung gebracht hatte, in Düsseldorf häuslich eingerichtet. Die Wiener Partei leitete seitdem Seyß-Inquart, der Suchy gegenüber dadurch im Vorteil war, dass er ja vor vier Wochen zum Innenminister ernannt worden war. Ähnliches galt für diesen mediokren General, diesen Glaise-Horstenau. Von wegen General! Der Mann hatte keine vierzehn Tage im Feld zugebracht! Von Anfang an war er bloß Etappenhengst gewesen, vor dem großen Krieg im Kriegsarchiv, wo er auch danach wieder gelandet war, und während des Kriegs im Pressehauptquartier. Schon damals hatte er es offenbar hervorragend verstanden, sich aus allen gefährlichen Situationen herauszuhalten und seine Karriere zielstrebig voranzutreiben. Daher war Glaise-Horstenau nun schon seit zwei Jahren Minister, während Suchy höchstens in den eigenen vier Wänden regiert hatte. Auch der ehemalige Justizminister Hueber, den man ebenfalls zum engeren Kreis der Nazis zählen musste, hatte im Gegensatz zu Suchy bereits seine Meriten. Es war also höchst unwahrscheinlich, dass Suchy von irgendjemandem als gefährlicher Rivale um die Macht wahrgenommen worden war. Vielmehr deutete einiges darauf hin, dass er ein Geheimnisträger gewesen war, der einen oder mehreren Nazis zu gefährlich schien.

Bronstein seufzte und dämpfte die Zigarette aus. Er konnte sich nur in Mutmaßungen ergehen. Klarheit würde er erst erhalten, wenn er mit den Naziführern Fraktur geredet hatte. Er bestellte ungeachtet der Tageszeit einen doppelten Rum und beschloss, nachdem er diesen in einem Zug geleert hatte, bei Minister Seyß-Inquart persönlich vorzusprechen. Er schritt an die Theke und erbat sich den Telefonapparat. Nachdem sich

das Fräulein vom Amt gemeldet hatte, nannte er die Anwalts-
kanzlei in der Albertgasse als die gewünschte Verbindung. Eine
bellende Männerstimme meldete sich.

„Ja, guten Tag zu wünschen, ist der Herr Minister zugegen?"

„Der ist da, aber er ist in einer Besprechung, bei der er nicht
gestört werden darf, Herr …"

„Ah, danke. Ich ruf wieder an."

Noch ehe der Vorzimmerzerberus Bronsteins Namen und Be-
gehr in Erfahrung bringen konnte, hatte dieser aufgelegt. Er
bezahlte seine Konsumation und machte sich auf den Weg. Er
legte die kurze Strecke bis zum Michaelerplatz zurück, ehe er
durch das Burgtor zum Heldenplatz gelangte. An dessen Ende
überquerte er den Ring und ging dann an den Museen, dem
Epstein und dem Parlament vorbei, um schließlich in die Stadiongasse einzubiegen. Deren Verlauf folgte er auch noch jenseits der Zweierlinie, wo sie freilich bereits Josefstädter Straße
hieß. Nach etwa zehn Minuten erreichte er die Lerchengasse,
gleich danach die Tigergasse, um endlich in der Albertgasse zu
stehen. Er wandte sich nach links und ging einige Häuser in
Richtung Lerchenfelder Straße entlang, um so sein Ziel endgültig zu erreichen. Er betrat den wuchtigen Bau aus der Jahrhundertwende und begab sich ins erste Stockwerk, wo ein un-
scheinbares kleines Messingschild darauf hinwies, dass hier das
Oberhaupt der österreichischen Nazis seine Kanzlei betrieb.
Bronstein atmete noch einmal tief durch, dann läutete er an.

Durch die geschlossene Tür hörte er das Klackern genagelter
Schuhe auf Parkettboden, gleich darauf wurde ihm aufgetan.
Ein vorwitziger Jüngling mit einer blonden Haartolle, die ihm
tief ins Gesicht hing, stand vor ihm.

„Wer sind Sie und was wollen Sie?" Die Fragen kamen in
rauem Kasernenhofton, wenngleich die Stimme des jungen

Mannes dafür ein wenig zu unmilitärisch klang. Bronstein hob seine Kokarde hoch. „Polizeidirektion Wien. Ich hätt einige Fragen an den Herrn Minister."

„Der ist nicht da", kam es barsch zurück.

„So? Vor zehn Minuten hat's geheißen, er hätte da eine Besprechung."

Das Gesicht des Jünglings verfinsterte sich. „Ah Sie waren das mit dem Anruf. Für so etwas hat der Herr Minister scho überhaupt koa Zeit ned. Also schieben S' ab mit Ihrem Blechdings da."

„Mein Herr, ein führendes Mitglied der Bewegung ist ermordet worden, wie wahrscheinlich schon bekannt sein dürfte, und da muss es ja wohl auch im Interesse des Herrn Ministers sein, dass dieser Fall rasch aufgeklärt und der Verantwortliche für diese Tat zur Rechenschaft gezogen wird."

Der Pimpf kam ins Wanken. Nachdem seine Kiefer eine Weile krampfhaft vor sich hingemahlen hatten, rang er sich zu einer Entscheidung durch. „Gut, wen darf ich melden?"

„Oberst Bronstein von der Polizeidire..."

„Des is ned dei Ernst, oder?" Der Nazi starrte Bronstein ungläubig an.

„Äh, was?"

„Sag des no amoi, wia du haaßt!"

„Oberst David Bron..."

„Ja bist du vollkommen narrisch worden, du Saujud, du elendiger?" Der Mann sah gen Himmel. „I maan, I tram. A Itzig traut si da her. Des nenn i Chuzpe! Pass auf, du Moses: schleich di, aber gach aa no, sonst hast mehr als nur Zores. Hast mi!"

Die letzten Worte hatte der Mann in einer derartigen Lautstärke gebellt, dass Bronstein unwillkürlich zusammengezuckt war. Dennoch war er nicht willens, sich so davonjagen zu lassen. Als er eben zu einer Replik ansetzen wollte, ging am anderen Ende des Korridors eine Tür auf, und ein massiver Körper mit einem quadratischen Schädel erschien in Bronsteins Gesichtsfeld. Der Oberst kannte dieses Gesicht von zahlreichen Bildern. Es war der Minister höchstselbst.

„Schönberger, was ist da los?", fragte Seyß-Inquart schneidend.

„A Itzig, Herr Doktor. Der traut si da her!"

Das Gesicht des Ministers verfinsterte sich augenblicklich. Er schickte Bronstein über seine randlose Brille hinweg einen vernichtenden Blick und erklärte seinem Adepten sodann, er möge den impertinenten Kerl an die frische Luft befördern. Tatsächlich griff der Jungnazi nach Bronsteins Mantel. Dieser riss sich los.

„Einen Augenblick, ja! So geht das nicht!", rief Bronstein erregt, „das ist eine Mordermittlung, und da habe ich das Recht …"

„A Jud hot ka Recht", schnarrte der Junge.

Bronstein ignorierte ihn und versuchte, die Kanzlei zu betreten.

Wieso hatte er den Schwinger nicht kommen sehen? Der Nazi musste unterhalb seines Gesichtsfeldes ausgeholt haben. Jedenfalls war die Wucht, mit der dessen Faust in seiner Magengrube gelandet war, beachtlich. Bronstein musste sich am Türstock festhalten, um nicht umzufallen. Das Atmen fiel ihm schwer, und er konstatierte neben dem Schmerz ein eklatantes Schwindelgefühl. Er kam nicht dazu, weitere Gedanken anzustellen, denn Seyß-Inquarts Schläger verpasste ihm einen ordentlichen Rempler, sodass Bronstein zurückgerissen wurde. Seine Hand vermochte sich nicht mehr am Türstock festzukrallen. Dieser entglitt ihm schließlich völlig, und Bronstein fiel der Länge nach hin auf den Gang. Gerade schaffte er es noch, sich mit der anderen Hand ein wenig abzustützen, um den Fall zu dämpfen, doch er schlug dennoch hart auf den Fliesen auf. Der Nazi lachte nur höhnisch und schloss die Tür.

Bronstein schloss auch etwas. Seine Augen. Für einen Moment lag er einfach da und ließ sich gehen. So war das also. Da war er beinahe 55 Jahre alt, und jeder dahergelaufene Rotzlöffel konnte sich an ihm sein Mütchen kühlen. Er fühlte sich steinalt. Zu alt für diesen Beruf. Zu alt für diese Zeit, zu alt für dieses Leben. Eine Welle unendlicher Trauer durchflutete ihn, und er stellte fest, dass er mit den Tränen kämpfte. Mühsam setzte er sich auf, seufzte und wischte sich dann mit den Ärmeln seines Mantels über die Augen. Sein Bauch tat ihm weh, seine Schläfen pochten, und ein gewisses Maß an Übelkeit war nicht zu leugnen. Bronstein robbte sitzend zum Geländer, hielt sich daran fest und zog sich schließlich unter Schmerzen hoch. Er sah ein letztes Mal auf die Tür der Kanzlei und schlich dann die Treppe abwärts. Wie ein geprügelter Hund verließ er das Haus.

Wieder auf der Straße, schlug er den Weg zur Lerchenfelder Straße ein. Obwohl es bis zur Straßenbahnhaltestelle kaum mehr als hundert Meter waren, brauchte Bronstein eine schiere Ewigkeit, bis er diese endlich erreicht hatte. Zu seinem Glück kam just in diesem Augenblick eine Garnitur heran, die Bronstein umständlich erkletterte. Er zeigte dem Schaffner seine Kokarde, murmelte „Dienstfahrt" und ließ sich danach schwer auf die nächstgelegene Holzbank fallen. Als er sich eine „Donau" anzünden wollte, registrierte er, dass seine Hand zitterte. Als ob diese Tatsache mit der Kälte zu tun hätte, beugte er sich vor und schloss die Verbindungstür, die das Wageninnere vom Einstiegsbereich trennte. Den Versuch, das Streichholz zu entflammen, gab er dennoch auf. Die Zigarette hing ungeraucht aus seinem Mundwinkel herab, und Bronstein war sich bewusst, dass ihn die übrigen Fahrgäste für einen Sandler halten mussten. Doch das war ihm egal. Gedankenverloren starrte er aus dem Fenster und sah die Häuser draußen vorüberziehen.

Man hatte ihn eben aus einer Wohnung geworfen. Und das bei einer Ermittlung! So etwas war ihm noch nie passiert! Vielleicht sollte er den Dienst quittieren? Am besten, er wartete die Volksabstimmung noch ab, und wenn diese im Sinne Österreichs ausging, dann sprach er einmal ein Wort mit dem Skubl. Der hasste ihn so sehr, dass er jedes Pensionierungsgesuch von Bronstein mit Freuden befürworten würde. Für Cerny wäre dann endlich der Weg frei zur Leitung der Abteilung, das hatte er sich ohnehin schon lange verdient. Und er, Bronstein, würde mit seinen Ersparnissen irgendwo ein kleines Häuschen in der Umgebung Wiens erwerben und dort ein unauffälliges Rentnerdasein fristen. Das war sicher für alle Beteiligten das Beste. Jetzt umso mehr, da er sich mit dem Minister angelegt hatte. Aber gut, beruhigte sich Bronstein, das mochte egal sein, denn Seyß-Inquart war am Montag ohnehin Vergangenheit, denn wenn Schuschnigg die Abstimmung gewann, dann würden die Nazis sicher aus der Regierung ausscheiden, denn ein solches Ergebnis würde ihre Position unhaltbar werden lassen.

Bronstein registrierte beiläufig, dass die Straßenbahn den Ring erreicht hatte. Langsam und vorsichtig erhob er sich. Er nickte dem Schaffner müde zu und verließ vorsichtig den Zug. Er überquerte die Straße und stellte sich zur Haltestelle für die Ringlinie.

Und was, wenn die Nazis doch gewannen? Daran wollte er gar nicht erst denken! Dann war er geliefert. Und zwar vollends! Dann gab es keine Pensionierung, sondern eine unehrenhafte Entlassung. Kein Häuschen im Grünen, sondern bestenfalls eine Hinterhofwohnung in Simmering. Er würde froh sein müssen, wenn er irgendwo eine Anstellung als Nachtwächter bekam, um sich wenigstens das Notwendigste leisten zu können.

Wenn man ihn nicht überhaupt verjagte! Er erinnerte sich an die Geschichten, die über das Reich im Umlauf waren. Dort machten die Nazis Jagd auf alles, was sie für jüdisch hielten, egal, ob es sich nun um echte Glaubensjuden handelte oder um Menschen wie ihn, die irgendwann einmal vor vielen Generationen jüdische Vorfahren gehabt hatten.

In Bronstein stieg erneut Panik auf. Es ging um seine Existenz, nicht nur um die Österreichs. Mit dem Fall Schuschniggs würde auch er fallen. Er wäre vogelfrei. Jeder könnte ihn niederschlagen, nicht nur ein verrotzter Nazi-Rohling.

Ohne dass Bronstein dagegen ankam, begann sein ganzer Körper zu zittern. Er konnte nicht länger an der Station stehen. Mit unsicheren Schritten taumelte er die Umzäunung des Volksgartens entlang, wobei er immer wieder stehen bleiben musste. Er hielt sich dann an einer der Lanzen des Zaunes an und rang nach Atem. Verzweifelt bemühte er sich, wieder ruhiger zu werden, doch die Panik wich nicht von ihm. Er keuchte, als wäre er eben ein Rennen gelaufen, und hatte gleichzeitig das Gefühl zu ersticken. Da war es wieder, dieses merkwürdige Drücken in seiner Brust. Nur nicht nachgeben, befahl sein Hirn, nur nicht nachgeben.

Bronsteins Mund entrang sich ein kehliges Gurgeln, dann gelang es ihm, seinen Körper in eine Art Trab zu versetzen. Zu seiner eigenen Überraschung schaffte er es in einem Schwung bis zum Burgtheater und sogar bis zum gegenüberliegenden Kaffeehaus.

Gleich daneben befand sich eine kleine Stehweinhalle, die Bronstein gerade noch erreichte. Er krallte sich an der Budel fest und lallte „Einen Doppelten! Schnell!" Der Wirt musterte ihn argwöhnisch, doch die Aussicht auf ein Geschäft ließ ihn seine Skrupel vergessen. Gleich danach stand ein doppelter Obstler vor Bronstein. Dieser griff ihn mit unsicheren Fingern, wobei er gleichzeitig seinen Kopf in Richtung Glas bewegte. Seine Lippen umfassten es, und endlich konnte er sich den Inhalt einverleiben. Bronstein spürte, wie er etwas ruhiger wurde. „Noch einen."

Bronstein legte den Preis für zwei doppelte Schnaps auf die Budel und verließ dann wortlos das Lokal. Die zwei-, dreihundert Meter bis zum Präsidium konnte er ohne weitere Panikattacke zurücklegen. Doch er kam nicht umhin, zuzugeben, dass ihn seine eigene Reaktion einigermaßen entsetzte.

Immer noch leicht geschockt erreichte Bronstein endlich sein Büro. Dort wurde er von Cerny bereits ungeduldig erwartet. „Da bist ja endlich, Oberst. Ich hab mir schon Sorgen g'macht." Cerny hielt inne: „Offenbar zu recht. Du schaust aus, als hätt'st den Leibhaftigen g'sehen."

„So was in der Art", sagte Bronstein tonlos, „aber wurscht jetzt. Was gibt's Neues?"

Cerny rang noch einen Moment mit sich, ob er nachhaken sollte, doch sein Bedürfnis, dem Vorgesetzten von seinen neuen Erkenntnissen zu berichten, behielt die Oberhand. „Kannst dich erinnern", begann er daher, „dass dir die Hausmeisterin erzählt hat, wie der Suchy zu seinem Geld gekommen ist?"

„Ja, durch irgendeinen Fleischhandel. Warum?"

Cerny grinste breit: „Ich hab mir das einmal näher ang'schaut. Der hat eine Firma in St. Marx, direkt am Schlachthof. Und du errätst nie, wer dort sein Geschäftsführer ist." Das Grinsen wurde noch breiter.

„Der Göring?"

„Viel besser." Cerny wartete einen Augenblick, um die Spannung zu steigern, und gerade als Bronstein die Hand hob, um zu signalisieren, es sei nicht der Tag für solche Spielchen, platzte es aus Cerny heraus: „Der Holzer."

Bronstein dachte einen Moment nach. Der Name sagte ihm etwas. Nur was? Wo war ihm der untergekommen?

„Der Franz Holzer", setzte Cerny nach.

„Jössas! Der Prokurist vom alten Demand?"

„Genau der!"

Holzer war vor knapp vier Jahren einer der Verdächtigen in einem Mordfall am Judenplatz gewesen, doch die Tat hatte dann, sosehr Bronstein es sich auch gewünscht hätte, doch nicht dieser rabiate Provinzler begangen, sondern . ., aber daran dachte er besser nicht, sonst brach er spornstreichs in Tränen aus. Die Eva …!

Bronstein fuhr sich mit der rechten Hand übers Gesicht, so als ob er auf diese Weise die schwarzen Bilder der Vergangenheit wegwischen könnte. Er versuchte, sachlich zu wirken. „Der Holzer, der alte Nazi. Na, das passt z'samm." Dann trat auch auf Bronsteins Gesicht ein Lächeln. „Das passt sogar sehr gut. Ich bin grad in der richtigen Stimmung. Den panieren wir jetzt, den alten …", Bronstein machte eine kurze Pause, „na, sagen wir, es reimt sich auf Burenheidl." Das Lächeln schlug in schelmisches Grinsen um.

„Ich hab g'hofft, dass du das sagst, Oberst. Ich hab den Wagen schon bestellt."

„Na, dann gemma's an."

Tatsächlich wartete vor dem Präsidium ein schwarzer Gräf & Stift, in dessen Fond die beiden Polizisten kletterten. Bronstein raunte dem Fahrer nur ein kurzes „Schlachthof St. Marx" zu, dann zündete er sich eine „Donau" an. Der Wagen scherte aus und platzierte sich auf der linken Fahrspur.

„Weißt eh, Oberst, in Deutschland fahren s' rechts", merkte Cerny an.

„Ka Wunder, bei dem Regime", replizierte Bronstein lakonisch.

„Das war aber vorher auch schon so."

„Sag ich ja. Ka Wunder."

Cerny schien sich nicht sicher zu sein, ob der Oberst nun scherzte oder es ernst meinte, jedenfalls hielt er es für sicherer, das Thema nicht zu vertiefen. Den Rest der Fahrt verbrachten sie dementsprechend schweigend.

Vor dem weitläufigen Gelände des Schlachthofs angekommen, hieß Bronstein den Fahrer zu warten und stieg dann aus. Cerny folgte ihm. Beim Portier erkundigten sie sich nach dem genauen Standort von Suchys Firma und hielten dann zu Fuß darauf zu.

Von einer Firma zu sprechen, erwies sich als Hybris. Eine ebenerdige Ziegelbaracke, die allerhöchstens vier Zimmer aufweisen konnte, musste als Suchys Kontor herhalten. Bronstein klopfte an, wartete keine Reaktion ab und betrat die Hütte. Im ersten Raum war niemand zu sehen. Bronstein winkte Cerny zu sich und ging dann in den Nebenraum.

Holzer hatte es sich seit dem 34er Jahr nicht gerade verbessert. Er saß an einem schäbigen Schreibtisch, der perfekt mit seinem Anzug korrespondierte. Dunkel erinnerte sich Bronstein daran, dass der Mann seinerzeit in irgendwelchem Steirerg'wand aufgetreten war, mit weißen Stutzen und Haferlschuhen. Nun trug er eine abgewetzte Lederweste, darunter ein einfaches graues Hemd. Die anthrazitfarbene Hose wirkte, als hätte sie ihre ersten Einsätze bei der Geburt des letzten Kaisers gehabt, und die Schuhe, die unter dem Tisch hervorlugten, waren eine Beleidigung für jeden ehrlichen Schuster. Holzer schien in irgendwelche Geschäftsbücher vertieft und blätterte hektisch hin und her. Er schien das Auftreten der beiden Polizisten gar nicht bemerkt zu haben.

„Da Behm und da Jud waratn do", begann Bronstein jovial.

„Ich fürchte, ich kann den Herren nicht ganz folgen …", reagierte Holzer ratlos.

„Müssen S' auch noch nicht, Herr Holzer. Noch nicht." Bronstein genoss die Verwirrung seines alten Kontrahenten, der ihn sichtlich nicht wiedererkannt hatte.

Holzer machte eine fahrige Bewegung in Richtung der beiden Holzsessel, die sich bei der Tür zum Nebenzimmer befanden. „Worum tät es sich denn handeln? Aber nehmen S' doch erst einmal Platz, die Herren. Geht es um irgendwelche Verbindlichkeiten, weil, ehrlich gesagt, ich bin gerade dabei, mir einen Überblick …, Sie wissen doch sicher, dass der Herr Suchy …, also, …" Holzer wirkte völlig überfordert, aber auch ein wenig verängstigt.

Bronstein wurde des Spiels überdrüssig. Er holte seine Kokarde hervor und hielt sie in Holzers Richtung. „Oberst Bronstein und Oberstleutnant Cerny von der Polizeidirektion Wien", sagte er leichthin.

Holzer setzte für einige Sekunden einen konsternierten Blick auf, dann erhellte sich seine Miene: „Na pfiat mi Gott, die Demand-G'schicht' damals." Gleich darauf schlug seine Stimmung um und unverhohlene Aggression kam zum Ausdruck: „Ihr wolltet mir damals einen Mord anhängen, ihr zwei …" Mit knapper Not vermochte er einen Fluch zu unterdrücken. „Sagts ned, ihr wollts mir jetzt den Suchy a no zuwedividieren."

„Aber geh", replizierte Bronstein übertrieben freundlich, „diesmal hätten wir nur gerne ein paar Auskünfte von Ihnen … Es sei denn, wir hätten Veranlassung anzunehmen, Sie haben etwas mit der G'schichte da zu tun."

Holzer war der Unterton in den letzten Worten nicht entgangen. Doch der Holzer des Jahres 1938 war offenbar nicht mehr jener des Jahres 1934. Er verzichtete auf weitere Gefühlsaufwallungen und sagte nur, er sei diesmal so unschuldig wie damals.

„Wie sind S' denn überhaupt da herkommen?", setzte Bronstein nach, „ich mein', das ist schon ein bisserl ein Abstieg gegen seinerzeit, oder?"

„Na, was glauben S', was die Demands mit mir g'macht haben, nach dera G'schicht'", versetzte Holzer bitter, „außeg'haut haben s' mi, aber hochkant aa no. Na, und ich brauch Ihnen ja ned zum dazähl'n, wie groß damals die Chancen waren, a neiche Stell zum kriegen, ned wahr?! Da war i froh, wie i da unterkommen bin, a wenn der Suchy ned halb so viel zahlt hat wie die Itzig damals."

Bronstein verkniff sich eine Bemerkung hinsichtlich des raffenden Kapitals und fragte stattdessen, seit wann Holzer in Suchys Diensten gestanden war.

„Seit ungefähr zwei Jahr'. Der Suchy hat damals wieder a bisserl Oberwasser kriegt. Wissen S' eh, wegen dem Abkommen damals. Der Suchy hat ja sogar geglaubt, er könnt in die Regierung einziehen, aber das hat's natürlich nicht g'spielt. Immerhin aber ist die Auftragslage wieder besser worden, und, was soll ich Ihnen sagen, ich hab den Suchy natürlich von der Partei her gekannt, und so hat er zu mir g'sagt, weißt was, Franz, du machst mir den Geschäftsführer. Na und i, i war froh, dass i überhaupt wieder a Hack'n g'habt hab, ned wahr."

„Und der Laden da, der rennt?", fragte Bronstein ungläubig.

„Woher denn! I hab seit der Weihnachtsremuneration ka Geld mehr g'sehen. Der Suchy hat am End alles auf a Kart'n g'setzt. Entweder, der Führer übernimmt Österreich, oder wir geh'n baden, hat er noch vor ein paar Tagen zu mir g'sagt, wie i eam wieder einmal um mei Gehalt angangen bin."

„Apropos", mischte sich nun Cerny ein, „sollte jemand Ihres Schlages in Tagen wie diesen nicht ein wenig … nun … euphorischer sein? Politisch gesprochen, meine ich."

Überraschenderweise zuckte Holzer nur mit den Schultern. „A wos! Die Partei, jo mei, die hat halt jetzt andere Sorgen, als sich um ihre alten Kämpfer zu kümmern. Und da sowieso! Da haben jetzt ganz andere Leut' des Sagen. Das hätt's unterm Parteigenossen Habicht ned geben, was da jetzt so rennt."

Bronstein kniff die Augen zusammen. Anscheinend gab es jetzt, da die Partei erstmals eine reale Chance hatte, an die Macht zu kommen, auch bei den Jüngern der Volksgemeinschaft ein wildes Gerangel um Posten und Einfluss, und offenbar war Holzer dabei auf der falschen Seite gelandet.

Doch den quälten offenbar ganz andere Sorgen, denn Holzer lehnte sich zurück und machte eine resignative Handbewegung. „Außerdem", begann er, „wird des eh wieder nix. Euer Schuschnigg hat des gar ned bled g'macht. Die Volksabstimmung werma verlier'n, und es wird si wieder nix ändern."

„Na da schau her", entfuhr es Bronstein.

Holzer sah auf: „Na sicher. Des is doch immer so. Im 32er Jahr hamma jede Wahl g'wonnen, die's irgendwo geben hat. Und was is passiert? Verboten samma worden. Dann, im 34er Jahr, hat's g'heißen, jetzt schlagen wir zurück. Und? Im Regen haben s' uns stehen lassen, die so genannten Brüder aus dem Altreich. Und da soll i glauben, dass es diesmal anders kommt?

Woher denn! Die da oben werden sich irgendwie einigen, und wir da unten san scho wieder die Ang'schmierten."

Cerny verspürte wenig Lust auf Holzers larmoyante Elegie. „Wir werden Ihre Angaben überprüfen, Herr Holzer. Wir würden Sie bitten …"

„… nicht die Stadt zu verlassen. Ja, ja. Den Spruch kenn i scho. Danke und auf Wiederschau'n." Holzer beugte sich wieder über seine Bücher und signalisierte eindeutig, dass die beiden Ermittler für ihn gar nicht mehr im Raum waren.

Die wandten sich auch tatsächlich zum Gehen. Wieder im Freien, meinte Bronstein mit dem Anflug eines Seufzers in der Stimme: „Weißt, so einen komischen Fall hab ich eigentlich überhaupt noch nie g'habt. Normalerweise rennen da immer was weiß ich wie viele Verdächtige herum, und dermalen schaut's so aus, als gäbert's überhaupt keine."

„Wost recht hast, Chef, hast recht", meinte Cerny nur und sah dabei in den stahlgrauen Himmel. „Glaubst, es wird heute schneien?"

„Cerny, manchmal hast einen eigenartigen Humor. Das muss das Böhmische in dir sein. Wir haben einen überaus brisanten Fall am Hals, und das in einer überaus pikanten politischen Situation, und du fragst dich, was sich der Petrus heut' für uns ausgedacht hat. Cerny, du g'fallst mir."

„Na egal, ob's heute schneit oder nicht, ich werd das Gefühl nicht los, dass wir im Regen stehen. Und das ordentlich."

„Da hast jetzt du recht", replizierte Bronstein und verkniff sich ein Schmunzeln nicht. Dann blickte er kurz nach rechts auf das kleine Häuschen, in dem der Portier untergebracht war. „Oder auch nicht", ergänzte er lakonisch.

Automatisch lenkte er seine Schritte auf die Bleibe des Portiers zu und klopfte, während er auch schon eintrat, an das Türholz.

„Guten Tag noch einmal. Es ist gestattet, nehme ich an", sagte er mit einer gutmütigen Selbstverständlichkeit.

Der Portier, der eben noch in die Lektüre seiner Zeitung vertieft gewesen war, sah überrascht auf. „Ja", erwiderte er, damit den bereits eingetretenen Fakten Rechnung tragend.

„Sagen S', dieser Fleischerbetrieb von dem Suchy da. Was wissen S' über den?"

„Ja mei, was soll ich Ihnen da sagen? Ned viel eigentlich. Wir haben da am Schlachthof so viele Unternehmungen, da hat, glaub i, keiner mehr einen wirklichen Überblick."

„Aber Sie werden doch sagen können, ob das eine Firma ist, die man sich, sagen wir, als Viehhändler merken müsste oder nicht", ermunterte Bronstein den Mann, etwas deutlicher zu werden.

„Wissen S', der Suchy, der war immer schon ein bissel dubios. Was ich weiß, hat der selten saubere G'schäftln gmacht. Aber das haben S' ned von mir, gell!", beeilte er sich hinzuzufügen.

„Wir sind beinahe so etwas wie Pfarrer. Bei uns gilt das Beichtgeheimnis", lächelte Cerny verschmitzt.

„Ja, also geben tut's den Suchy da am Platz jetzt vielleicht seit zwanzig Jahren, aber Freund' hat er sich keine g'macht. Für die Angestammten ist er immer noch ein Eindringling, und für die Jüngeren war er einfach nur ein Konkurrent." Dann beugte sich der Portier nach vor und senkte seine Stimme. „Es hat immer g'heißen, er macht unsaubere G'schäft' mit irgendwelche Leut aus dem Osten. Angeblich hat er Rindviecher irgendwo weit hinten in der Puszta billig z'sammkauft und sie da verdraht."

Bronstein wusste nicht, was daran unsauber sein sollte. „Und?"

„Na ja, die Qualität …, Sie verstehen? Des war eigentlich a letztklassige War'. Und viel von dem Zeug wär beim Marktamt nie durchkommen. Also …"

„Also?"

Die Stimme des Portiers wurde noch leiser: „Also hat er seine Sachen entweder schwarz verkauft, wenn S' wissen, was ich mein', oder er hat's einfach falsch deklariert."

Bronstein musste sich eingestehen, mit den Gepflogenheiten des Handels nicht wirklich vertraut zu sein. Er wusste zwar, was es hieß, etwas schwarz zu machen, denn das bedeutete, dass man das Geschäft an der Steuer vorbei erledigte. Aber was sollte es mit den Deklarationen auf sich haben?

„Falsch deklariert?", fragte er daher nach.

„Schauen S', die Viecher haben wahrscheinlich schon drüben in Ungarn ned guat ausg'schaut. Ausg'mergelt wie die Leut' dort. Ka Fleisch auf die Rippen, und des zach wie Leder. Jetzt müssen S' Ihnen noch vorstellen, dass der die Küh' quer durch die Pampa treiben hat lassen, von irgendwelche Zigeuner, was ich weiß, die ihm natürlich nur einen Nasenrammel kostet haben. Die haben ned wirklich auf das Viecherzeug aufpasst, haben ned g'schaut, dass die Viecherln ned zu viel G'wicht verlieren unterwegs, weil denen war das ja wurscht, ned wahr, die haben einfach g'schaut, dass sich die Sache für sie rentiert, und das hat's ja nur, wenn s' ned zu lang braucht habn. Also haben s' die Viecher trieben in einer Tour, so wie eine Stampede im Wilden Westen, ned. Und dadurch san die Rinder, wenn s' es überhaupt bis daher g'schafft haben, da ankommen so schlank wie a Gazelle in Afrika, verstehen S'. Na, mit solche Krewegerln machst ka G'schäft, zumindest ka rentables. Also musst da was einfallen lassen, damits d' zu dein' Geld kommst, ned wahr. Also machst Folgendes …" Dem

Portier entkam ein Grinsen. „Z'erst schlachtest die Viecher einmal, ned. Und dann schaust dir an, wie du das Zeug so zerkleinern kannst, dass keinem mehr auffallt, was da genau verarbeitet worden ist. Und das deklarierst dann ned als verhungertes Rindvieh aus der Puszta, sondern als Qualitätsrind aus dem Altreich."

„Ah", machte Bronstein, „und das funktioniert?"

„Na ja, es kommt drauf an, an wen du den Ramsch verdrehst, ned wahr? A Hotellerie-Betrieb, der kann sich das nicht leisten, so etwas zu verwenden. Aber irgendeine Heilsarmee, die Ausgesteuerte durchfüttert ... warum ned?"

„Verstehe ... Und weiter?"

„Na ja, in letzter Zeit hat's Beschwerden gegeben. Er hat's wohl a bissel zu sehr übertrieben, der Herr Suchy. Sogar das Marktamt is auf eam aufmerksam worden. Is aber weiter nix rauskommen. Wahrscheinlich hat er s' g'schmiert. Aber dann, so vor fünf, sechs Wochen, hat's auf einmal Mordstrum Zores geben, weil er Fleisch verdraht hat, das eindeutig verschimmelt war. Und zwar an die eigenen Volksgenossen. Des hat denen ned g'schmeckt. Im doppelten Sinn des Wortes." Dabei grinste der Portier. Bronstein und Cerny erwiderten diese Reaktion mit einem Lächeln.

„Jedenfalls sind da ein paar HJ-ler aufgetaucht, die haben dem Suchy ordentlich die Wadeln viereg'richt'. Die haben so laut mit eam g'schrien, dass ich's bis daher g'hört hab. Und da sind ihm wahrscheinlich die letzten Kunden davong'rennt. ... Gut, er selber war dann ja gar nimmer da. Nur sein Faktotum da, der alte Hofer oder Holzer oder wie der heißt. Der ist auch ganz schön petschiert. Seit Monaten hat der kein Geld mehr g'seh'n, und die ganzen Gläubiger rennen ihm die Tür ein. Den beneid i ned."

„Glauben Sie, dass irgendjemand den Suchy auch offen bedroht haben könnte?"

„Darauf können S' Gift nehmen. Der Häuptling von die HJ-ler, der hat ihm gedroht, dass s' eam einsperren, wenn s' erst einmal an der Macht sind, weil er ein Volksverräter is, ein Wucherer und ein übler Spekulant."

Bronstein pfiff durch die Zähne. Offenbar hatte Suchy weitaus mehr Feinde als Freunde gehabt. „Sie wissen nicht zufällig, wie der HJ-Bub g'heißen hat?"

„Nein, das nicht, aber ich würde ihn jederzeit wiedererkennen. So ein G'sicht vergisst man nicht."

„Na vielen Dank, lieber Herr, Sie haben uns sehr geholfen", meinte Bronstein.

„Nichts zu danken, Herr Inspektor. Man hilft ja gern."

Bronstein nickte und bedeutete Cerny, ihm zu folgen. Sie legten die wenigen Meter bis zum Wagen schweigend zurück. Bronstein nannte dem Fahrer die Adresse eines Kaffeehauses. Dort angekommen, schickte er ihn zurück ins Präsidium, ehe er einen Pharisäer orderte. Cerny beschied sich mit einem Mokka. Bronstein nahm sein Zigarettenetui heraus, förderte eine „Donau" zutage und zündete sie an. Gemächlich blies er den Rauch aus, dann sah er Cerny direkt an.

„Der Fall ist kein Bemmerl. Da gibt's mehr Ungustln wie in Sodom. Was haltst du von der G'schicht'?"

„Mich stört vor allem die Sache mit dem Frank. Wieso der aa?"

„Das hab ich mich auch schon g'fragt. Ich denk mir, es ist schon so, wie wir gestern festgehalten haben. Es gibt nur zwei Möglichkeiten. Entweder die Partei hat ihn aus dem Weg geräumt, weil er das Zinshaus gern behalten hätt, oder er hat zufällig mitgekriegt, wer den Suchy g'macht hat, und wollt den erpressen."

„Du meinst, seine Aussage war g'logen?"

„Welche? Die, dass er schon g'schlafen hat? Na sicher, die hab ich ihm von Anfang an ned glaubt. Ich bin mir halt nur ned sicher, warum er g'logen hat."

„Weißt, David, was mir auffallt … am Rand von jeder G'schicht' taucht immer irgendwie die HJ auf. Merkst du das auch?"

Bronstein nickte. „Die sind sogar beim Innenminister g'wesen. Aber das hilft uns nicht wirklich weiter. Es sei denn, es steckt wirklich die Partei hinter den beiden Mordern. Aber so was trau ich denen dann doch nicht zu."

„Was?"

„Na, dass sie die eigenen Leut' reihenweise umbringen."

„Und was war mit dem Röhm? Und mit dem Strasser?"

„Hast auch wieder recht. Aber warum gerade jetzt?"

„Wann denn sonst? Jetzt können S' davon ausgehen, dass diese Taten nicht mehr verfolgt werden, weil einer der ihren Innenminister ist."

„Aber noch gehört ihnen der Staat nicht. Die Presse wird den Fall genüsslich …"

„Ah, David, wird sie? Ich hab keine Zeile über die ganze Sache g'lesen heute."

Bronstein stutzte. Er hatte heute noch keine Zeitungen gelesen, doch es gab keinen Grund, dass Cernys Aussage unrichtig wäre. Wieso schwiegen die? Waren die auch schon gleichgeschaltet? Bronstein stieß angewidert Luft aus. „Am liebsten würd ich die ganze Angelegenheit einfach auf sich beruhen lassen. Hat ja nicht die G'fehlten erwischt."

„Das ist richtig. Aber wir wissen beide, dass wir das nicht können. Wir müssen weiterermitteln." Cerny machte eine ernste Miene.

„Ja, schon. Aber ich weiß ehrlich nicht mehr, wo wir noch ansetzen sollten."

„Vielleicht nach dem Ausschlussprinzip", schlug Cerny vor.

„Sehr gut, Cerny", bemerkte Bronstein mit galliger Ironie, „das wird uns sehr weiterhelfen! Der Hitler war's ned, und der Schuschnigg aa ned. Bleiben nur noch … wie viel Millionen?"

„David, mehr Ernsthaftigkeit, wenn ich bitten darf. Wir sind im Prinzip beide einer Meinung, wenn wir sagen, aus dem Haus war's keiner, oder?"

Bronstein nickte.

„Gut. Die Väter können wir auch vergessen, glaub ich. Die hätten zwar Grund gehabt, den Suchy umzubringen, aber denen wär der Frank ned passiert."

„Wahrscheinlich ned", pflichtete Bronstein bei, „außerdem kommt mir keiner von denen abgebrüht genug vor, einen Mord zu begehen, beziehungsweise gar zwei, und nachher weiterzutun, als wär nix g'wesen."

„Also bleiben zwei mögliche Gruppen von Verdächtigen: die Partei und der Schlachthof."

„Wobei sich", hob Bronstein den rechten Zeigefinger, „diese beiden Felder zweimal überschneiden. Beim Holzer und bei der HJ."

„Glaubst", fragte Cerny, „wir haben den Holzer zu sanft angefasst?"

„Glaub ich nicht. Der war schon bei der Demand-G'schicht' mehr ein Maulheld als sonst was. Nein, wir sollten uns die HJ näher anschauen, denke ich mir."

Sie waren kaum wieder im Präsidium angekommen, als das Telefon läutete. Bronstein hob ab. Am anderen Ende der Leitung meldete sich die Sekretärin von Polizeipräsident Skubl, der seit einem knappen Jahr auch Staatssekretär für Sicherheit war und damit das ständestaatliche Pendant zu Innenminister Seyß-Inquart bildete. Nach dem Juli-Putsch der Nazis hatte Skubl überraschend schnell den vormaligen Präsidenten Seydel beerbt, und der Bundeskanzler schien große Stücke auf Skubl zu halten. Skubl selbst auch. Er war so sehr damit beschäftigt, seine Karriere voranzutreiben, dass er sich üblicherweise nicht in den Tagesbetrieb einmengte. Wenn er also irgendwo anrufen ließ, dann hatte dies in der Regel Schwerwiegendes zu bedeuten. Der Präsident erwarte Bronstein umgehend in seinen Amtsräumen, ließ die Sekretärin knapp verlauten. Bronstein zuckte mit den Schultern und begab sich ins Stockwerk der Chefitäten.

„Ja sind Sie denn von allen guten Geistern verlassen!", brüllte Skubl, kaum dass er Bronsteins ansichtig geworden war. Er sprang von seinem Stuhl auf und fuchtelte wie wild mit dem Arm durch den Raum. „Sie klopfen da beim Herrn Minister an, als wäre der ein x-beliebiger Tagedieb Bronstein! Das wird Konsequenzen haben, das sag ich Ihnen!"

„Aber …"

„Nix aber, sakrafix. Sie sind doch wirklich … ach was." Skubl machte eine wegwerfende Handbewegung und ließ sich wieder auf seinen Sessel plumpsen. „Und das noch dazu mit Ihrem Familiennamen", schickte er, halb flüsternd, hinterher.

Bronstein zuckte zusammen: „Ah, die dürfen die Unabhängigkeit unseres Staates in Frage stellen, und wir dürfen nicht einmal mehr ermitteln?" Er war selbst überrascht davon, wie forsch er dem Präsidenten geantwortet hatte. Dem freilich blieb der Mund offen.

„Was … erdreisten Sie sich?", brachte Skubl endlich hervor.

„Ich erdreiste mich gar nichts", entgegnete Bronstein rasch, „ich versuche nur, zwei Morde aufzuklären. Und wir haben dringend Grund zu der Annahme, dass die Partei des Herrn Ministers in diese Sache verwickelt ist."

„Es gibt keine Partei des Ministers", statuierte Skubl schneidend.

„Herr Präsident, mit allem gebotenen Respekt: Wir wissen beide, dass es die gibt. Und sie ist lebendiger denn je. Gebe Gott, dass die übermorgen vom österreichischen Volk eine Absage erteilt bekommt, denn sonst bin nicht nur ich – ob meines Familiennamens, wie Sie eben so schön feststellten – im Orkus, sondern auch Sie, Herr Präsident, den die Nazis als ihren entschiedensten Gegner bezeichnen."

Skubl wurde doch tatsächlich rot. „Aber …", stammelte er.

„Herr Präsident, wenn weiter nichts anliegt, würde ich gerne an dem Fall weiterarbeiten. Mit Ihrer Erlaubnis natürlich", fügte er hinzu.

„Tun Sie, was Sie glauben, tun zu müssen, Bronstein. Mich geht das nichts an, denn ich weiß von alledem nichts. Aber wenn der Minister Sie zum Frühstück verspeist, dann reiche ich ihm das Salz dazu. Und jetzt schau'n S', dass S' weiterkommen, sie … Sargnagel der Exekutive!"

Bronstein verbeugte sich ansatzweise und sah dann zu, dass er Land gewann. Der hatte es gerade nötig, dachte er sich. Bis vor fünf Jahren war er noch Inspektor bei den Pflasterhirschen gewesen, ehe ihn das neue Regime in lichte Höhen befördert hatte. Aber gut, was sollte man von einem Kärntner schon anderes erwarten. Bei denen waren nicht nur ihre larmoyanten Chöre zum Weinen. Nüchtern betrachtet war der Anpfiff ohne Belang. Entweder, die Nazis übernahmen wirklich die Macht, dann wäre Skubl Geschichte, oder Schuschnigg setzte sich durch, dann war der Minister Geschichte. Und doch fühlte sich Bronstein einmal mehr in diesen Tagen ganz flau im Magen. Er sollte vielleicht etwas essen, doch merkwürdigerweise verursachte der Gedanke an Nahrung in ihm nur noch größere Übelkeit. Ob er schon wieder ein Schnapserl …? Einen Magenbitter vielleicht?

Abrupt blieb Bronstein stehen. Er atmete tief durch, zog seine Weste straff und schalt sich selbst innerlich einen Hasenfuß. Jetzt reiß dich einmal zusammen! Du bist ja kein kleines Kind mehr, das sich vor allem und jedem fürchten darf. Du gehst jetzt gefälligst zurück in dein Büro und löst diesen vermaledeiten Fall. Und alles andere vergisst du gefälligst. So, als hätte der gedachte Anschiss tatsächlich funktioniert, schritt Bronstein forscher aus und erreichte alsbald wieder seinen Amtsraum.

Kaum hatte er sich an seinem Schreibtisch niedergelassen, läutete das Telefon. Bronstein kämpfte mit sich, ob er den Hörer abheben sollte oder nicht. Doch noch war er in Amt und Würden, also siegte sein Pflichtgefühl.

„Bundespolizeidirektion Wien, Oberst Bronstein am Apparat", schnarrte er.

„Äh, bin ich da richtig beim Mord?", kam es unsicher vom anderen Ende der Leitung.

„Ja, das sind Sie, mein Herr. Worum geht's denn?"

Der Anrufer ließ sich Zeit, schien zu überlegen. „Lehner heiß ich. Ich wohn in der Skodagasse. In dem Haus, wo die Morde passiert sind."

Bronstein war sofort hellwach. „Ich erinnere mich. Der Friseurmeister", ertgegnete er. „Äh, genau. Ich hättat eine Beobachtung g'macht. … Bitte, ich kann nicht sagen, ob das revelant ist, aber es warat schon wegen die Morde", erklärte Lehner umständlich.

„Na, sprechen S' einfach von der Leber weg. Jede Information kann zweckdienlich sein", ermunterte Bronstein seinen Gesprächspartner zum Weiterreden.

„Also …, die G'schicht' …, die is a so. Am Dienstag, … da bin ich quasi … Ohrenzeuge worden von einem ziemlich lauten Streit im Stiegenhaus."

„Ah ja?"

„Ja. … Ich bin kurz nach zehn noch einmal auf den Gang raus, weil … weil ich müssen hab, ned?! Und … da hör ich, wie der Suchy förmlich bedroht wird."

„Na, das klingt auf jeden Fall relevant. Erzählen Sie bitte, Herr Lehner, erzählen Sie!"

„Also, ich kann Ihnen ned sagen, wer das war, gell, aber mir ist die hohe Stimm' aufg'fallen. Wie ein Kastrat, wissen S'? Und der hat herumg'schimpft wie nur was. Er hat dem Suchy vorg'worfen, er tät die Kinder …, na, wie sag ich das am besten …"

„Missbrauchen?"

„Genau." Lehner schien erleichtert, den Sachverhalt nicht selbst beschreiben zu müssen. „Er hat g'sagt, er bringt seine Kinder nimma zu so einer … Tschuldigung schon, perversen Sau. Und wenn er sich seinen Kindern noch einmal nähert, dann sticht er ihn ab, hat er g'sagt."

„Das ist wirklich sehr interessant, Herr Lehner! G'seh'n haben S' ihn nicht zufällig, den Mann?"

„Wie g'sagt, ich war zwei Stockwerk höher. … Ich hab ihn nur g'hört. Und dann hab ich g'hört, wie der Suchy sagt, er soll sich schleichen. Eine halbe Portion warat er, und ned umsonst hätt er so eine hohe Stimm', weil er … pardon, bitte schön, keine Eier hätt."

Bronstein dachte fieberhaft nach. Die Hausmeisterin hatte irgendeinen der Väter als Kastrat beschrieben? Wer war das noch einmal gewesen? „Der Mann hat Suchy also mit der Ermordung gedroht?", fragte er nach.

„Ja genau. Aber der Suchy hat nur g'lacht. Ein Würschtel sei er, dem die eigene Frau Hörner aufsetze. … Bitte schön, das hat der Suchy g'sagt, gell. Und er hat noch g'meint, es wisse eh der ganze Bezirk, dass seine Frau anschaffen gehe."

Die Witzmann! Deren Mann hatte die Jedlicka als Siemandl bezeichnet!

„Aber wissen S' was, Herr Inspektor?"

„Ich höre!"

„Ich denk mir, ich hab den Mann doch g'sehen. Weil ich bin dann wieder in meine Wohnung, …, also nachdem ich mein G'schäft erledigt g'habt hab, … und da hab ich vom Fenster aus auf die Gassen g'schaut. Und da ist ein ziemlicher Lackel grade um die Ecken verschwunden." Jawohl, die Beschreibung passte auf Witzmann, soweit er sich Jedlickas Aussage entsann.

„Ich hätt Sie ja gar nicht bemüht, Herr Inspektor, wenn ich dieselbe Statur nicht auch vorgestern g'seh'n hätt. Ich bin grad vom G'schäft heimkommen, da ist er im Hauseingang gegenüber g'standen. … Ich war mir z'erst nicht sicher, aber weil er denselben schäbigen Militärmantel ang'habt hat, war ich mir sicher, das war der Mann vom Vorabend."

„Herr Lehner, Sie wissen ja gar nicht, wie sehr Sie mir geholfen haben. Das kann der entscheidende Hinweis in dieser Causa sein. Ich bin Ihnen sehr zu Dank verpflichtet."

„Bitt schön, gern. Man will ja schließlich in Ruhe schlafen können, ned wahr?! Zwei Tote in einem Haus, das ist schon ein bisserl viel, gell."

„Sie sagen es, Herr Lehner. Aber ich bin mir ziemlich sicher, dass ich weiß, wen Sie meinen. Und den Herrn knöpf ich mir jetzt gleich einmal vor."

Fünfzehn Minuten später fuhr Bronstein mit einem Einsatzwagen der Exekutive vor dem Haus am Bennoplatz vor.

Begleitet von zwei Uniformierten begab er sich zur Wohnung der Witzmanns und klopfte an.

„Sie schon wieder", zischte die Privatprostituierte, nachdem sie die Tür geöffnet hatte. „Mit Ihnen hab ich noch ein …"

„Gar nix haben S'", unterbrach Bronstein die Witzmann schroff, „wo ist Ihr Mann?"

Die Witzmann blinzelte unsicher. „Was wollen S' denn von dem?"

„Das ist unsere Sache! Ist er da?"

„Nein. Der ist beim Heurigen drüben. Wie immer um die Zeit."

„Wissen S' eh, Frau Witzmann, Vertrauen ist gut …, na und so weiter." Bronstein machte eine Kopfbewegung in Richtung der Uniformierten. „Durchsuchen!"

„Also das ist doch …!"

„Gusch! Sonst kommst a glei mit, hast mi?!"

Die Witzmann wurde blass und sah den Polizisten verdattert zu, wie diese die ganze Wohnung abgingen. „Da ist niemand", resümierten sie schließlich.

„Na, dann gemma zum Wirten." Bronstein wandte sich grußlos um und ging die Treppen wieder abwärts. Die drei Beamten wechselten die Straßenseite und betraten das gegenüber befindliche Gasthaus.

Schon an der Tür erkannte Bronstein Witzmann, obwohl er ihn noch nie zuvor gesehen hatte. Der Mann hatte einen abgewetzten Militärmantel über den Sessel zu seiner Rechten gehängt, auf dem Tisch lag eine Schiebermütze. Daneben befanden sich eine Schachtel Streichhölzer und ein lederner Beutel, in dem Bronstein Tabak vermutete. Witzmann selbst hatte eben sein Glas an die Lippen geführt und sah die Polizisten neugierig an.

Bronstein trat auf den stillen Zecher zu. „Herr Witzmann", sagte er. Sein Gegenüber nickte. „Sie sind vorläufig festgenommen. Kommen S' mit und machen S' kein Aufsehen." Seine Worte unterstrich Bronstein mit dem Vorweisen seiner Kokarde.

„Aber ... ich hab doch gar nix ..., was liegt denn an ... ich mein' ...?" Witzmann war völlig überrumpelt.

„Das erfährst am Präsidium. Also hopp, Abmarsch." Die beiden Uniformierten flankierten Witzmann links und rechts und schickten sich an, ihn gewaltsam hochzuhieven.

Witzmann erkannte die Aussichtslosigkeit seiner Lage und schickte sich ins Unvermeidliche. Er stellte sein Glas ab und erhob sich. Dann folgte er den Polizisten zu deren Wagen. „I versteh das echt ned", sagte er mit schrillem Diskant. Er erhielt keine Antwort.

Der Weg zur Elisabethpromenade war rasch zurückgelegt, und Bronstein ließ seinen Gefangenen erst einmal in eine Zelle sperren. Dann begab er sich ins Besprechungszimmer und rief von dort Cerny an.

„Hörst, ich glaub, es tut sich endlich was. Der Friseur aus dem dritten Stock hat einen von den Vätern zur Tatzeit am Tatort g'sehen. Ich hab ihn schon kassiert. Ich glaub, wir haben unseren Mörder."

„Das heißt, ich soll die HJ nimmer durchleuchten?", fragte Cerny, „weil da gibt's schon auch einiges, was mir spanisch vorkommt."

Bronstein überlegte einen Augenblick. Es konnte nicht schaden, auch bei den Jungnazis ein wenig auf den Busch zu klopfen. „Nein, nein, schau dir das nur in Ruhe an. Vielleicht gibt es da auch eine Spur. Ich kümmere mich derweil um unseren jüngsten Fang."

„Es ist nur, weil ...", Cerny sprach nicht weiter.

„Weil was?"

„Ach, es wird schon nicht so wichtig sein. Das sag ich dir dann am Präsidium. Kommst eh noch her?"

„Sicher. Aber genauso sicher wird der Kerl da schnell niederlegen, das sag ich dir. Das ist kein Steher, der hat, sag ich dir, dem Suchy aus Rache die Schleifen geben – und dann wahrscheinlich dem Frank aus Panik, weil der ihn g'seh'n hat oder so. ... Ich hab übrigens trotzdem recht g'habt, als ich g'meint hab, von den Vätern trau ich das keinem zu. Weil den Witzmann hab ich ja gestern ned g'seh'n. Sonst wär er mir wahrscheinlich gleich verdächtig vorkommen."

„Also du glaubst, der war's?"

„Ja, sicher. Aber weißt eh: Vorsicht ist besser ... na, und so weiter. Schau dir die HJ-G'schicht' trotzdem an, wie g'sagt. Sicher ist sicher."

„Geht in Ordnung. Bis dann."

Bronstein beendete das Gespräch und begab sich dann gemächlich ins Verhörzimmer. Nach einer Zigarette ließ er sich Witzmann bringen. Der wirkte rat- und hilflos. „Ich weiß wirklich nicht, was ich hier soll", sagte er, noch ehe er sich hingesetzt hatte.

Bronstein verspürte keine Lust auf Spielchen, daher wollte er die Prozedur abkürzen. „Suchy", sagte er nur.

„Aber das war i ned", kam es verwundert aus Witzmanns Mund. Als Bronstein schwieg, setzte der Mann nach: „Wirklich, das müssen S' mir glauben, Herr Inspektor. Mit der Sach' hab i nix zum Tun."

„Da hab ich aber was anderes g'hört", entgegnete Bronstein lakonisch.

„Bitte, ich kann keiner Fliege was zuleide tun. Ich ... bitte, Herr Inspektor, ich bin unschuldig. So lassen S' mich doch aus." Witzmann klang weinerlich wie ein kleines Kind. Bronstein ließ sich davon jedoch nicht beirren.

„Sie wurden am Dienstagabend gesehen, als Sie Suchy mit der Ermordung durch ein Messer drohten. Ein Messer, Herr Witzmann!"

Überraschenderweise erhellte sich die Miene des Mannes. „Ach so, des meinen S'. Ich hab schon glaubt, Sie glauben, ich hätt den umbracht, den Suchy. ... Na, na, das stimmt schon. Ich hab schon g'sagt, ich stech ihn ab. Aber das war doch nur so dahingesagt, wissen S'."

„Nur so dahingesagt", echote Bronstein.

„Ja. Genau. Machen Sie das nicht immer wieder einmal?" Dabei sah Witzmann Bronstein fragend an.

„Dass ich jemanden mit dem Ermorden bedroh? Eigentlich selten", replizierte der Oberst mit einer gehörigen Portion Sarkasmus in der Stimme.

„Nein, eh klar. ... Aber dass Sie in der Erregung was sagen, was Sie gar nicht so meinen. Das mein' ich. ... Wissen S' eh, Im Straßenverkehr oder so, da sagt man doch auch bald was, wenn man ... erregt ist. ... Ich wollt nur, dass mir der Suchy glaubt, dass ich es ernst mein', wenn er meine Gschrapperln noch einmal ... na, Sie wissen schon."

„Was meinen S' jetzt genau?"

Witzmann blies demonstrativ Luft aus, dann schien er sich zu sammeln. „Schauen S', Herr Inspektor. Mit meiner Familie, das ist ein echtes G'frett. Ich bin kein Volltrottel, ich weiß genau, was meine Frau so treibt. Aber was soll ich machen? Ich liebe sie. So, wie sie ist. Aber Honigschlecken ist das keines, das können S' mir glauben. Und wenn man dann auch noch erfahren muss, dass der Saubartl ... Entschuldigung schon ... sich an deinen Kindern vergreift ... ich mein', irgendwann muss man auch einmal auf den Tisch hauen, nicht wahr?! Aber das müssen S' mir glauben, Herr Inspektor. Ich warat nie ... Ich tätat niemals ... ich mein, ich hab nicht einmal ein Messer!"

„Das ist ein schlechtes Argument, Herr Witzmann. Ein Messer kann man sich überall besorgen. Das ist sogar in praktisch jeder Wohnung vorhanden. ... Wissen S', hätten S' g'sagt, ich derschlag dich, dann stünderten S' jetzt besser da. Aber so ..." Bronstein machte eine resignierende Geste.

Witzmanns Augen weiteten sich: „Aber ..., da muss mich wer ..., da hat wer zug'hört und genau deswegen ein Messer verwendet, damit man glaubt, ich war's. Bitte, Herr Inspektor!" Schon wieder das weinerliche Flehen.

„So ein Blödsinn!", schrie Bronstein und schlug mit der Faust auf den Tisch. Endlich befand er sich wieder in einer Situation, in der er alle Trümpfe in der Hand hatte. „Du hast es einfach nicht mehr ausgehalten, hörst du! Deine Frau tanzt dir auf der Nase herum, was du dir gefallen lassen musst, weil du sie nicht ernähren kannst. Aber dass dann auch noch der Lustgreis, der für euch den Kindergärtner machen soll, deine Gschrapperln vergenusswurschtelt, das war dir einfach zu viel. Das, so hast du dir gedacht, musst du dir nicht gefallen lassen. Wenn schon der Körper deiner Frau fremden Männern gehört, wenigstens die Körper deiner Kinder sollten rein bleiben. Also wolltest du dem Suchy die Wadeln nach vorn richten. Doch der hat dich nur ausgelacht und weggeschickt. Du aber wolltest einmal nicht das Siemandl sein."

Bronstein ignorierte das sich beständig wiederholende und immer lauter werdende „Nein" Witzmanns und fuhr fort. „Du bist am nächsten Tag noch einmal hin. Diesmal aber bewaffnet. Das Messer hast du wahrscheinlich aus der eigenen Küche mitgenommen. Und dann hast du dir Zutritt zu Suchys Wohnung verschafft und hast ihm die Gurgel aufgeschlitzt. Und weil der alte Frank dich zufällig dabei gesehen hat, musste der auch noch daran glauben. So war's doch!"

Witzmann schüttelte nur den Kopf, und seine Augen flackerten in Panik hin und her. "So war's doch!", schrie Bronstein und ließ nun die flache Hand auf den Tisch knallen.

"Aber wenn ich es Ihnen doch sag", heulte Witzmann auf, "so war das nicht. Ich bin ganz und gar unschuldig!" Witzmann schlug die Hände vors Gesicht und begann zu schluchzen.

Bronstein besah sich den Mann. Er war zwar, was man in Wien einen Riegel nannte, aber offenkundig ein Seicherl. Im Tschumpas würde der Mann höchstens einige Wochen durchhalten, dann, so war sich Bronstein sicher, hing er am Fenstergitter. Wenn ihn nicht zuvor die Mithäftlinge erledigten. Und ihm wurde bewusst, dass Witzmann möglicherweise wirklich unschuldig war. Nicht, weil er Suchy nicht gehasst hatte, sondern weil er zu einem solchen Mord nicht den Mumm besaß. Es war keine leichte Übung, jemandem die Kehle durchzuschneiden. Das setzte starke Nerven und beinharte Konsequenz voraus. Und die waren einem Krewegerl wie dem Witzmann nicht zuzutrauen.

Bronstein beugte sich vor: "Witzmann, die Lage ist ernst. Es geht um Doppelmord. Da ist der Strick drinnen, verstehen S' mich! Sie sind auch am Mittwoch g'seh'n worden. Zur Tatzeit also! Es schaut demnach gar ned gut aus für Sie. Zumal Sie ja kein Alibi haben werden, oder?" Bronstein sah sein Gegenüber erwartungsvoll an.

"Nur weil ich arbeitslos bin, heißt das noch lange nicht, dass ich ein Mörder bin", gab der wimmernd zurück. "Wer braucht, bitte schön, heute schon einen Kartographen? Es stimmt schon, dass ich keine Arbeit habe, und dass die Familie davon lebt, was meine Frau … macht. Aber ich bin deswegen kein unehrlicher Mensch. … Ja, ich war am Mittwoch in der Skodagasse. Aber nicht wegen dem Suchy. … Der Frank, der hat mich hinbestellt. Der hat mich nämlich am Dienstag im Stiegenhaus noch troffen und hat g'meint, er hätt vielleicht eine Arbeit für mich. Na, dann hab ich g'wartet auf ihn, aber er ist nicht gekommen."

„Tja, Witzmann, das kann ich dir jetzt glauben oder nicht. Der Frank ist auch tot. Also ned wirklich ein gutes Alibi, verstehst. Also da musst schon mit etwas Besserem rüberkommen, wennst vermeiden willst, dass …" Bronstein imitierte einen Strick um den Hals, was Witzmann sichtlich die Schweißperlen auf die Stirn trieb.

„Na glauben S', mir passt des, dass der tot ist? Der warat ja mein Alibi! Aber was soll ich denn machen? Ich kann ja ned lügen, nur, damit ich besser dasteh." Bronstein war sich sicher, dass Witzmanns Augen glänzten, weil er wieder zu weinen begann.

„Na gut", lenkte er ein, „dann sag einmal, wie das vorgestern genau war. Wann bist hinkommen, wie lang dortblieben, wann wieder gegangen und was hast danach g'macht?"

Witzmann zog Nasenschleim auf und atmete tief durch: „Gegen fünf hat mich die Meinige rausg'haut. Weil sie wieder … gearbeitet hat. Ich bin zum Wirten gangen – ja, den, wo S' mich z'erst abg'holt haben. Und dann bin ich langsam zu Fuß runter zur Skodagassen. Um sechs war ich da. Wie ausg'macht. Ich hab beim Frank ang'läutet, aber der hat ned aufg'macht. Im Stiegenhaus wollt ich nicht herumstehen, also bin ich wieder auf die Straßen. Von dort sieht man ja die Fenster von der Frank-Wohnung. War kein Licht. Also wart ich. Nichts tut sich. Irgendwann ist irgendwer kommen, der im Haus verschwunden ist, aber das war nicht der Frank."

Das musste Lehner gewesen sein, dachte sich Bronstein.

„Na, ich wart weiter, bis es mir irgendwann zu kalt worden ist. Ich wollt was trinken, ned wahr, und hab mir g'sagt, na ja, morgen ist auch noch ein Tag. Also bin ich gangen."

„Wann war das?"

„Fünf vor sieben."

„Da schau her! Woher wissen wir das so genau?"

„Weil da grad zwei junge Herren vorbeigekommen sind, die was auch in dem Haus verschwunden sind. Und weil ich selber keine Uhr hab und ned g'wusst hab, wie lang ich schon wart, hab ich die g'fragt. Und die haben mir die Uhrzeit g'sagt. Die sind dann ins Haus rein – und ich zum Wirten."

„Witzmann, du g'fallst mir. Da hättest ja dein Alibi", grinste Bronstein.

Witzmann stutzte. „Ah jo", sagte er dann.

„Dann beschreib mir die Herren doch einmal näher. Vielleicht können wir sie ausfindig machen, damit sie deine Angaben bestätigen können. In dem Fall könnten wir dich nämlich laufen lassen, weißt du?!"

Witzmanns Gesicht hellte sich auf, er schien auf einmal wieder Licht am Ende des Tunnels zu sehen. „Genau", entfuhr es ihm, „die zwei Herren, die sind mein Alibi! Die haben gesehen, wie ich weggegangen bin! Die müssen Sie finden, Herr Inspektor, dann wissen auch Sie, dass ich unschuldig bin."

„Na, dann beschreib sie mir einmal, deine beiden Herren." Bronstein klopfte mit der Bleistiftspitze auf die Tischplatte.

„Der eine, an den kann ich mich genau erinnern. Der war mittelgroß, so irgendwo zwischen Ihnen und mir. Ziemlich dünn. Er trug Haferlschuh, die hab ich genau gesehen, weil sie im Licht der Laterne geglänzt haben. Drüber hatte er weiße Stutzen und eine Lederhose, glaub ich. Obenherum so einen

Alpinjanker. Sie wissen schon, Herr Inspektor, wie man sie in der Steiermark trägt oder im Ausseerland. Die Haar' waren jedenfalls ganz blond. Hinten ganz kurz, aber vorne recht lang. Ich hab das eine Aug' nicht g'seh'n, weil ihm so eine Strähne drüberg'hängt ist. Und jung war er, der Herr, sehr jung. Knapp über zwanzig, würd ich sagen."

Bronstein kam die Beschreibung merkwürdig bekannt vor. Sie erinnerte ihn an den Mitarbeiter des Ministers, der ihn am Vormittag so unsanft zu Boden gestreckt hatte.

„Und du weißt natürlich nicht, wie der heißt, der Herr?"

„Natürlich nicht, Herr Inspektor! Wie sollte ich? Ich hab den noch nie zuvor gesehen!"

„Und nachher bist zum Wirten gangen? Wann war das?"

„Na ja", zuckte Witzmann mit den Schultern, „wann wird das g'wesen sein? So gegen Viertel acht, tät ich sagen. Es ist ja ned weit von der Skodagassen zum Bennoplatz."

„Kann das wer bezeugen?"

„Na sicher", schöpfte Witzmann neue Hoffnung, „der Ferdl, der was der Wirt ist. Der weiß ganz genau, dass ich vorgestern bei ihm war. Und dem hab ich auch die G'schicht' mit dem Frank erzählt. Den müssen S' nur fragen, Herr Inspektor, der wird Ihnen das sicher alles bestätigen."

„Gut. Wie heißt er, der Wirt?"

„Müllner. Ferdinand Müllner. Der ist jeden Tag in seiner Gastwirtschaft. Und Sie kennen ihn sofort. So einen riesigen Schnurrbart hat sonst keiner im Bezirk. Fragen S' den, dann werden S' sehen, Sie haben den Falschen in mir."

Bronstein überlegte einen Augenblick und trommelte dabei gedankenverloren mit dem Bleistift gegen die Tischkante. Hatte Cerny nicht irgendetwas von der HJ berichtet? Dass ihm da was spanisch vorkam? Vielleicht sollte er Witzmanns halbes Alibi doch überprüfen? Er sah den Mann wieder direkt an.

„Du bleibst die Nacht hier. Wir überprüfen das. Wenn der Wirt deine Aussage bestätigt, dann darfst da raus. Aber das heißt nicht, dass ich dich nicht weiterhin im Auge behalte. Du stehst weiterhin auf der Liste der Verdächtigen, ist dir das klar?"

Witzmann schniefte und nickte dabei.

„Gut!" Bronstein rief nach der Wache, die unmittelbar darauf das Zimmer betrat. „Abführen, den Kerl. Der bleibt über Nacht unser Gast."

Die Justizwachebeamten bewegten tonlos ihre Köpfe auf und ab und verließen mit Witzmann in ihrer Mitte das Zimmer. Bronstein blieb noch einen Augenblick sitzen und zündete sich eine „Donau" an.

Wenn Witzmann kurz nach sieben bei seinem Stammwirten erschienen war, dann klang es wirklich höchst unwahrscheinlich, dass er zuvor Suchy ermordet haben sollte, denn die Jedlicka hatte nach zehn Uhr abends die beiden HJ-ler aus dem Haus gelassen. Möglicherweise genau jene, von denen Witzmann eben gesprochen hatte. Die würden kaum, wenn Suchy schon tot gewesen wäre, bis zum Beginn der Sperrstunde gewartet haben, um sich dann bei der Hausbesorgerin zu melden. Vielmehr wären sie spornstreichs wieder ausgebüchst, um nicht in die Sache verwickelt zu werden, denn bis zehn Uhr konnten sie das Haus ja jederzeit unerkannt verlassen. Oder aber sie hätten Alarm geschlagen, wenn sie Suchy tot aufgefunden hätten. Dass sie also weder das eine noch das andere getan hatten, machte sie in der Tat mehr als verdächtig. Kurz, es war interessant, was Cerny herausgefunden hatte.

Bronstein dämpfte die Zigarette aus und verließ nun ebenfalls den Raum. Er legte die kurze Wegstrecke zum Präsidium zu Fuß zurück und traf in seinem Büro auf Cerny, der dort eifrig über Aktenstücken brütete.

„Alsdern, was gibt's?", sagte Bronstein und ließ sich auf seinen Sessel fallen.

„Tja, was soll ich dir sagen? Die HJ ist jedenfalls kein Pfadfindertrupp."

„A geh. Sag mir was, was ich noch nicht weiß. Du hast da am Telefon so Andeutungen gemacht!"

Cerny lehnte sich zurück und verschränkte die Hände ineinander. „Also", begann er, „in den Akten der Kollegen vom staatspolizeilichen Büro taucht immer wieder ein Name auf. Friedrich Schönberger. Geboren 1914 in Trautenau, Böhmen. Allerdings als Bohumil Krasnohorsky. Bohumil heißt übrigens Gottlieb. Jedenfalls ist die Familie 1919 nach Wien übersiedelt. Dort hat Krasnohorsky als Theophil Krasnohorsky die Schulbank in Favoriten gedrückt."

„Theophil heißt auch Gottlieb. So weit reicht mein Schulgriechisch noch", merkte Bronstein an.

„Genau. Also, der Krasnohorsky drückt die Schulbank in Favoriten und wechselt 1924 auf die Bürgerschule. 1929 beginnt er eine Kaufmannslehre, die er aber wenig später abbricht. Und 1931 wird er erstmals von der Polizei aufgegriffen. Schlägerei mit einigen Leuten von der SAJ. 1932 ist er im Saalschutz für den Gautag der NSDAP im Einsatz und engagiert sich auch im Wiener Wahlkampf. Ende 33 und Anfang 34 ist er zweimal wegen illegaler Betätigung für die Nazis im Kotter, 1934 verdächtigt man ihn zudem, am Putsch mitgewirkt zu haben. Er verbringt mehrere Monate in Wöllersdorf und kommt erst Anfang 1935 wieder raus. Ungefähr zu der Zeit dürfte er dann auch in den inneren Führungszirkel der hierortigen HJ aufgerückt sein."

„Eine typische Karriere als Nazi-Schläger also", resümierte Bronstein, „ich wüsste nicht, was daran jetzt so ungewöhnlich sein sollte."

Cerny setzte ein triumphierendes Lächeln auf: „Nicht? Na dann hör dir das einmal an. Der Schönberger ist im Dezember 1936 verhört worden, weil der dringende Verdacht bestand, er hätte einen Kaplan verdroschen, von dem einige Leute behauptet hatten, er sei eine Spur zu kinderlieb."

„Ah da schau her", merkte Bronstein auf. „Das klingt ja tatsächlich interessant. Erzähl!"

Cerny nahm einige Papiere zur Hand. ‚Ich hab mir das damalige Vernehmungsprotokoll ausheben lassen. Da steht Spannendes drinnen. Ich zitiere die wesentlichen Passagen:

Abteilungsinspektor Novotny: Sie sollen zum Herrn Hochwürden g'sagt haben, Sie schneiden ihm die Eier ab, wenn er sich noch einmal an den Kindern vergreift. Ist das richtig?

Schönberger: Kann schon sein. Na und?

Novotny: Na ja, der Herr Kaplan liegt im Wilhelminenspital. Mit Verdacht auf Milzriss und mit einer Menge blauer Flecken.

Schönberger: Und was geht mich das an?

Novotny: Jetzt tun S' nicht so scheinheilig. Sie sind schon im 31er Jahr aufgegriffen worden, weil Sie handgreiflich geworden sind. Und damals haben Sie Ihr Tun auch damit gerechtfertigt, Ihre Widersacher hätten sich an kleinen Kindern vergriffen. Erkennen Sie da nicht auch ein Muster?"

Cerny blickte aus dem Dokument auf: „Unser Herr Krasnoberger hat etwas gegen vermeintliche Kinderschänder. Egal, ob sozialistisch, christlich oder …"

„Nationalsozialistisch", vollendete Bronstein den Satz, um danach einen markanten Pfiff vernehmen zu lassen. „Du, das klingt nach einer wirklich heißen Spur."

177

„Genau das hab ich mir eben auch gedacht. Drum hab ich mir sicherheitshalber auch gleich die Meldeadresse vom Schönberger ausheben lassen."

Bronstein lächelte verschmitzt. „Na dann, gemma, tät ich sagen." Bronstein erhob sich und griff nach seiner Jacke. Cerny legte die Papiere beiseite, kramte ein wenig in seiner Schublade, steckte ein eingewickeltes Etwas ein und stand dann gleichfalls auf. „Wo wohnt er denn?", fragte Bronstein im Hinausgehen.

„Ned weit weg. Piaristengasse", kam es knapp zurück.

Draußen dämmerte es bereits, als sie Schönbergers Wohnhaus erreichten. Sie sahen sich im Hausflur um und entnahmen dem schwarzen Brett, dass Schönberger im dritten Stock auf Tür 13 wohnte. In der dritten Etage angekommen, klopfte Bronstein an die Wohnungstür. Noch ehe er seine Hand wieder an der Hosennaht hatte, wurde die Pforte aufgerissen. „Da seids ja endlich …", begann Schönberger, ehe er erkannte, dass es sich nicht um den von ihm offenbar erwarteten Besuch handelte.

„Haben S' schon gewartet auf uns?", flötete Cerny mit einer gehörigen Portion Ironie in der Stimme. Schönberger schien auf den Satz reagieren zu wollen, ehe er Bronstein wiedererkannte.

„Der Saujud von in der Früh", entfuhr es ihm.

Bronstein bemühte sich um Haltung. „Jetzt bist fällig, Bürscherl", raunte er.

„Das glaub ich weniger", knurrte Bronsteins Gegenüber und setzte dazu an, Bronstein erneut einen Fausthieb zu verpassen. „Na, na, na", machte Cerny nur, „Obacht! Die is g'laden."

Verdutzt sahen Bronstein und Schönberger auf Cerny, der tatsächlich eine Waffe in der Hand hielt. Jetzt erst dämmerte dem Oberst, was sein Kollege im Büro noch eingesteckt hatte. Derweil wurde sich Schönberger der Gefahr bewusst und trat instinktiv einen Schritt zurück. „Wir … werden doch … nicht …

gleich … oder?" Bronstein atmete erleichtert auf. Dank Cerny war die Situation wieder unter Kontrolle. „Hinsetzen!", befahl der, und Schönberger tat, wie ihm geheißen.

„Du weißt, weshalb wir hier sind. Wir haben den untrüglichen Beweis dafür, dass du deinen Parteispezi umbracht hast. Und wenn wir erst einmal die Wohnung da auf den Kopf gestellt haben, dann finden wir sicher auch genügend Beweise für das Faktum, dass auch der Frank auf dein Konto geht."

Schönberger bemühte sich um eine Steher-Pose. „Ihr könnts mir gar nix beweisen!"

„Können wir doch. Wir haben zwei Zeugen für die Tatsache, dass du zur Tatzeit am Tatort warst."

„Gibt's ned."

„Doch. Ein Mieter hat dich g'sehen", bluffte Bronstein, „und ein Arbeitsloser, der dich nach der Uhrzeit g'fragt hat."

Ein kaum merkliches Zucken ging über Schönbergers Gesicht. Er fühlte sich sichtlich ertappt, was indirekt Witzmanns Alibi bestätigte „Der Sandler", kam es grollend aus Schönbergers Mund, „den hätt i ned …" Endlich hielt er es für klüger zu schweigen.

„Also", fasste Cerny zusammen, „wir wissen, wann du gekommen bist, wir wissen, wann du gegangen bist, und wir wissen, dass der Suchy um sieben noch gelebt hat. Und nach dem Bericht der Gerichtsmedizin ist der Suchy spätestens um Mitternacht gestorben. Wahrscheinlich also früher. Das heißt, gerade zu der Zeit, als du gegangen bist. … Du siehst, du kommst aus der Sache nicht mehr raus. Uns interessiert jetzt nur mehr, warum du es getan hast."

Schönberger pfauchte. „Gar nix hab ich tan. Als wir gegangen sind, hat der Parteigenosse Suchy noch gelebt. Da können S' den Gustl fragen, der war die ganze Zeit bei mir."

„Der Gustl. So, so", sagte Bronstein leichthin, „das ist der zweite Hitlerbub, was?"

„Ich verbitte mir diese Respektlosigkeit unserer Bewegung gegenüber. Von einem Juden schon überhaupt", brauste Schönberger auf, ehe er von einem kleinen Wink aus dem Lauf von Cernys Waffe zum Verstummen gebracht wurde.

„Amen", entgegnete derweilen Bronstein ironisch. Schönberger verschränkte die Arme vor der Brust und bemühte sich um eine möglichst zornige Miene.

„Schau", begann Cerny von neuem, „was wir ned wissen, ist, warum du den Suchy ermordet hast. War's wegen der Geschäfte in Osteuropa? Wegen seinem lockeren Umgang mit dem Geld, oder stecken doch die Kinder dahinter?"

Abrupt sah Schönberger auf. Und es dauerte einen Augenblick zu lange, ehe er wieder zu Boden starrte. Bronstein war sich sicher, dass Cerny eben den richtigen Punkt getroffen hatte. Doch nach außen hin blieb Schönberger bockig: „I sag überhaupt nix", erklärte er kategorisch.

„Na, dann werden wir uns wohl auf der Liesl weiterunterhalten", hielt dem Bronstein lakonisch entgegen und schickte sich an, sich zu erheben.

„A wos", gab sich Schönberger selbstsicher. „In ein paar Stunden gehört der Laden eh uns. Dann seids ihr die Petschierten und ned i."

„Na, wenn das so ist, dann kannst uns ja umso mehr erzählen, was wirklich vorgefallen ist." Cerny lächelte entwaffnend, während der Jungnazi mit sich rang. Bronstein beobachtete die Situation und kam dabei zu dem Befund, dass Schönberger für sich selbst herausfinden wollte, was schwerer wog: sein Mitteilungsbedürfnis oder die Angst vor den Konsequenzen, wenn er seine Tat gestand.

„Schau, was nutzt dir das, wennst jetzt bockig bist", polterte Bronstein, „wennst recht hast, dann feiern deine Parteigenossen des ganze Wochenende, und du bist ned dabei, weilst derweil in der Liesl den Fensterkitt frisst."

„Wenn ich nix sag, könnts ihr mir auch nix", hielt Schönberger dagegen

„Mitnehmen kömm ma di immer. Selbst wennst so unschuldig wärst wie ein neugeborenes Butzerl. Was d' aber eh ned bist."

„Also sag uns schon, warum du die zwei umgebracht hast", assistierte Cerny.

„Des tätets ihr eh ned verstehen."

„Na dann erklär's uns halt."

„Des dauert z'lang!"

„Wir haben Zeit."

Einen Augenblick lang dehnte sich Schweigen zwischen den beiden Ermittlern und Schönberger aus. Bronstein behielt ihn instinktiv im Auge. Heckte Schönberger etwas aus? Legte er sich eine Lügengeschichte zurecht? Oder dachte er wirklich daran, sein Gewissen zu erleichtern?

„Der Suchy war eine perverse Drecksau", fauchte Schönberger endlich, „völlig artfremd. Der hat sich an kleinen Jungen aufgeilt, die hirnkranke Krätzen!"

„Und woher willst das wissen?"

„Weil ich es selber erlebt hab." Schönberger schlug sich mit der Hand auf den Mund, und seine Augen weiteten sich vor Entsetzen.

Instinktiv rückten die beiden Beamten näher: „Das musst uns jetzt schon genauer erzählen."

„Gar nix muss ich", versuchte Schönberger es nun wieder mit sturem Trotz.

ANDREAS PITTLER

„Schau", begann Cerny, „wenn wir wissen sollen, was da wirklich vorgefallen ist, dann müssen wir einfach alle Fakten kennen. Und zumindest als Zeuge sind Sie verpflichtet, uns von allen Ihren Beobachtungen in Kenntnis zu setzen."

Bronstein war nicht entgangen, dass Cerny wieder zum höflichen „Sie" gewechselt war, womit er Schönberger wohl gewogen zu machen hoffte. Tatsächlich war der weiterhin im Zweifel, was schließlich dazu führte, dass seine starre Körperhaltung plötzlich implodierte.

„Der Saubartl war schon immer krank im Kopf. Mein Lehrherr, ein guter Volksgenosse, hat mich zur nationalsozialistischen Weltanschauung bekehrt. Und damit ich ein bisserl mehr lern über das Wesen des Nationalsozialismus, hatte er mich zu Weihnachten 1929 zum Suchy g'schickt. Der hat ja gar nicht gewusst, was der Suchy für eine Sau ist. Der hat mir ... der hat ... mir ... ans Geschlecht gegriffen", platzte es schließlich aus Schönberger heraus. „Damals schon! Verstehen S'?! Mitten da her, die Sau!" Schönberger deutete mit dem Zeigefinger auf seinen Schritt und verzog dabei angewidert sein Gesicht.

„Na servas."

Cerny schickte Bronstein einen kurzen Blick, der nahm sich sofort zurück. Doch Schönberger war ohnehin nicht mehr zu halten. „Damals hab ich mich natürlich nicht wehren können. Aber ich hab mir gleich denkt, der kommt noch in meine Gassen."

Schönbergers Augen funkelten nun böse. „Und der Suchy hat Fehler g'macht. Ned nur einen! Zuerst hat er sich ausgerechnet von so einem Geldjuden Kredit geben lassen, dann hat er die Volksgenossen auch noch bei einem G'schäft übers Ohr g'haut. Das hat der Partei natürlich ned g'fallen, und so hat ma mich zu ihm geschickt, damit ich ihm zeig, wo der Hammer

182

hängt. Können S' Ihnen vorstellen, dass mir das ned gerade unangenehm war. Ich bin zu dem Schwein hin, bei seinen Rindviechern hab ich ihn g'stellt, und hab ihm g'sagt, dass ihn die Partei satthat, und dass er scharf aufpassen soll, dass es ihm nicht wie dem Röhm geht." Unwillkürlich lachte Schönberger: „Der hat sich ang'schissen bis übers Kreuz. Endlich war ich ihm über. Aber der perverse Hund hat ned aufhör'n können. Beschwerden sind kommen, dass er sich immer noch an die Gschrapperln aufganselt."

„Von wem sind diese Beschwerden gekommen? Von den Eltern?"

„Nein", schüttelte Schönberger den Kopf, „die haben das wahrscheinlich gar nicht mitgekriegt." Und nach einem kurzen Zögern: „Vom Parteigenossen Frank!"

Na, da schau her, dachte sich Bronstein, hielt es aber für besser, vorerst zu schweigen.

„Na ja, g'warnt war er, also ist es dann vorgestern ernst geworden. Die Parteileitung hat uns einbestellt und hat gemeint, dass in diesen entscheidenden Tagen ein Verhalten wie jenes vom Parteigenossen Suchy nicht tolerabel ist. Ein Exempel sollten wir statuieren, hat's g'heißen", betonte Schönberger.

„Die Parteileitung", fragte Bronstein nach, „am End' gar der Minister?"

„Na sicher, wer sonst. Der Suchy hat sich echt überschätzt. Der hat glaubt, nur weil er seit der Monarchie bei der Bewegung ist, kann er sich alles erlauben. Hat sich wahrscheinlich gedacht, er kennt Gott und die Welt, und deswegen kann ihm nichts passieren. Da hat er sich aber schön getäuscht, der widernatürliche Kretin."

„Und da hat der Minister einfach einen Fememord angeordnet?"

„Ja, klar! Was denn sonst?"

„Eine Anzeige vielleicht?"

Schönberger lächelte schmal: „Jetzt sind S' aber noch naiver als S' sein dürften! So eine Frage überlässt man doch nicht der Polizei eines zugrunde gehenden Dreckstaates. Das regelt man selber. Außerdem, was weiß man, was für Lügen euch der Verräter erzählt hätt! Na na, gegen selbstvergessene Apostaten gibt's nur eine Lösung. Radikal, das heißt, mit der Wurzel ausreißen, so ein Unkraut, so eines."

„Ihr hattet also einen klaren Mordauftrag?"

„Was heißt schon Mord, gell. Ein Parteiurteil haben wir vollstreckt. Nicht mehr und nicht weniger. Dabei war er ja selbst schuld, dass es so weit gekommen ist. Wenn er ein bisserl vernünftiger g'wesen wär, dann hätten wir ihn vielleicht einfach nur aus dem Reich gejagt. Dann hätt er sich in Abessinien oder wo mit den kleinen Negerburlis vergnügen können. Aber der Oasch war ja vollkommen wahnsinnig!"

„Inwiefern?"

„Als wir zu ihm in die Wohnung kommen, ist das Schwein echt pudelnackert und fummelt an sich umadum wie ein Klosterbruder." Schönberger richtete sich wieder auf. „Na, simma natürlich heißg'rennt, der Gustl und ich. Wir wollten ihn nach Strich und Faden verdreschen. Doch auf einmal hat der ein Messer in der Hand. Den Gustl hätt er beinahe erwischt, doch ich bin dazwischen und hab ihm das Messer entwunden. Dann tritt der Kerl mich wie ein Irrer. … Ich sag ihm noch, er soll froh sein, wenn wir ihn leben lassen, doch wissen S', was der Kerl dann g'macht hat? Wissen S' das?"

„Wir sind ganz gespannt!"

„Der greift nach meine Kronjuwelen. Schon wieder, die Sau! Und grinst hat er deppert dabei, der Bachene. Hab i eam reflexartig auf d' Nasen g'haut. Darauf tritt der mir in die Eier und will stiften gehen! So wie er war. Na, da bin ich endgültig auszuckt. Ich hab's Messer g'nommen und eam die Gurgel aufg'schlitzt. Das hast jetzt davon, du Sau, hab ich mir noch denkt."

Bronstein und Cerny sahen einander an. Schönberger klaubte ein Staubkorn von seiner Jacke und meinte nur lakonisch: „So war des."

„Und was haben S' dann g'macht?"

„Was soll' ma schon g'macht haben? Der Suchy war hin, ned?! I hab das Messer eing'steckt, und wir san gangen. Was anderes hättest ja eh ned machen können! Hätt i mi vielleicht stellen sollen?" Dabei lachte Schönberger gekürstelt auf.

„Vielleicht. Wenn das Gericht die G'schicht' glaubt hätt, dann wär das wahrscheinlich nicht einmal Mord im Affekt g'wesen, sondern vorsätzliche schwere Körperverletzung mit Todesfolge. Und wenn dein Gustl die richtigen Worte g'funden hätt, vielleicht gar nur Notwehrüberschreitung. Da wärst nur ein paar Monat' im Häfen g'sessen …"

„Warum den Frank aa?", unterbrach Cerny Bronsteins Mutmaßungen.

„Weil er uns g'seh'n hat und gierig worden ist, der Trottel, der!"

„Wollt er euch erpressen?"

„Aber uns doch ned", lachte Schönberger auf, „die Partei natürlich, der Narr, der. Er wollt, dass ihm die Partei das Haus endgültig schenkt. Und einen g'scheiten Posten wollt er auch. Der hat echt zum Parteigenossen Seyß-Inquart g'sagt, bevor die Partei den roten Überläufer nimmt, könntets ruhig ihn zum Bürgermeister nehmen."

„Und das war sein Todesurteil?"

„Na, des no ned. Aber dann hat er ang'fangen zum Drohen. Hat g'meint, der Schuschnigg tät sich schön freu'n, wenn er wissert, dass der Suchy vom Innenminister persönlich liquidiert worden ist. … So ein alter Depp! Grad der hätt wissen müssen, worauf er sich da einlasst. Dem hätt klar sein müssen, dass er sich mit einer solchen G'schicht' überhebt. Na ja, für solche Elemente ist in der Volksgemeinschaft eh kein Platz."

„Und warum wieder die Gurgel?"

„Weil's passt hat! Das Messer hab ich noch in der Hosentaschen g'habt, und ich hab mir denkt, wenn zwei Leut' im selben Haus auf dieselbe Weise umbracht werden, dann denkts ihr an irgendeinen gestörten Lustmörder oder so und ned an …"

„… eine parteiinterne Vendetta", vollendete Bronstein den Satz. „Aber wie hast ihn dazu kriegt, dass er dir so ruhig den Rücken zuwendet?"

„Ich hab ihm einen Vertrag vorg'legt, wo angeblich draufg'standen is, dass er eine Leibrente bekommt und so weiter. Hat er sich vorbeugt, um die Klauseln zu lesen. Derweil hab ich das Messer g'nommen … und ratsch."

Schönberger deutete das Durchschneiden der Kehle mimisch an.

„Siehst, und genau das war dein Fehler. Mit der ersten G'schicht' wärst noch relativ billig davonkommen. Aber so, mit einem Doppelmord, wanderst lebenslang nach Stein. Wennst nicht überhaupt …, na, das kannst dir ja denken."

Schönberger lächelte siegesgewiss. „Einen Dreck werd ich! Nächste Woche ist der Parteigenosse Seyß-Inquart schon Bundeskanzler! Und dann sitzts ihr in Stein, und ned i. So schaut's aus."

„Das werden wir noch sehen", entgegnete Cerny kalt. „Vorerst g'hörst einmal uns."

„Oder auch nicht!"

Blitzschnell hatte Schönberger nach einem Buch gegriffen und es gegen Cerny geschleudert. Der wich zwar gekonnt aus, vermochte es dabei aber nicht zu verhindern, dass Schönberger, der von seinem Platz aufgesprungen war, ihn samt seinem Sessel umwarf. Noch ehe Bronstein aufstehen konnte, verpasste Schönberger ihm einen Kinnhaken, sodass er seitlich vom Stuhl fiel. „Ned scho wieder", dachte Bronstein, ehe er unsanft auf dem Boden landete. Schönberger aber erreichte in der Zwischenzeit die Tür, riss sie auf und schickte sich an, durchs Stiegenhaus ins Freie zu flüchten.

„Ihm nach!", keuchte Bronstein, während er seinen Ellbogen rieb. Wahrscheinlich war der geprellt, dachte er.

Cerny war in Windeseile wieder auf den Beinen und hetzte Schönberger nach. „Stehenbleiben oder ich schieße!", schrie er am Treppenabsatz und gab einen Warnschuss an die Decke ab.

Schönberger aber lief einfach weiter, sodass Cerny nichts anderes übrig blieb, als die Verfolgung aufzunehmen, während Bronstein umständlich versuchte, wieder auf die Beine zu kommen. Schon das Aufstehen selbst fiel ihm schwer. Er musste sich an der Sessellehne anhalten und daran hochziehen. Dabei fuhr ihm der Schmerz in alle seine Glieder. So musste sich, dachte er, ein Ischiasanfall anfühlen. Er hielt einen Augenblick inne, atmete so tief wie möglich durch und bewegte sich dann langsam auf die Tür zu. Endlich im Treppenhaus angelangt, beugte er sich über das Geländer und blickte nach unten. Er erkannte, dass Schönberger schon beinahe beim Erdgeschoß angelangt war, während Cerny langsam, aber sicher aufholte. Bronstein verdrehte die Augen, biss die Zähne zusammen und schickte sich ebenfalls an, die ebene Erde zu erreichen.

Jeder einzelne Schritt tat ihm weh. „Ich bin definitiv zu alt für so seinen Schmarrn", fluchte er, während er völlig außer Atem im ersten Stockwerk innehielt. Seine Hand krampfte sich am Geländer fest, während er hektisch aus- und einatmete. Als das Schwindelgefühl, von dem er befallen worden war, endlich nachließ, gab er sich einen Ruck und setzte seinen Lauf nach unten fort.

Nach einer halben Ewigkeit war er beim Haustor angekommen. Dort musste er sich erst orientieren. Als Erstes sah er etwa 30, 40 Meter von sich entfernt Cerny die Straße abwärts laufen, ehe ihm endlich auch der flüchtende Nazi auffiel. Cerny hatte immer noch die Waffe in der Hand, zögerte aber offenbar, in der Öffentlichkeit Gebrauch davon zu machen. Merkwürdig verzerrt kam sein neuerlicher Ruf nach sofortigem Stehenbleiben bei Bronstein an, der gleichwohl sah, dass Cernys Appell nichts fruchtete. Schönberger lief weiter und hatte mittlerweile die Josefstädter Straße erreicht. Er bog nach links und wollte offenbar in Richtung Innenstadt entkommen.

Bronstein, immer noch völlig außer Atem, überlegte, wie er sich in die Verfolgung einschalten konnte, ohne dass ihn dabei der Quiqui holte. Just in diesem Augenblick kam ein Arbeiter des Weges, der ein Fahrrad vor sich herschob. Bronstein fingerte eilig seine Kokarde aus dem Hosensack. „Das ist konfisziert!", kreischte er und entwand dem verdutzten Mann das Gefährt. Ohne auf dessen Proteste zu hören, schwang sich Bronstein in den Sattel und radelte dem Kollegen hinterher. Er holte schnell auf und bog nur kurz nach Cerny ebenfalls in die Josefstädter Straße ein. Schönbergers Vorsprung betrug vielleicht 50, 60 Meter, und Cerny drohte allmählich zu erlahmen. Sollte der Doppelmörder ihnen nicht entgehen, dann kam es nun auf ihn an, wusste Bronstein und trat noch kräftiger in die Pedale. „Hoits eam!", schrie er den Passanten zu, die Schönberger entgegenkamen. Der aber erkannte die Gefahr und wechselte, noch ehe die Personengruppe ihn erreicht hatte, die Straßenseite.

Heftiges Bimmeln erscholl mit einem Mal, gefolgt vom Quietschen der Bremsen und dem Fauchen von Rädern, die abrupt zum Stillstand gebracht werden wollten. Ohne dass Schönberger es bemerkt hatte, war von der Zweierlinie eine Straßenbahngarnitur aufgetaucht, die just zu dem Zeitpunkt die Stelle passierte, als Schönberger sich mitten auf der Straße befand. Bronstein, der in der Zwischenzeit bis auf wenige Meter an den Nazi herangekommen war, sah die schreckgeweiteten Augen, den offenen Mund des Tramwayfahrers, der offenbar noch einen Warnruf abgeben wollte, während seine Hand hektisch die Kurbel betätigte. Das riesige Ungetüm pfauchte und bockte und schien förmlich aus den Schienen springen zu wollen, doch noch ehe Bronstein einen klaren Gedanken fassen konnte, hörte er einen dumpfen Knall, und Schönberger war nicht mehr zu sehen.

Bronstein zog an der Handbremse und trat mit aller Kraft in die Pedalbremse. Das Fahrrad kam zum Stehen, und Bronstein rutschte nach vor, um seine Beine links und rechts auf den Boden stellen zu können. Allmählich verzog sich die Staubwolke, die der Verkehrsunfall verursacht hatte, und Bronstein erkannte nun wieder den Tramwaylenker, der, weiß wie die Wand, in seinem Führerstand lehnte und sich nicht zu bewegen vermochte. Jetzt erst fiel Bronstein auf, dass die Straßenbahn merkwürdig geschmückt war. Anstatt des Wiener Banners wehten links und rechts Hakenkreuzfahnen an der Spitze der Garnitur, und an der Seite meinte Bronstein die Losung „Ein Volk, ein Reich, ein Führer" zu erkennen. Doch für diese Merkwürdigkeit hatte

er in diesem Moment kein Animo. Cerny war keuchend endlich auch bei ihm angekommen, und gemeinsam blickten sie
nun nach unten in Richtung des Fängers, wo sie Schönberger
vermuteten.

Die Straßenbahn war tatsächlich aus dem Gleis geraten und
hatte sich noch eine ganze Weile seitlich nach vor geschoben,
sodass die Spitze des Zuges leicht nach links wies. Unter dem
hinteren Vorderrad schaute eine blutige Masse hervor, in der
Bronstein und Cerny erst auf den zweiten Blick Schönberger
erkannten.

„Bist du deppert!", entfuhr es Cerny.

„Des kann der ned überlebt haben, oder?", fragte Bronstein
mit brüchiger Stimme.

„I glaub ned", pflichtete ihm Cerny bei, während er langsam
auf den Waggon zuging. Mittlerweile hatte auch der Fahrer
seinen Platz verlassen und kletterte knieweich aus dem Führerstand. Er reihte sich hinter Cerny ein und lugte angstvoll über
dessen Schulter. Bronstein legte das Fahrrad achtlos auf die
Straße und schloss zu den beiden auf.

Für einen Augenblick starrten sechs Augen auf den merkwürdig verrenkten Klumpen, als sie plötzlich entsetzt zurück-
fuhren und hintereinander Deckung suchten. Der Klumpen
hatte deutlich hörbar gestöhnt.

„Der lebt echt no!", war Cerny fassungslos.

„Ja, aber wie lang no", ergänzte der Tramwayfahrer, der sich
endlich wieder gefangen hatte. „Wir müssen die Rettung rufen.
Aber gach aa no!"

Bronstein aber starrte nur auf den Führerstand: „Was haben
denn Sie da? Das ist ja verboten", stammelte er endlich und deutete dabei auf die Hakenkreuzfahnen. Der Straßenbahner, sichtlich verwirrt von Bronsteins in dieser Situation höchst merkwür-

digem Kommentar, sah kurz hin und sagte dann: „Ja, wissen S'
das noch nicht, Herr Inspektor? Der Schuschnigg ist zurückgetreten, und die Volksabstimmung ist auch abg'sagt. Es heißt,
grad jetzt wird der Seyß-Inquart neuer Bundeskanzler …"

Bronstein taumelte zurück, als wäre er erneut von einem
Fausthieb getroffen worden. „Sie machen einen bösen Scherz,
ned wahr?"

„Aber wenn ich's Ihnen doch sag! Das haben s' eben in der
Zentrale durchgegeben, als ich meinen Dienst angetreten hab."

„Und wann war das?", fragte Bronstein immer noch ungläubig.

„Vor einer halben Stund! Aber sollt ma uns jetzt ned um den
da kümmern? Da hat vielleicht noch eine Chance."

Bronstein schüttelte sich. „Ja", sagte er dann, „haben S' eh
recht. Cerny …"

Er drehte sich um, konnte aber seinen Kollegen nicht fin-
den. Als er sich schon Sorgen machte, tauchte die Gestalt des
Oberstleutnants in der Tür eine Lokals auf. Eilig blickte er nach
links und rechts und trat dann wieder auf die Unfallstelle zu.
„Ich hab telefonisch die Rettung alarmiert. Die schicken einen
Wagen aus dem AKH. Der sollt in ein paar Minuten da sein."

„Sollt ma ned schau'n, dass der arme Kerl ein wenig besser
liegt?", fragte der Straßenbahner.

„Nein, nein. Bloß nix verändern", rief Cerny, „in so einer
Lage kann das schwerwiegende Folgen haben oder überhaupt
tödlich sein."

„Ja, aber wenn wir nix tun, stirbt er vielleicht auch."

„Glauben S' mir, so etwas soll man immer den Experten
überlassen."

„Na servas G'schäft!" Plötzlich war der Schaffner an die drei
Männer herangetreten. „Drinnen hamma drei Verletzte. An

aufplatzten Plutzer, a verrenkte Schulter, und bei einer schaut's aus, als hätt sie sich die Hand brochen. … Na bumsti Nazi, der schaut aber aa ned guat aus." Jetzt erst fiel dem Schaffner der eigentliche Grund für den Unfall auf. „Des wird wos werden in der Zentrale. Na habe d' Ehre. Einen Kaszettel nach dem andern werma ausfüllen müssen wegen dem Schaa … wegen dera Malaise da."

Endlich bog der Rettungswagen, von der Zweierlinie kommend, in die Josefstädter Straße ein. Er überfuhr die Lange Gasse und bremste dann abrupt bei der Unfallstelle. Sofort sprangen die beiden Sanitäter aus ihrem Auto und besahen sich den Verletzten.

„Tatsächlich", konstatierte der eine, „der lebt noch."

„Aber wie sollen wir ihn da rauskriegen?", ergänzte der andere. „Da brauchst einen Hebekran. Sonst kriegst den nur in zwei Teilen da raus."

Der Straßenbahnfahrer lehnte sich aschfahl an seine Garnitur.

„Cerny!", zischte derweil Bronstein, „ich muss da weg! Das wird mir alles zu viel."

Für einen kurzen Augenblick glaubte Cerny, dem Obersten sei die bevorstehende komplizierte Rettungsaktion auf den Magen geschlagen, doch dann wurde ihm bewusst, dieser musste etwas anderes meinen. Erwartungsvoll sah er Bronstein an. Dieser beugte sich zu ihm hinüber und flüsterte. „Angeblich sind die Nazis schon an der Macht. Ich muss unbedingt sofort ins Bundeskanzleramt. Kannst du da allein …"

„Sicher, Oberst. Aber pass um Himmels willen auf. Wenn diese Information stimmt, dann bist petschiert. Und zwar ordentlich!"

„Keine Sorge", bemühte sich Bronstein trotz seiner Lage um demonstrativ zur Schau getragenen Optimismus, „wenn mich wer fragt, dann bin ich einfach Polizeioberst Trotzki." Er zwinkerte, doch Cerny schüttelte nur den Kopf: „Du rennst in dein Verderben."

„Genau das will ich ja verhindern. Und darum treffen wir uns später im Präsidium. Ich mach dann mit dir den Bericht."

Bronstein winkte noch andeutungsweise und entfernte sich dann von der Unfallstelle. Zehn Minuten später passierte er das verwaiste Parlamentsgebäude und umrundete den Volksgarten, von wo aus er bereits das Bundeskanzleramt sehen konnte.

Er hatte mit Mannschaften gerechnet, die vor dem Gebäude kampierten. Mit Wachposten sonder Zahl, mit Zeitungsleuten, Adabeis und allerlei Volk, doch überraschenderweise sah das politische Zentrum Österreichs aus wie an einem heißen Sommertag zur Mittagszeit. Nicht einmal der übliche Stehposten war zu sehen. Mit wachsender Verwunderung näherte er sich dem Eingang und lugte dann vorsichtig durch die halboffene Tür. Die Portierloge war gleichfalls leer.

Das konnte doch alles nicht möglich sein, dachte er sich und trat in den Flur, auf dem er knapp vier Jahre zuvor Zeuge schicksalhafter Ereignisse geworden war. Vom nahe gelegenen Innenhof meinte er ein heiseres Lachen zu hören. Er folgte den Tönen und sah sich plötzlich einem ziemlich angeheiterten Portier und einem leicht schwankenden Polizisten gegenüber, der bereits eine Hakenkreuzbinde am Oberarm trug.

Bronstein zückte seine Kokarde und fragte in barschem Ton: „Was ist hier los?"

Der Polizist schlug die Hacken zusammen und hob den rechten Arm zum Hitlergruß. Dann sagte er, bereits deutlich legerer stehend: „Ah nix, Kollege. Wir feiern nur a bisserl."

Bronstein beschloss, sich dumm zu stellen: „Ah so? Was denn?"

„Ja, kommst vom Mond oder was?"

„Fast. Aus Irdning. Ich bin grad ankommen, weil ich dem Parteigenossen Seyß-Inquart persönlich Bericht erstatten soll."

Mit einem solchen Satz, so hoffte Bronstein, würde er ein Vertrauensverhältnis zu einem Kollegen aufbauen können, der bereits offen auf die Nazis setzte.

„Na servas, da hast ja wirklich alles versäumt", erklärte der und reichte Bronstein unaufgefordert die Weinflasche, die bislang zwischen dem Portier und dem Polizisten gestanden war.

„Und was alles? Bring mich doch auf den neuesten Stand."

Bronstein fingerte sein Etui aus der Manteltasche und reichte dem Posten eine Zigarette. Auch der Portier durfte sich bedienen. Dann nahm sich Bronstein selbst eine, wandte sich kurz ab, um zu verhindern, dass der Wind das Streichholz ausblies, und sog dann gierig den Rauch ein, während der Polizist zu berichten begann.

„Also i bin ja jetzt schon seit achte da, ned? Ich mein', da hat heut mein Dienst ang'fangen."

„Meiner aa", ergänzte der Portier.

„Z'erst hat sie nix tan. So wie immer halt. Aber um halber zehne kommen die Parteigenossen Seyß-Inquart und Glaise-Horstenau und geh'n zum Schuschnigg. Sind ned lang blieben. Zehn, fünfzehn Minuten vielleicht. Und ich denk mir noch, na gut, die werden halt irgendetwas Regierungsmäßiges g'macht oder was abgeben haben. Aber kurz nach zehne …" Der Polizist machte einen Zug von seiner Zigarette und blies dann in Ruhe den Rauch aus. „Kurz nach zehne steht auf einmal ein Kanzlist bei uns. Kasweiß war der."

„Ja", stimmte der Portier zu, „weiß wie die Wand."

„Und der sagt nur: Jetzt haben s' ihn zum Rücktritt aufg'fordert. Ich frag noch: ,Wer wen?' Sagt der: ,Na der Innenminister und sein Spezi den Schuschnigg.' Denk ich mir: Na endlich. ‚Ja‘, sagt der weiter, ‚und die Volksabstimmung wird wahrscheinlich abg'sagt‘. Na bitte, hab ich mir g'sagt: G'wonnen hamma."

Bronstein fühlte sich wie vom Fieber gepackt. „Und weiter?", fragte er atemlos.

„Na ja, vorerst nix weiter. Alles ist so weitergangen wie immer. Ich hab dann schon glaubt, i hab des nur geträumt. Der Schuschnigg hat sich oben in seinem Büro einzementiert, und sonst ist keiner kommen oder gangen."

„Wir haben gemeinsam unser Menage gessen und uns schon g'sagt, das war alles ein falscher Alarm", mischte sich der Portier wieder ein.

„Na ja, aber um zwei hätt es ja routinemäßig eine Ministerratssitzung geben sollen, ned wahr?! Und kurz nach eins kommt einer von die Büroleut' zu uns runter und sagt uns: Sitzung abgesagt. Hab ich mir g'sagt: Na, da schau her, vielleicht tut sich ja doch noch was."

„Und?"

„Hat sich aber nicht. Zumindest ned bis kurz nach zwei. Auf einmal trau ich meinen Augen nicht. Drüben geht das Tor auf, und der Miklas kommt raus. Zu Fuß. Einfach so. Geht da her. Ich mein, seit ich da Dienst tu, war das überhaupt noch nie der Fall."

„Normalerweise, wenn was ist, dann geht immer der Kanzler zum Präsidenten, ned umgekehrt", erklärte der Portier.

„Genau. Also auf einmal steht der Miklas da bei mir. Ich salutier. Ich mein, was sollst ja sonst auch machen, ned? Immerhin ist er ja irgendwie doch auch ein Staatsoberhaupt, ned? Na, wurscht. Er nickt nur kurz und geht dann die Stiegen rauf."

„Da hamma g'wusst: jetzt ist's ernst. Weil sonst wär so was ned passiert."

Der Polizist pflichtete dem Portier nickend bei und nutzte die Gelegenheit zu einem weiteren Zug an der Zigarette. „Eine volle Stunde ist der da oben drinnenblieben. Dann sind auf einmal der Schuschnigg und der Miklas an uns vorbeig'rauscht, als wär der Leibhaftige hinter ihnen her. Den Staatssekretär, den Schmidt, den haben s' im Schlepptau g'habt. Drüben sind derweil zwei Limousinen vorg'fahren. In der einen war der Bürgermeister, den in der anderen hab i ned kennt."

„Der Ender war des!"

„Wer?"

„Der Ender."

„Ein ehemaliger Kanzler", erklärte Bronstein den Einwurf des Portiers.

„Aha. Na, aa wurscht. Jedenfalls haben sich die jetzt in der Hofburg eingraben. Und eine halbe Stunde später kommt der Schuschnigg allein wieder zurück und sagt, einfach so im Vorbeigehen, er ist grad zurückgetreten, der Miklas hat seine De…mission ang'nommen."

Der Portier wollte auch wieder einmal zu Wort kommen: „Ja. Wir waren beide ganz baff."

Bronstein ließ die Zigarette fallen. Um keinen falschen, also richtigen, Eindruck zu erwecken, trat er sie aus, ganz so, als hätte er sie mit Absicht zu Boden geworfen. Um 16 Uhr also war eine Ära zu Ende gegangen. Da hatte der saubere Herr Anwalt vor zwei Tagen noch lauthals in Innsbruck herumgeschrien und dabei irgendetwas von Rot-weiß-rot bis in den Tod gefaselt, und jetzt palessierte er einfach, still und leise durch die Hintertür. War dem gewissenlosen Kerl vollkommen gleichgültig, was aus Österreich und seinen Bewohnern wurde? Wahrscheinlich, dachte Bronstein bitter, denn wer absichtlich einen Schwerstverletzten hinrichten ließ, den kümmerten die Menschen einen feuchten Dreck. Bronstein hatte ja nie etwas von dem blasierten Juristen gehalten, doch in diesem Augenblick war er dankbar, dass Schuschnigg nicht vor ihm stand. Er hätte ihn ohne Rücksicht auf allfällige Konsequenzen geohrfeigt!

„Wurscht", fuhr der Polizist einstweilen mit seinen Ausführungen fort, „wir haben uns jedenfalls gedacht: Jetzt kommt der Seyß. Aber es hat sich g'spießt."

„Aha. Und woran denn?"

„Der Miklas. Der hat auf einmal glaubt, er muss ein Held sein."

Der Portier wedelte eifrig mit der Hand durch die Luft: „Genau. Zehn Jahr hast von dem nix g'hört oder g'seh'n, und auf einmal tut er so, als wär er … als wär er … der Präsident."

Unwillkürlich prustete der Polizist los: „Der war gut."

Bronstein zeigte, um gut Wetter zu machen, ein Lächeln.

„Jedenfalls ist dann wieder hübsch ein Zeiterl vergangen, bis der Wagen von der deutschen Botschaft vorg'fahren ist. Ziemlich genau um fünfe hat's g'heißen, der Seyß ist Bundeskanzler."

Bronstein trat langsam einen Schritt zurück, um sich an der Tür anhalten zu können. Er spürte, wie seine Beine unkontrolliert zu zittern begannen, und er hatte das dringende Bedürfnis, sich zu setzen. Ausgerechnet jener Mann, dem er vor einigen Stunden noch die Stirn zu bieten versucht und der ziemlich sicher einen Doppelmord in Auftrag gegeben hatte, war nun Regierungschef. Unglaublich! Damit wurde seine, Bronsteins, Situation absolut unhaltbar. 31 Jahre im Dienste eines Staates, der nun von jemandem regiert wurde, der in ihm nur einen lästigen Parasiten sah. Instinktiv griff Bronstein nach der Weinflasche und tat einen langen, kräftigen Schluck.

„Hast recht", gluckste der Polizist, „auf das sollt' man trinken. … War aber eine Falschmeldung."

Bronstein verschluckte sich fast am Wein. Was? Das stimmte doch nicht? Vor 40 Stunden war er gerade noch dem Tod von der Schaufel gesprungen, man durfte ihn doch nicht solchen Aufregungen aussetzen.

„Jetzt heißt's, der Schilhawsky wird Kanzler."

„Der Generaltruppeninspektor", erläuterte der Portier wiederum.

Ein Militär? Vielleicht war der alte Miklas am Ende seiner Tage doch entschlossen, Widerstand zu leisten? Vielleicht war Österreich noch nicht verloren? Der Miklas! Der hatte damals als Einziger für die Beibehaltung der Monarchie und damit gegen die Republik gestimmt, ausgerechnet der sollte nun zum Retter ebendieser Republik werden? Die Geschichte ging wahrlich seltsame Wege.

„Ist aber noch nicht fix", fuhr der Portier fort, „angeblich hat er abg'lehnt, der Herr General."

Der Polizist lachte: „Na klar, der legt sich nicht mit uns an. Der Seyß wird Kanzler, da fahrt die Eisenbahn drüber. Wenn nicht jetzt, dann morgen. Das Land g'hört jetzt jedenfalls uns. Na, Kamerad, was sagst?"

Erwartungsvoll blickte der Uniformierte Bronstein an. Der zuckte reflexartig mit den Schultern. „Ich ... sag ... gar nix. ... Zuerst muss man einmal ... Gewissheit haben, ned?"

„Es heißt, der Schuschnigg halt bald eine Rede im Radio." Der Portier kratzte sich an der Nase. „So um acht, hat's g'heißen."

Instinktiv blickte Bronstein auf die Uhr. Es war wenige Minuten vor halb acht. „Na, die will ich nicht verpassen", sagte er schnell. „Feierts noch schön", rief er über die Schulter, während er bereits wieder auf den Ballhausplatz zustrebte. Die Rufe „So bleib doch da!" ignorierte er. Als er den Volksgarten im Blick hatte, wandte er sich nach rechts und eilte dem Burgtheater zu. Von dort hetzte er am „Landtmann" und am Liebenbergdenkmal vorbei, sodass er endlich zur Schottengasse kam, von wo aus er das Präsidium bereits sehen konnte. Bronstein überlegte kurz und kam zu dem Schluss, dass Cerny mittlerweile wohl mit der Unfallsache vor Ort auch fertig sein musste. Demnach würden sie beide ziemlich zeitgleich im Büro erscheinen. Bronstein überquerte eilig den Ring und eilte keuchend in sein Amtszimmer.

Dort drehte er als Erstes den Radioapparat auf. Ernste Musik erklang, die Bronstein keinem Komponisten zuordnen konnte. Er sah auf die Amtsuhr. Bis acht Uhr waren es noch einige Minuten, er konnte sich also ein wenig entspannen und zu Atem kommen. Er kramte in seinen Taschen nach seinen Zigaretten, als er plötzlich eine Stimme im Radio vernahm.

„Wir unterbrechen unser Programm für eine Rede des die Geschäfte führenden Bundeskanzlers Kurt Edler von Schuschnigg."

Die Ankündigung kam Bronstein bemerkenswert vor. Schuschnigg wurde bereits nicht mehr als Kanzler vorgestellt, sondern als jemand, der die Geschäfte führte. Eigentlich brauchte man die Rede gar nicht mehr anzuhören, man wusste schon zuvor, was es geschlagen hatte. Bronstein stellte den Ton etwas lauter, führte mit leicht zitternder linker Hand eine „Donau" zu seinem Mund, schnappte dann die auf dem Schreibtisch liegenden Streichhölzer und zündete die Zigarette an, ehe er sich endlich schwerfällig auf seinen Sessel niederließ. In der Zwischenzeit war knisternd und krachend die brüchige Stimme des Tirolers zu hören.

„Der heutige Tag hat uns", begann dieser, „vor eine schwere und entscheidende Situation gestellt."

Eine glatte Untertreibung, dachte Bronstein.

„Ich bin beauftragt, dem österreichischen Volk über die Ereignisse des Tages zu berichten."

Na bitte, vom Kanzler zum Nachrichtensprecher in weniger als vier Stunden. So schnell konnte es gehen, schoss es Bronstein durch den Kopf. Mit Mühe konzentrierte er sich wieder auf den monotonen Singsang, mit dem der gewesene Regierungschef seine Botschaft verkündete: „Die deutsche Reichsregierung hat dem Herrn Bundespräsidenten ein befristetes Ultimatum gestellt, nach welchem der Herr Bundespräsident einen ihm vorgeschlagenen Kandidaten zum Bundeskanzler zu ernennen und die Regierung nach den Vorschlägen der deutschen Reichsregierung zu bestellen hätte, widrigenfalls der Einmarsch deutscher Truppen für diese Stunde in Aussicht genommen würde."

So weit war es also schon gekommen. Die Nazis setzten Österreich tatsächlich das Messer an die Kehle. Das war pure Nötigung! Im Individualfall eine klare Angelegenheit für den Strafrichter. Aber hier? Das Land musste nach der Pfeife der Nazis tanzen, sonst würde es vernichtet! Bronstein fröstelte, und mit klammen Fingern dämpfte er die Zigarette aus, die er viel zu schnell aufgeraucht hatte. Die Sache war ja vollkommen klar: Hitler würde Miklas dazu zwingen, Seyß-Inquart zum Kanzler zu machen, und dann erhielt der so gedemütigte Präsident eine aus Berlin übermittelte Liste an braunen Lokalgrößen, die er dann kommentarlos anzugeloben hatte, wenn er nicht um sein eigenes Leben fürchten wollte.

Schuschnigg war, während Bronstein noch das eben Gehörte irgendwie zu verarbeiten suchte, mit seiner Rede fortgefahren. Der Oberst sah höchst verwundert auf den Apparat. In Österreich gab es Unruhen? Er hatte davon gar nichts bemerkt!

„Ich stelle vor der Welt fest, dass die Nachrichten, die in
Österreich verbreitet wurden, dass Arbeiterunruhen gewesen
seien, dass Ströme von Blut geflossen seien, dass die Regierung
nicht Herrin der Lage wäre und aus Eigenem nicht hätte Ordnung machen können, von A bis Z erfunden sind."

Ach so, atmete Bronstein erleichtert auf. Anscheinend hatten
die Nationalsozialisten wieder einmal auf Gräuelpropaganda
gesetzt und weiß Gott was erfunden, um ihren Einmarsch im
Nachbarland zu legitimieren. Wenigstens das hatte Schuschnigg noch klarstellen können, wenngleich es wohl nichts mehr
nutzen würde, dachte Bronstein bitter. Die Briten und die Franzosen würden keinen Finger rühren für ein Land, das sie schon
1918 nicht gemocht hatten. Und der Glatzkopf in Rom war
seit seinem verunglückten Afrika-Abenteuer von Hitler abhän-
gig, der würde sich auch nicht mehr für Österreich exponieren.
Österreich war auf sich selbst angewiesen.

„Der Herr Bundespräsident beauftragt mich, dem österreichischen Volk mitzuteilen, dass wir der Gewalt weichen." Na
bitte, da war sie, die Kapitulation. Österreich war tatsächlich
verloren. Und er mit ihm!

„Wir haben, weil wir um keinen Preis, auch in dieser ernsten
Stunde nicht, deutsches Blut zu vergießen gesonnen sind, un-
serer Wehrmacht den Auftrag gegeben, für den Fall, dass der
Einmarsch durchgeführt wird, ohne wesentlichen …"

Plötzlich stockte der Sprecher. Sollte das eine geheime
Botschaft sein, die in der Stunde der Not dazu aufrief, die
Unabhängigkeit des Landes doch zu verteidigen? Bronstein
schöpfte wieder Hoffnung. Vielleicht ging es darum, an einigen zentralen Stellen Position zu beziehen, sich so lange zu
wehren, bis London und Paris nicht mehr wegsehen konnten,
vielleicht …

„... ohne Widerstand, sich zurückzuziehen und die Entscheidungen der nächsten Stunde abzuwarten."

Das war es also. Er hatte sich einfach versprochen. Nicht einmal zu einem symbolischen Akt hatte dieses kümmerliche Regime den Mumm. Verbitterung stieg in Bronstein auf. Am liebsten hätte er sich spornstreichs betrunken. Doch irgendetwas hielt ihn am Radiogerät. Er wollte nun auch das Ende der Rede hören.

„Der Herr Bundespräsident hat den General der Infanterie Schilhawsky, den Generaltruppeninspektor, mit der Führung der Wehrmacht betraut. Durch ihn werden weitere Weisungen an die Wehrmacht gegeben." Schuschnigg holte noch einmal kurz Luft: „So verabschiede ich mich in dieser Stunde von dem österreichischen Volk mit einem deutschen Wort und einem Herzenswunsch: Gott schütze Österreich!"

Bronstein glaubte, seinen Ohren nicht trauen zu dürfen. Dieser Auftritt war ja noch erbärmlicher gewesen, als eingefleischte Regimegegner hätten annehmen dürfen. Das konnte doch unmöglich alles sein! Die Rede war gleichwohl zu ihrem Ende gekommen. Im Hintergrund hörte man ein paar verlorene Stimmen „Österreich" murmeln, ehe der Radiosender abblendete und die österreichische Bundeshymne einspielte, die freilich auch schon als die deutsche Hymne verstanden werden konnte, denn die Melodie war ja dieselbe. Und doch klang die gespielte Version so ganz anders als jene, die üblicherweise aus Deutschland zu hören waren. Hier kam kein martialischer Marsch zum Vortrag, sondern ein melancholisches Streichquartett. Es klang wie ein Requiem. Passend, dachte Bronstein und seufzte.

Aber durfte man das alles so einfach hinnehmen? Unterschied sich der Mensch nicht gerade dadurch vom Tier, dass er zu eigenständigem Handeln fähig war? Er konnte es doch unmöglich zulassen, dass ein Mensch wie Seyß-Inquart neuer Kanzler wurde. Immerhin hatte er den Beweis dafür, dass diese Person zwei Morde in Auftrag gegeben hatte. Nun, zumindest einen, falls Schönberger in der Causa Frank auf eigene Faust gehandelt hatte. Und offenbar suchte Präsident Miklas doch ohnehin nach einem Grund, Seyß-Inquart nicht anzugeloben. Wenn er also noch einmal auf den Ballhausplatz eilte? Vielleicht ließe ihn die Präsidentschaftskanzlei unter den gegebenen Umständen vor? Immerhin barg, was er zu sagen hatte, einigen Sprengstoff in sich.

Doch der kurze Moment aufkeimender Euphorie brach sogleich wieder in sich zusammen. Ein kleiner Beamter hatte schon unter normalen Bedingungen keine Chance, des Präsidenten ansichtig zu werden, geschweige denn in Momenten der Staatskrise. Niemals würde er Miklas sprechen können, und es war höchst zweifelhaft, ob ihm irgendeiner seiner Mitarbeiter Gehör schenken würde. So blieb Bronstein nur, erneut zu seufzen. Diesmal vielleicht eine Spur lauter als zuvor.

Während er sich eine weitere Zigarette griff, flog die Tür auf, und Cerny betrat den Raum. Instinktiv sah Bronstein auf: „Hast es schon g'hört?"

„Was heißt g'hört! G'hört und g'seh'n. Links und rechts am Ring sammeln sich die Nazis aus allen Ecken und Enden. Das schaut aus, als gäb es hunderttausend von denen allein in Wien. Und überall heißt es, der Seyß-Inquart wird Kanzler. Ausgerechnet der."

„Ja", schöpfte Bronstein neue Hoffnung, „man müsste den Miklas irgendwie von unseren Ergebnissen in Kenntnis setzen. Dann macht er den Nazis vielleicht doch noch einen Strich durch die Rechnung."

„Schön wär's. Aber dort haben wir keinen Zutritt. Das ist eine Nummer zu groß für uns. ... Und selbst wenn, wir können ja überhaupt nichts beweisen!" Cerny wirkte resignativ.

„Aber wieso? Wir haben doch die Aussage vom Schönberger!"

Cerny sah auf: „Haben wir die? Ich weiß nur, dass er uns in seiner Wohnung allerhand erzählt hat. Aber ich wüsste nicht, dass es davon ein offizielles Protokoll gibt. Und selbst wenn es dieses gäbe ... was zählt die Aussage eines Vorbestraften gegen die eines Ministers und Beinahe-schon-Kanzlers? Im Zweifelsfall sagt der einfach: Davon hab ich nix gewusst! Und wie willst ihm da das Gegenteil beweisen? Und zwar unter den gegebenen Bedingungen?"

„Man müsste halt ..."

„Außerdem", fiel Cerny Bronstein ins Wort, „wird der Schönberger selbst eine hübsche Weile keine Aussage machen können. Das heißt, wenn er überhaupt überlebt. Nein, nein, Oberst, so ein Kronzeuge ist vollkommen wertlos."

„Und wenn wir bluffen? Das haben wir ja auch schon früher gemacht."

„Ja, aber früher ist nicht heute! Ich war entsetzt, wie viele Kollegen ich in der Menge gesehen habe. Alle trugen sie Hakenkreuzbinden. Sogar die, welche hauptamtliche Funktionäre der Vaterländischen Front waren beziehungsweise sind. Also ich an deiner Stell' würd mich auf die Kollegen nicht mehr verlassen."

Bronstein sackte in sich zusammen und starrte auf die Tischplatte. So musste sich ein Verbrecher fühlen, wenn er von Cerny und ihm eindeutig überführt worden war. Wenn die Konsequenzen seiner Tat ihm unausweichlich und alles andere übertönend vor dem inneren Auge erstanden.

Wann beging man überhaupt ein Verbrechen? Wenn man glaubte, damit durchzukommen. So gesehen waren eigentlich alle in dieser Geschichte Verbrecher, denn alle hatten sie geglaubt, für ihre jeweiligen Taten nicht zur Verantwortung gezogen zu werden. Schuschnigg und sein mickriges Regime mit ihrer erbärmlichen Politik. Die Zeitungsmacher mit ihrer Kumpanei der Politik gegenüber. Die Wirtschaftskapitäne, die sich noch schnell rücksichtslos bereichert hatten. Alle gemeinsam hatten sie die Republik und ihre Errungenschaften verspielt. Doch auch er, Bronstein, trug Verantwortung. Er hatte auch geglaubt, er würde davonkommen, wenn er sich einfach nur konformistisch verhielt. Er hatte sich eingeredet, ohnehin alles richtig zu machen. Jetzt aber zeigte sich, dass es kein richtiges Leben im falschen gab. Und Bronstein wusste, dass er auch jetzt, in der entscheidenden Sekunde, nicht den Mut aufbringen würde, der Geschichte in den Arm zu fallen. Und genau dadurch sorgte er selbst für seine unausweichliche Bestrafung, die gnadenlose Konsequenz seines Handelns, beziehungsweise eben seines Nicht-Handelns war. Die Beamten hatten den Staat, so wie er war, gestützt. Sie hatten die Politiker gewähren lassen, auch als schon absehbar war, dass diese das ganze System in den Abgrund führen würden. Nun nahm das Volk all das nicht mehr hin, sondern lief lieber einem Rattenfänger nach, als sich länger mit hohlen politischen Phrasen abspeisen zu lassen, deren Halbwertszeit kürzer war als die von Jod. Wahrscheinlich hatten die Menschen tatsächlich nur auf jemanden gewartet, der ihren Zorn für sie artikulierte und den Kampf für sie ausfocht. Und da der nun gekommen zu sein schien, dieser merkwürdig mystische Retter, wagten sich die Leute aus ihrer Deckung. Was die alte Erkenntnis bestätigte, dass jeder nur so stark war, als man ihm zubilligte. Der Ständestaat fiel wie ein Kartenhaus in sich zusammen, und für seine Beamten bedeutete dies: mitgefangen, mitgehangen.

„Und was machen wir jetzt?", fragte Bronstein beinahe tonlos.

Cerny zuckte mit den Schultern. „Solange der Miklas Widerstand leistet, ist noch nicht alles verloren. Aber gut schaut's nicht aus. Ich kann auf keinen Fall weiter Polizist sein, wenn wir da eine Diktatur der Nazis haben." Ärgerlich blies Cerny Luft aus und ließ sich mit der rechten Gesäßhälfte auf den Tisch plumpsen. „Geh, gib mir auch eine!"

„Echt? Aber du rauchst doch gar nicht!"

„Na und? Außerordentliche Zeiten verlangen nach außerordentlichen Maßnahmen! Außerdem sagst du immer, beim Rauchen kann man besser nachdenken!" Cerny nahm die dargebotene „Donau" entgegen, zündete sie an und tat einen tiefen Zug. Dann hustete er eine Weile, ehe er, endlich wieder zur Ruhe gekommen, einen Augenblick vor sich hinstarrte.

„Du musst weg", sagte er dann.

„Wie bitte?"

„Du musst weg! Zumindest vorübergehend, um die nächsten Entwicklungen aus sicherer Distanz abzuwarten. Wenn die ganze Sache gut ausgeht, kannst immer noch zurückkommen."

„Aber es ist Freitagabend! Wie soll ich da um Urlaub einkommen?" Bronstein wirkte konsterniert.

Cerny lächelte mitleidig. „David, deine Sorgen möcht ich haben. Da geht links und rechts die Welt unter, und du sorgst dich, ob die deinen Urlaubsschein ordnungsgemäß ausgefüllt hast! Nix, du fährst einfach übers Wochenende weg, und am Montag sehen wir dann weiter."

„Am Montag muss ich aber wieder in Wien sein", erklärte Bronstein bestimmt.

„Muss ich in Wien sein", äffte Cerny seinen Vorgesetzten nach. „Du g'fallst mir. Vergiss bitte diesen Blödsinn gleich wieder!"

„Na", winkte Bronstein ab, „ned wegen dem Büro. Wegen dem Lichtbildervortrag über Japan!"

Cerny starrte Bronstein entgeistert an: „Sag, spinnst jetzt komplett?! Da draußen schlagen die Nazis alles kurz und klein, und du machst dir Sorgen, dass d' einen Vortrag über Origami versäumst! Mir scheint, dich haben s' zu heiß gebadet!"

Bronstein fuhr verlegen mit dem Fingernagel über die Tischplatte. „Es warat wegen der Johanna", maulte er schließlich.

„Ah, da schau her! Alles sinkt in Schutt und Asche, und der saubere Herr Oberst wandelt auf Freiersfüßen. Na, ich glaub das alles ned."

„Doch ned a so", fuhr Bronstein auf, „was du dir schon wieder zusammenreimst. Ich hab doch keinen Stand auf die Johanna! Nein, mit der war ich früher einmal irrsinnig gut befreundet, und drum haben wir uns ausgemacht, wir gehen gemeinsam dorthin. Und da kann ich sie doch nicht einfach sitzen lassen, das wäre unhöflich Ende nie. Und Telefon hat s' keines, also kann ich das auch nicht einfach absagen."

Cerny dachte nach. „Weißt was? Du gehst da jetzt einfach hin zur Johanna und klärst das persönlich", sagte er dann.

„Aber das geht doch nicht. ... Der Bericht ... die Lage ... ich muss doch ..."

„Aber gar nichts musst du. Das tut dir eh gut, wennst jetzt auf andere Gedanken kommst. Den Bericht kann ich alleine fertigschreiben, weil da kann praktisch eh nichts Relevantes drinnen stehen. Und an der Lage ändern wir zwei auch nichts mehr."

Bronstein scharrte verlegen mit den Schuhen auf dem Boden. Sein Gewissen sagte ihm, dass er sich in diesem Augenblick nicht einfach davonstehlen konnte. Doch sein Herz gestand sich ein, dass er unter den gegebenen Umständen überall lieber wäre als in seinem Büro. „Und dir machert das nix?", fragte er mit einem hoffnungsvollen Unterton in der Stimme.

„Im Gegenteil. Ich hätt eine Sorge weniger. ... Das heißt, wenn du nachher nach Hause gehst und deinen Kopf nicht irgendwo in die Schusslinie steckst." Dabei lächelte Cerny schmal.

„Keine Angst. Das hab ich nicht vor."

„Na dann, Abmarsch." Cerny machte eine nachlässige Bewegung mit seiner linken Hand und schickte Bronstein aus dem Raum. Der zog sich wieder seinen Mantel an, nickte Cerny noch einmal zu und begab sich sodann auf die Straße. Noch ehe er das Haupttor des Präsidiums geöffnet hatte, hörte er den Lärm, der von unzähligen Demonstranten herrührte, die eben auf die Universität zumarschierten. Immer und immer wieder erklang „Ein Volk, ein Reich, ein Führer" und gellte Bronstein infernalisch in den Ohren. Er schlug den Mantelkragen hoch und hetzte bis zur nächsten Ecke, um dort sofort nach rechts Richtung Maria-Theresien-Straße abzubiegen. Erst als das Gebrüll allmählich ein wenig leiser wurde, wagte er es, vom Laufen in ein schnelles Ausschreiten zu wechseln. Er umkurvte die Votivkirche und kam so zur Schwarzspanierstraße, deren Verlauf er ein Stückchen folgte, bis im Hintergrund die Konturen des Allgemeinen Krankenhauses erkennbar wurden. Dort war kein Mensch zu sehen, und so ging er am Gebäude vorbei, bog dann in die Alser Straße ein und erreichte endlich den kleinen Platz, an dem die Skodagasse ihren Anfang nahm. Dort erst begann er sich ein wenig zu entspannen. Freilich nur, bis ihn die Frage streifte, ob Johanna überhaupt zu Hause sein würde. Mit einer großen Portion Bangigkeit öffnete er das Haustor und machte sich daran, Johannas Stockwerk zu erklimmen.

„Ah, Sie schon wieder! Wissen wir schon was?" Deutlich erklang die blecherne Stimme der Jedlicka in seinem Rücken. „I waaß, dass i nix waaß", gab Bronstein über die Schulter zurück. Als er erkannte, dass die Hausmeisterin sich anschickte, ihm zu folgen, drehte er sich abrupt um und scheuchte sie mit beiden Händen in ihre Wohnung zurück. „Gengans wieder eine, Frau Jedlicka, des is da a sehr heikle Ermittlung. Grod on an Tog wie heut. Also machen S' keine Umständ', gell."

Die Jedlicka überlegte kurz, ob sie sich dieser Anweisung widersetzen sollte, zuckte dann aber nur mit den Schultern, murmelte: „Man wird ja wohl noch fragen dürfen" und zog sich tatsächlich in ihre Wohnung zurück. Bronstein unternahm einen zweiten Versuch, die Treppe zu erklimmen, als mitten auf halbem Wege das Ganglicht ausging. Bronstein fluchte leise und tastete sich dann den Handlauf entlang nach oben. Im ersten Stock angekommen, drückte er auf den Lichtschalter und hatte unmittelbar danach freien Blick auf das Siegel an Suchys Tür. Wenigstens etwas, das noch hielt, dachte er wehmütig und nahm das nächste Stockwerk in Angriff.

Je näher er der Wohnung der Raczek kam, desto mehr verlangsamte er seine Schritte. Was sollte er ihr überhaupt sagen, wenn sie tatsächlich zu Hause war? Hallo, ich wollte nur ein Treffen absagen, das wir gestern vage vereinbart hatten. Warum? Ach, weil die Nazis die Macht übernommen haben, die mich für einen Juden halten, weshalb ich jetzt einmal abtauchen muss, wobei ich nicht einmal weiß, wohin. Ja, ja, das klang wahnsinnig überzeugend.

Bronstein ertappte sich bei dem Wunsch, es wäre umgekehrt. Er hieße Raczek und sie Bronstein. Dann könnte er auf fürsorglich machen und Johanna erklären, er komme nur, um persönlich nach dem Rechten zu sehen, damit sie sich auch in derart stürmischen Zeiten wirklich vollkommen sicher fühlen könne. Doch wenn Cernys Analyse stimmte, dann wäre in diesem Fall Johanna tatsächlich in Gefahr, und das konnte er nun auch wieder nicht wollen. Da war es schon besser, er selbst war gefährdet.

„Ja, David! Was machst denn du da? Bewachst meine Wohnungstür oder was?"

Ohne dass er es bemerkt hätte, war die Raczek hinter ihm die Treppe emporgekommen. Von ihrem Erscheinen überrascht, drehte sich Bronstein um und fuchtelte verlegen mit den Händen herum. „Ich ... äh ..." Sein Versuch, sich zu erklären, scheiterte kläglich.

„Na, komm erst einmal rein", meinte sie, während sie den Schlüssel ins Schloss steckte und die Tür öffnete. Sie stellte ihre Tasche ab und zog dann den Mantel aus. „Magst was trinken? Bier, Wein, Wasser, ...? Einen Tee vielleicht?"

Bronstein stand verlegen hinter der Tür und wusste nicht, wohin mit sich.

„Aber so setz dich doch." Johannas entwaffnendes Lächeln nahm ihm ein wenig von seiner Befangenheit. Sie leerte schnell den Aschenbecher aus und stellte ihn mitten auf den Tisch, wo sich auch eine Schachtel Zündhölzer befand.

„Ein Tee ... mit einem Stamperl ..., das käm jetzt grad recht." Bronstein hatte endlich seine Sprache wiedergefunden. Johanna antwortete mit einem neuerlichen Lächeln, holte eine Schnapsflasche aus der Abwasch hervor und platzierte auch diese vor Bronsteins Nase. Danach wandte sie sich nach links, öffnete ihre Kredenz und griff nach zwei Porzellanhäferln sowie nach zwei Schnapsgläsern. Auch diese kamen sogleich auf der Tischfläche zu stehen, während Johanna umgehend daranging, auf dem Herd Wasser zu kochen.

„Jetzt sag schon, weshalb bist wirklich zu mir gekommen? Hat's was mit den Morden im Haus zu tun? Oder ist dein Besuch privater Natur?" All das sagte sie, ohne sich umzudrehen, sodass Bronstein nicht erkennen konnte, welche Art von Antwort sie erwartete.

„Mein Besuch ist ... privat. Aber den Täter haben wir auch schon, falls dich das beruhigt", fügte er eilig hinzu. Die Raczek wirbelte herum: „Und wer war's?"

„Ein anderer Nazi. Eine interne Abrechnung ..."

„Na klar, jetzt, wo sie den Laden da übernehmen, jetzt schaut jeder, wo er bleibt. Die Räuber streiten sich um die Beute."

Obwohl dieses Bild nicht ganz den Tatsachen entsprach, fand es Bronstein dennoch passend. Wahrscheinlich würden die diversen Nazigrößen bereits eifrig um Posten und Einfluss rangeln, während der Bundespräsident noch mit sich rang, ob er der Erpressung aus Berlin nachgeben oder besser demissionieren sollte. Doch auf Miklas zu hoffen, war in höchstem Ausmaß töricht. Der hatte zwar immer wieder einmal auf den Tisch gehaut, aber wenn es darauf ankam, dann zog er ja doch stets den Schwanz ein.

Der Miklas, dachte Bronstein, während Johanna die Teekanne vorbereitete, um sodann das kochende Wasser einzugießen. Der hatte 1933 geschwiegen, als Dollfuß die Verfassung gebrochen und die Demokratie abgeschafft hatte. Der hatte 1934 geschwiegen, als die Sozialdemokraten inhaftiert und etliche von ihnen hingerichtet worden waren. Der würde letztlich auch jetzt schweigen. Hauptsache, er blieb im Amt! Bronstein wusste nicht warum, aber plötzlich fiel ihm der „Fall Strauß" wieder ein, der vor vier Jahren für Aufsehen gesorgt hatte. Der Strauß war ein halbdebiler Knecht gewesen, der sich an seinem Bauern, der ihn vom Hof gejagt hatte, dadurch rächte, dass er

ihm den Heustadel abfackelte. Die Tat war eine simple Sachbe-
schädigung, doch just zu diesem Zeitpunkt hatte Justizminister
Schuschnigg die Todesstrafe wieder eingeführt, die nicht nur
für Mord, sondern auch für Raub und Brandschatzung galt.
Der Knecht wurde gehenkt, weil er einen Holzschuppen an-
gezündet hatte. Selbst der Kardinal hatte sich damals für den
Mann verwendet, doch Miklas war hart geblieben. Er räumte
dem Strauß gerade zwei Stunden ein, um sich auf seinen Tod
vorzubereiten, dann wurde dem Strauß die Schlinge um den
Hals gelegt. Während der Mann sein Leben verlor, ging der
Herr Bundespräsident dinieren. Eigentlich hätte man damals
schon ahnen müssen, wo so etwas enden würde.

„Du bist ja gar so schweigsam! Was bedrückt dich denn? Die
politische Lage? Das tät ich nämlich versteh'n!"

Die Raczek hatte nun auch den Tee auf den Tisch gestellt und
gegenüber Bronstein Platz genommen.

Bronstein räusperte sich und holte tief Luft: „Johanna, ich
erzähl dir jetzt was, das dürfte ich dir wahrscheinlich gar nicht
sagen, aber in Zeiten wie diesen ist das wohl auch schon egal.
Der Suchy war wirklich ein Perversling, und deshalb hat er seinen Parteifreunden nicht mehr ins Bild gepasst, und sie haben
ihn liquidiert. Den Auftrag dazu hat ein Mann gegeben, der
vielleicht jetzt grade zum Bundeskanzler ernannt wird. Kannst
du dir das vorstellen?"

„Ja", entgegnete die Raczek knapp, während sie Bronstein Tee
einschenkte, „die sind einfach zu allem fähig. Aber tröste dich,
der wird das nicht lange sein. … Bundeskanzler, mein' ich."

Bronstein sah sie überrascht an: „Du glaubt, der wird gestürzt?
Ja, von wem denn? Ist ja niemand mehr da, der sich noch wehren könnt'! Die Arbeiter sind ja nicht einmal mit diesem blut-
leeren Anwalt fertiggeworden, wie sollen sie da die Nazis …"

Johanna legte die Hand auf Bronsteins Unterarm und sah ihm tief in die Augen: „Ich fürchte, du hast mich missverstanden. Ich meine natürlich, es kommt noch schlimmer. Daher auch meine Frage vorhin."

„Noch schlimmer?" Auf Bronsteins Gesicht malte sich blankes Entsetzen. „Wie kann es denn noch schlimmer kommen?"

„Die Nazis halt' jetzt nix mehr auf Die marschieren ein. Egal, ob ihnen hier die Macht gegeben wird oder nicht. Österreich ist Geschichte, David! Ab morgen ist das nur noch eine hintere Provinz des Tausendjährigen Reiches …"

Bronstein schnappte nach Luft. „Aber das ist doch absurd. Eine Kulturnation wie Österreich, die kann doch nicht einfach von der Landkarte verschwinden …"

„Das haben meine Polen auch geglaubt. Und trotzdem wurden sie einfach zwischen Österreich, Preußen und Russland aufgeteilt, wenn du dich erinnerst."

„Aber, Johanna, ned bös sein, das ist doch etwas ganz anderes …"

„Wieso sollte das etwas anderes sein? Wir hatten auch eine jahrhundertealte Tradition. In Polen herrschten schon Könige, da gab es hier in Wien nur einen kleinen Landgrafen. Der Wawel in Krakau birgt die Gräber von Herrschern, deren Regierung von Schlesien bis an die finnische Grenze reichte. Ohne unseren Sobieski würde heute über Wien die Fahne mit dem Halbmond wehen. Und trotzdem wurde unser Land nur hundert Jahre nach der Befreiung Wiens einfach zerschlagen. So wird es jetzt auch mit Österreich geschehen."

Bronstein begann zu schwitzen. So hatte er die Sache noch gar nicht gesehen. Er hatte sich schon genug davor gefürchtet, dass Seyß-Inquart Kanzler und er aus dem Polizeidienst entlassen werden würde. Aber dass Österreich buchstäblich in das Dritte Reich inkorporiert werden könnte, diese Überlegung war ihm bislang nicht gekommen.

Was hieß das überhaupt für ihn? Er würde automatisch zu einem Bürger zweiter Klasse werden, denn dann galten die Nürnberger Gesetze auch für ihn. Bronstein ärgerte sich, diese nicht beizeiten besser studiert zu haben. Er selbst war wie seine Eltern Protestant. Sein Großvater war seinerzeit konvertiert. Aber zählte das überhaupt? Verdammt, er saß ja noch tiefer in der Klemme, als er bisher angenommen hatte!

„Siehst du, genau das hat mich auch zu dir geführt", begann er vorsichtig. „Egal, ob die Nazis nun österreichisch oder deutsch sind, für mich wird die Lage hier unhaltbar. Und daher werde ich mir den Vortrag über Japan wohl nicht anhören können."

In seinen Augen spiegelte sich eine unendliche Traurigkeit, die auch Johanna anrührte.

„Das ist ja echt süß von dir, dass du in einer solchen Situation an mich denkst", bemühte sie sich um ein Lächeln, „aber keine Sorge, ich verstehe dich voll, denn für diese Trottel giltst du ja sicher als Volljude."

„Als Volljude?" Bronstein bemühte sich um einen zweifelnden Gesichtsausdruck.

„Na ja, ich nehme einmal an, dass deine Großeltern noch Juden waren, oder?"

„Äh, ja. Zumindest mütterlicherseits, denn der Vater meines Vaters ist mitsamt seiner Frau zum Protestantismus konvertiert."

„Tja, das nützt dir nix. Für die Nazis heißt das nach den Nürnberger Gesetzen, du bist Volljude. Bestenfalls, wenn sie die Konversion deines Opas anerkennen, bist du Mischling ersten Grades …"

„Aber ich bin doch bitte Protestant!", empörte sich Bronstein, „und im Feld war ich auch! Zählt das etwa gar nichts?"

Johanna schüttelte langsam den Kopf. „Für die nicht."

Bronstein nahm sich eine Zigarette und merkte, dass er zitterte. Johanna streichelte ihm über den Arm.

„Japan wird wirklich ohne uns auskommen müssen. Das heißt, wenn der Vortrag jetzt überhaupt noch stattfindet. … Ich werd auch nicht dableiben. … Wer will unter so einem Regime schon leben? War ja das alte schon schlimm genug!"

Bronstein sah auf: „Und wo gehst du hin?"

„Ich hab Verwandte in Polen. Ein kleines Nest nahe Krakau. Heißt Andrychow. Dort werde ich einmal Station machen. Und dann sieht man weiter. Vielleicht holt mich die Modotti ja nach Mexiko."

Dabei lachte sie, wurde aber sogleich wieder ernst. „Und du?"

„Ich hab keine Ahnung. Eigentlich hab ich ja geglaubt, ich tauch nur übers Wochenende ab. So auf den Semmering oder so. Aber jetzt, wo mir so richtig bewusst wird, dass wir gerade das Ende eines Landes erleben, das Jahrhunderte das Schicksal der Welt bestimmte, jetzt frag ich mich natürlich schon, ob ich nicht … ich mein', … dauerhaft … nicht?"

Die Raczek blickte auf die Uhr: „Bald ist's zehn. Der letzte Zug Richtung Warschau geht um Mitternacht. Den könnten wir noch kriegen!"

„Du meinst, jetzt sofort?"

„Na klar – warum nicht?! Worauf willst denn noch warten?"

„Aber das geht doch nicht. Ich müsste erst packen. Und mich verabschieden. … Jessas, ich war heuer noch nicht einmal am Grab von meinen Eltern!"

Johanna stemmte die Hände in die Hüften: „Wie du glaubst. Aber wennst jetzt nicht mit mir fahrst, dann dauert's wieder 25 Jahre, bis wir uns wiedersehen!"

Bronstein lächelte bitter: „Ja, da betreust mich dann im Altersheim …"

Der Blick der Raczek blieb unverwandelt. Erst jetzt nistete sich bei Bronstein ein Gedanke ein. „Das … war ein Angebot?", fragte er ungläubig.

„Eigentlich ja", entgegnete sie.

„Na, wie hätt ich denn ahnen sollen, dass so eine fesche Frau … mich alten Deppen … na ja, anziehend findet."

Die Raczek prustete los: „Sei mir nicht bös, David. Aber so war das auch wieder nicht g'meint. Ich hab gedacht, wir könnten gemeinsam palessieren. Ans Heiraten hab ich jetzt nicht gedacht."

Ich auch nicht, dachte sich Bronstein, behielt seine Gedanken aber für sich. Viel mehr beschäftigte ihn der eigentliche Inhalt der Raczek'schen Aussage. Das war ja klar gewesen. Eine so schöne, kluge und selbstbewusste Frau wie sie dachte natürlich nicht im Traum daran, sich mit einem alten Wrack wie ihm einzulassen. Wie hatte er bloß annehmen können, dass jemand wie sie jemanden wie ihn attraktiv finden könnte.

Er räusperte sich. „Wir sollten keine Zeit mehr verlieren. Du nicht, und ich auch nicht. Du solltest packen, wenn du heute noch einen Zug erwischen willst, und ich muss nach Hause, um mir zu überlegen, was ich jetzt als Nächstes mache." Er trank den Tee aus und stand auf. „Danke für den Tee und den Schnaps. … Ich muss dann … gehen."

Noch einmal berührte Johannas Hand seinen Arm: „Du bist jetzt aber nicht eing'schnappt, gell?!" Dabei sah sie ihn aus ihren großen Augen fragend an.

„Na", er machte eine wegwerfende Handbewegung, „natürlich nicht. Aber es ist, wie du sagst. Die Lage ist ernst. Und daher müssen wir reagieren. Und das schnell."

Nun stand auch die Raczek auf. Sie trat auf Bronstein zu und umarmte ihn. Dann blickte sie ihm direkt in die Augen: „David, ich wünsche dir von ganzem Herzen alles Glück der Welt. Du verdienst es. Schau, dass du gut durchkommst. Und wer weiß, wenn der ganze Spuk vorbei ist, dann schau'n wir, dass wir uns wiedersehen."

Sein Mund war so trocken, dass Bronstein nichts sagen konnte. So nickte er nur.

„Ich sag dir was", lachend stupste sie ihn in die Seite. „Wir gehen zum ersten Volksbildungsvortrag in der Urania, nachdem die Nazis Geschichte sind. In Ordnung?! Egal, worum es geht. Treffpunkt dort."

Bronstein zog gleichfalls die Mundwinkel nach oben: „In Ordnung. Abgemacht!" Sie drückten sich aneinander, dann riss sich Bronstein los, nickte Johanna noch einmal zu und verließ die Wohnung.

Er ignorierte den Fluch der Jedlicka, die eben das Haustor abgesperrt hatte und es wegen seines Erscheinens noch einmal öffnen musste. Ohne weiter auf die Hausmeisterin zu achten, trat er ins Freie und starrte in den tiefschwarzen Nachthimmel. Am besten, so sagte er sich, war es, wenn er tatsächlich nach Hause ging und seine Sachen packte. Fürs Erste ging er vielleicht in eine Pension aufs Land. Irgendwo in Grenznähe, damit er im Fall des Falles schnell flüchten konnte. Mit der Straßenbahn Richtung Pressburg, das wäre eine Lösung. Da war es dann ein Leichtes, in die Tschechoslowakei auszuweichen, wenn es wirklich hart auf hart kommen sollte. Dieser Gedanke beruhigte ihn einigermaßen, und er lenkte seine Schritte Richtung Innenstadt.

Er hatte kaum die Zweierlinie erreicht, als er merkte, wie sehr ihm der Magen knurrte. Kein Wunder, er hatte seit Mittag nichts mehr gegessen. Aber wo würde er um diese Zeit noch etwas bekommen? Instinktiv bog er am Landesgericht nach rechts ab und hielt auf die Josefstädter Straße zu. Dort gab es das Gasthaus „Zur Stadt Belgrad", in welchem die Taxifahrer verkehrten. Daher würde es dort auch um halb elf noch etwas zu essen geben. Vor allem konnte man dort vor allfälligen Nazis sicher sein, denn das „Belgrad" war für seine politisch eher links stehende Klientel bekannt. Im Gegensatz zum gegenüberliegenden Wirtshaus „Zur Stadt Paris", wo das Kleinbürgertum eher rechten Ideologien anhing. Ein altes Bonmot besagte, die beiden Lokale lägen nicht zufällig auf der linken bzw. rechten Seite der Straße.

Als Bronstein das „Belgrad" betrat, befanden sich nur ein paar Personen im Schankraum, die um den Radioapparat versammelt waren. Er bestellte schnell ein kleines Gulasch und ein Seidel Bier, dann schloss er sich der Gruppe an. Während er sich eine Zigarette anzündete, fragte er nach den letzten Neuigkeiten. „Sie haben grad g'sagt", erklärte einer, „um elfe gibt's eine offizielle Erklärung."

Na, bis dahin konnte er wenigstens noch sein Gulasch essen. In der Tat legte er eben die Serviette auf den leeren Teller, als das Stundenzeichen erklang und ein Nachrichtensprecher anhob. Der Wirt stellte den Apparat lauter: „Der Bundespräsident hat unter dem Druck der innenpolitischen Lage den Bundesminister Seyß-Inquart mit der Führung des Bundeskanzleramtes betraut."

Nun war es also wirklich geschehen. Bronstein verschlug es die Sprache. Bis zuletzt hatte er irgendwie gehofft, er würde sich irren, und die Situation würde doch noch eine Wendung zum Guten nehmen. Doch nun wusste er, er hatte sich getäuscht. Eilig zahlte er und sah zu, dass er wieder auf die Straße kam. Jetzt zählte jede Minute. Er hetzte über die breite Straße und lief die Stadiongasse entlang. Als er die Reichsratsstraße überqueren wollte, raste eine schwere Limousine daher, in der Leute in SA-Uniformen saßen. Der Fahrer musste abrupt abbremsen, um Bronstein nicht zu überfahren. Ein SA-Mann kurbelte das Fenster herunter und schrie Bronstein an, er solle sich gefälligst zum Teufel scheren. Dieser Moment genügte Bronstein, um zu erkennen, dass im Fond des Wagens Bürgermeister Schmitz saß. Er trug Handschellen und wirkte einigermaßen ramponiert. Offenbar hatten die Nazis bereits begonnen, ihre politischen Gegner zu verhaften. Unwillkürlich hielt Bronstein den Atem an und sah eilig zu Boden. Doch der SA-ler beachtete ihn nicht weiter und war in der nächsten Sekunde auch schon in Richtung Justizpalast entschwunden.

Bronstein erreichte nun endlich den Ring und wandte sich nach rechts. Fassungslos registrierte er, dass am Parlament bereits Hakenkreuzfahnen aufgezogen worden waren. Es war erstaunlich, wie schnell alles vor sich ging. Normalerweise dauerten derartige Dinge immer eine hübsche Weile, wie er noch gut aus der Zeit des Übergangs von der Monarchie zur Republik in Erinnerung hatte. Damals hatte man noch Monate hindurch wie selbstverständlich die monarchistischen Insignien verwendet, sei es nun aus Sentimentalität oder aus Sparsamkeit gewesen. Nun aber verschwand der Dollfuß-Staat von einer Minute auf die andere, was denn doch bemerkenswert erstaunlich war. Bronstein konnte sich des Eindrucks nicht erwehren, dass all diese Schritte schon seit Monaten minutiös geplant worden waren.

Aber das passte ja perfekt ins Bild. Schon seit Schuschnigg einen Monat zuvor in Berchtesgaden vor Hitler in die Knie gegangen war, musste man mit einer braunen Zukunft Österreichs rechnen. Und genau das hatten die Nazis selbst offensichtlich auch getan. Sie hatten sich bereitgehalten und triumphierten nun in Anbetracht ihres Sieges. Von überall kamen sie hervorgekrochen, selbst bei den beiden Museen hatte sich eine Gruppe in braunen SA-Uniformen eingefunden, die lautstark irgendwelche Parolen skandierte. Bronstein schlug den Mantelkragen hoch und hastete in der Hoffnung, nicht aufzufallen, weiter. An der Babenbergerstraße vorbei, näherte er sich endlich der Oper. Wenn er erst einmal zu Hause war, dann würde er sich in Sicherheit befinden, sagte er sich, doch sogleich packte ihn wieder die Panik. Den Schmitz hatten sie ja offenbar auch aus seiner Dienstwohnung geholt. Warum also sollte sein Domizil ein sicherer Ort sein?

Bronstein erinnerte sich, während er den Platz rund um die Oper passierte, wie anno 1934 die Sozialdemokraten der Reihe nach verhaftet worden waren. Die Dollfuß-Leute hatten sich einfach die Auszüge aus den Melderegistern geholt und waren danach vorgegangen. Der Verhaftung entgangen war nur, wer eben nicht zu Hause genächtigt hatte. Er war bereits vor seinem Haustor angekommen, als ihn exakt dieser Gedanke streifte.

War er wirklich gefährdet? Sollte er in einem Hotel übernachten? Allmählich anwachsender Lärm ließ ihn nach links blicken. Ein weiterer Sturmtrupp marschierte in Richtung Kärntner Straße, und einem spontanen Impuls folgend, schloss Bronstein das Haustor auf, um hinter diesem Deckung zu suchen. Und da er nun ohnehin schon im Gebäude war, konnte er sich tatsächlich auch in seine Wohnung begeben. Die nächsten Stunden, so versuchte er sich zu beruhigen, würden die Nazis mit Feiern verbringen, da konnte er wenigstens ein paar Stunden Schlaf finden. Und der erste Zug nach Norden ging ohnehin erst gegen sechs Uhr morgens, also hätte es gar keinen Sinn, sich länger als nötig am Bahnhof herumzutreiben.

Bronstein stellte fest, dass er Mühe hatte, die Wohnungstür zu öffnen, denn seine Hände zitterten konstant. Er benötigte mehrere Anläufe, um endlich das Schlüsselloch zu treffen. Mit fahrigen Bewegungen riss er die Tür auf und griff, kaum im Inneren seiner Behausung angelangt, automatisch nach dem Schnaps. Er genehmigte sich ein größeres Quantum und linste dann auf seine Uhr. Wenn er seinen Augen noch trauen konnte, dann standen die Zeiger exakt auf Mitternacht. Dem Lande schlug die letzte Stunde.

III.

Samstag, 12. März 1938

Bronstein nahm einen weiteren kräftigen Schluck und kämpfte sich dann, leicht taumelnd, zu seinem Radioapparat durch. Im zweiten Versuch gelang es ihm, diesen einzuschalten. „… hat Bundespräsident Miklas die ihm vorgeschlagene Ministerliste genehmigt. Bundeskanzler Arthur Seyß-Inquart. Vizekanzler Edmund Glaise-Horstenau …"

Bronstein verzichtete darauf, sich nachzuschenken, er bediente sich nun direkt an der Flasche, während die Radiostimme einen bekannten Nazi-Namen nach dem anderen verlautbarte. Hugo Jury, Anton Reinthaller, Ernst Kaltenbrunner. Gegen all diese Leute hatte die Polizei noch bis vor wenigen Tagen ermittelt. Nun waren sie Minister. Unwillkürlich musste Bronstein, nachdem ihm ein Rülpser ausgekommen war, lachen. Theoretisch war nun der sattsam berüchtigte und gerichtsnotorisch mehr als bekannte Ernst Kaltenbrunner sein neuer oberster Vorgesetzter. „Der Kaltenbrunner", lallte Bronstein und lächelte still in sich hinein. Der zählte schon seit 1930 zu den Spitzen der gefürchteten SS und hatte sich am Juliputsch gegen Dollfuß beteiligt. Wegen Hochverrats hatte er zwei Jahre im Gefängnis gesessen, seitdem galt er als deutscher Spion in Österreich, der Himmler über jeden Furz, der in Österreich gelassen wurde, umgehend informierte. Der würde es nicht dabei bewenden lassen, Bronstein einfach zu pensionieren. Der würde ihn mit nassen Fetzen aus der Polizei davonjagen. Nein, mehr noch, er würde Bronstein von seinen eigenen Kollegen verhaften lassen.

Aber damit war wenigstens der Würfel gefallen, dachte Bronstein bitter, während er nochmals einen kräftigen Schluck aus der Flasche nahm, um sodann ein schmatzendes Geräusch von sich zu geben, das in einen dumpfen Rülpser überging. Er musste unbedingt abtauchen. Wenn schon nicht ins Ausland, dann zumindest irgendwohin, wo man ihn nicht sofort vermuten würde.

Doch er konnte unmöglich ohne Gepäck verschwinden, denn niemand vermochte zu sagen, wie lange er sich versteckt halten musste. Er stellte die Schnapsflasche ab und zog umständlich seinen Koffer unter dem Bett hervor. Um sich von dieser Anstrengung ein wenig zu erholen, setzte er sich für einen Augenblick an den Bettrand.

Befand er sich auf hoher See? Auf einem Schiff, das in einen schweren Sturm geraten war? Oder rüttelte ein Erdbeben an den Grundfesten seines heimatlichen Gemäuers? Bronstein kam vollkommen verwirrt zu sich und registrierte, dass er noch lebte und zu Hause war. Er war schweißnass, und eine heftige Übelkeit hielt ihn in ihren Klauen. Der Magen krampfte sich zusammen, und erneut hatte Bronstein das Gefühl, sein Bett könnte auch sein Grab werden.

Wie betäubt schwankte Bronstein aus dem Zimmer. Er rang nach Atem. Ihm war schwindlig. Unweigerlich fiel ihm wieder die Nacht auf Donnerstag ein. Ob er eine neue Attacke bekam? Diesmal eine echte? Nein, sagte er sich. Dies war nur die Folge der Nachrichten, die er eben bekommen hatte. Er musste ruhig Blut bewahren. Noch war nichts verloren. Es brauchte nur ein wenig Gelassenheit, um die Dinge genau durchdenken zu können. Bronstein presste die Hand an die Brust und stützte sich mit der anderen am Türstock ab.

„Es zittern die morschen Knochen …"

Laut und drohend klangen die verzerrten Rhythmen der SA-Hymne von der Straße in seine Wohnung. Sie marschierten also immer noch! Wahrscheinlich wusste mittlerweile auch der letzte Dorftrottel im entlegensten Gebirgsdorf darüber Bescheid, dass Schuschnigg einfach so die Waffen gestreckt hatte.

Es klopfte.

Bronstein hielt den Atem an. Suchten sie schon nach ihm? War die Stunde der Abrechnung schneller gekommen, als es der kühnste Alptraum hätte vermuten lassen? Bronstein versuchte, das Licht zu löschen, und kam sich im selben Moment töricht vor. Natürlich wussten sie, dass er zu Hause war. Ein verdunkeltes Zimmer änderte daran nichts mehr.

Abermaliges Klopfen.

Bronstein rang mit sich. Was sollte er tun? Fieberhaft überlegte er, wo sich seine Dienstwaffe befand. Doch wenn sie wirklich kamen, um ihn zu holen, dann würde ihm seine Pistole auch nichts mehr helfen, denn dann standen da vor der Tür sicher nicht nur zwei ahnungslose HJ-ler, sondern fraglos ein ganzer Trupp SA-Leute. Er konnte vielleicht einen oder zwei von denen erwischen, doch dann wäre er zersiebt, und die Geschichte hatte sich.

„David", zischte eine Stimme, die ihm nur allzu vertraut vorkam, durch die Tür.

„Ich bin's. Cerny! Mach auf, um Himmels willen."

Bronstein wollte zur Tür fliegen, sie aufreißen und Cerny anschließend umarmen. Doch seine Beine gehorchten ihm kaum. Mit Gummiknien schlurfte er vorwärts, so, als wäre er in wenigen Augenblicken um Jahrzehnte gealtert. Endlich hatte er die Schnalle erreicht. Umständlich hantierte er an der Sicherungskette herum, bekam sie um ein Haar nicht auf. Der Schweiß trat ihm auf die Stirn, und er keuchte, als grübe er allein einen

Tunnel durch einen Berg. Nach einer schieren Ewigkeit sprang das Schloss auf.

„David, Menschenskind! Du machst mir Spaß! Weißt du nicht, was los ist?!"

Bronstein beantwortete Cernys vorwurfsvolle Frage mit einem Nicken. Er verspürte das dringende Bedürfnis, sich zu setzen, und hielt sich an der Kommode fest, um nicht das Gleichgewicht zu verlieren.

„David! Du musst weg! Sofort! Die verhaften überall Leute! Ich sage dir, die gehen nach eigenen Listen vor. Und nach der Geschichte mit dem Suchy stehst du sicher auch drauf."

Bronstein breitete in unendlicher Langsamkeit seine Arme aus: „Wohin soll ich denn?"

Sosehr er sich auch bemühte, es gelang ihm nicht zu verhindern, dass sich seine Augen mit Wasser füllten. „Ich kenne doch niemanden. Nirgendwo." Seine Resignation sprach aus jedem einzelnen Wort.

„Halb so schlimm", bemühte sich Cerny um Optimismus, „ich hab das schon organisiert. Wir müssen nur noch sehen, dass wir dich zum Franz-Josefs-Bahnhof bringen. Wenn du erst in der Tschechoslowakei bist, dann bist du gerettet."

„Ich? Und was ist mit dir?"

„Um mich geht es jetzt noch nicht. Jetzt müssen wir einmal dafür sorgen, dass du hier rauskommst. Und das schnell. Es kann sich nur noch um Minuten handeln. Also tut allerhöchste Eile not."

„Aber ... wohin ... denn?"

„Olomouc. Meine Heimatstadt. Und es würde mich nicht wundern, wenn dort jemand auf dich warten würde, der bereit wäre, sich um dich zu kümmern." Dabei lächelte Cerny aufmunternd.

„Aber … wer … sollte … das denn sein?" Bronsteins Ratlosigkeit war evident.

„Na die Jelka, du Einfaltspinsel. Ich hab sie vor einiger Zeit kontaktiert. Sie ist eingeweiht. Also jetzt mach schon. Die Zeit drängt!"

Auf Bronsteins Gesicht zeigte sich ein seliger Ausdruck. Jelka! Wie lange hatte er sie schon nicht mehr gesehen? Über zehn Jahre. Überschlagsmäßig. Jetzt musste er sich erst recht setzen.

Ganz langsam wandte er sich um und hielt auf einen Sessel zu, während Cerny daranging, aus dem Zimmer den Koffer zu holen, in den er wahllos ein paar Kleidungsstücke packte. Dann blickte er auf. „Nein, David, du setzt dich jetzt nicht nieder! Du suchst gefälligst die Sachen zusammen, die dir ein besonderes Anliegen sind. Fotos, Bücher, die goldene Uhr. Alles andere musst du hier lassen."

Bronstein hob den Kopf: „Aber meine Personaldoku…"

„Brauchst du nicht."

Cerny fingerte einen tschechoslowakischen Reisepass aus seiner Hemdtasche. „Da, habe ich extra für dich anfertigen lassen. Dein Bild ist echt. Habe ich aus der Stammrolle im Präsidium entwendet. Du heißt Josef Tauber und bist Handlungsreisender aus Nikolsburg in Mähren. Dein Geburtsdatum habe ich unverändert gelassen. Du musst dir nur merken: Josef Tauber." Damit drückte er Bronstein das Dokument in die Hand. Dieser musterte es überrascht.

„Die Fälschung ist nicht besonders gut, ich weiß", schränkte Cerny ein, „aber die Zeit drängte. Und einer oberflächlichen Überprüfung hält der Pass stand. Also wenn sie keinen Verdacht hegen, dass du nicht Josef Tauber bist, kommst du damit durch. Aber jetzt, gemma, gemma. Es pressiert!"

„Aber wieso?" Bronstein blickte ratlos zu Cerny auf.

„Weil die Grenze dichtgemacht wurde. Die lassen keine Personen mit österreichischen Dokumenten durch im Moment. Ich hab das aus sicherer Quelle erfahren. Du weißt, ich hab ja nach wie vor Kontakte nach drüben. Um elf ist gestern der letzte Zug abgefahren, und den haben sie schon nicht mehr durchgelassen. Jetzt hängen tausende Österreicher zwischen der Grenze und Břeclav im Niemandsland und können nicht vor und zurück. Deshalb müssen wir auf Nummer sicher gehen. Und deshalb musst du dir jetzt auch einen Satz ganz genau einprägen: Jsem občan Československé republiky. Hast du das verstanden? Das musst du unaufgefordert sagen, denn natürlich musst du so wirken, als verstündest du Tschechisch. Und das geht am besten, wenn du in die Offensive gehst. Verstanden? Also: Jsem občan Československé republiky. Merken!! Und jetzt gemma, gemma!"

Cerny klatschte in die Hände und machte Bronstein Beine. Endlich kam Bewegung in diesen. Tatsächlich raffte Bronstein nun einige Sachen aus seinem Schreibtisch zusammen, holte noch ein paar Fotografien von den Wänden und aus den Bücherregalen. Dann hielt er einen Moment inne und griff schließlich noch nach Musils „Mann ohne Eigenschaften". „Das ist das Beste, was ich aus Österreich mitnehmen kann", sagte er wehmütig und legte das Buch zuoberst in den Koffer.

Cerny schloss ihn und hob ihn an. „Alsdern, Herr Tauber, pack ma's. Das Taxi wartet nicht."

Er öffnete die Tür und linste nach links und nach rechts. Als er zu der Überzeugung gekommen war, dass die Luft rein war, winkte er Bronstein, ihm zu folgen. Cerny nahm bereits die ersten Stufen, als er spürte, dass Bronstein nicht hinter ihm war. Er drehte sich um. „Was ist denn, in Gottes Namen?"

„Na, ich muss doch zusperren", protestierte Bronstein.

„Wozu?", zischte Cerny. „Die treten die Tür ohnehin ein. Vergebene Liebesmüh! Jetzt komm endlich!" Cerny ging die paar Schritte zurück, schnappte Bronstein am Ärmel und zog ihn mit sich. Dieser konnte gerade noch den Schlüssel aus dem Schloss ziehen, dann stolperte er hinter Cerny die Treppe abwärts.

Am Haustor wiederholte sich die Szene. Wieder lugte Cerny nach links und nach rechts, dann erst hastete er mit Bronstein über die Straße und drängte ihn in einen dort geparkten Gräf & Stift. Mühsam kurbelte er den Motor an, dann stieg auch er ein und lenkte den Wagen aus der Parklücke.

„Über den Ring können wir nicht fahren, da paradieren die Nazis", sagte er, „ich versuche, auf den Kai zu kommen und dann den Kanal entlang in den Neunten zu fahren." Bronstein nickte matt. Er war ohnehin nicht in der Verfassung, einen klaren Gedanken zu fassen. Geschweige denn, dass er eine vernünftige Route hätte planen können. Cerny hielt auf den dritten Bezirk zu und überquerte dabei die Ringstraße. Beim Heumarkt bog er nach links ein und erreichte so nach einer kleinen Weile die Urania. Von dort ging es nach rechts über die Brücke in den zweiten Bezirk, auf dessen Seite er den Donaukanal entlangfuhr, bis er zur Friedensbrücke kam. Nun war es nicht mehr weit bis zum Bahnhof, und erstmals gestattete sich Cerny ein kurzes Aufatmen.

„Sieht so aus, als hätten wir Glück", sagte er, „wir sind gleich da."

Bronstein zitterte am ganzen Leib, und Cernys Kommentar schien ihn keineswegs zu beruhigen. „Weißt du übrigens, dass der Führer der SS im Anflug ist? Buchstäblich. Er soll irgendwann in diesen Minuten in Aspern landen. Das habe ich noch im Präsidium aufgeschnappt. Und du errätst nie, wer hinausgefahren ist, um ihn dort mit allen Ehren zu empfangen."

Bronstein drehte den Kopf in Cernys Richtung, blieb aber stumm. Dieser wertete das Verhalten des Obersts als Aufforderung, weiterzusprechen. „Der Skubl."

Bronsteins Kinnlade klappte nach unten.

„Gell, das hätten wir uns auch nicht gedacht. So schnell kann's gehen. Gestern noch Rot-weiß-rot bis in den Tod und heute schon Sieg Heil. Ich hoffe nur, diese opportunistische Mistsau kommt mit dieser Tour nicht durch."

Der Fahrer begann zu bremsen, und direkt vor dem Haupteingang des Bahnhofs kam das Vehikel zum Stehen. Cerny drängte den wie betäubt wirkenden Bronstein aus dem Fond. Am Vorplatz wimmelte es von Leuten, sodass Cerny Mühe hatte, seinen Chef durch das Menschenknäuel zu schieben. Endlich erreichten sie die Schalterhalle. Dort sahen sich völlig überforderte Bahnbeamte schier unendlichen Warteschlangen gegenüber. Alles, was zwei Beine hatte, schien ganz dringend verreisen zu wollen.

„Keine Sorge, David, ich mach das schon. Bleib einfach hier und rühr dich nicht von der Stelle. Ich bin sofort wieder da."

Cerny drängte sich nach vor und hielt dabei seine Kokarde hoch. Viele Wartende wichen entsetzt zurück, da sie nicht wussten, ob Cerny noch österreichische oder schon deutsche Polizei war. Auf diese Weise kam Cerny rasch zum Schalter, wo er zwei Perronkarten verlangte, die ihm auch umgehend ausgehändigt wurden. Er nickte dem Beamten kurz zu und kämpfte sich sodann wieder zu Bronstein durch.

„Das wär geschafft. Der Zug nach Brünn, Olmütz und Krakau geht in einer halben Stunde. Bahnsteig 5. Komm, wir gehen dort jetzt hin, verhalten uns dabei aber möglichst unauffällig. Wir wollen uns ja nicht vorzeitig verraten."

Bronstein, immer noch stumm, folgte ihm.

Natürlich war gerade auf diesem Bahnsteig das größte Gedränge. Niemanden zog es in dieser Nacht nach Sigmundsherberg, Horn oder Hollabrunn. Wer in dieser Stunde reiste, der wollte das Land verlassen. Egal wie, egal wohin, Hauptsache weg, lautete die Devise. Das konnte für Bronstein allerdings auch ein Glück sein, es würde der Gestapo schwerer fallen, einen maßlos überfüllten Zug zu kontrollieren. Auf diese Weise mochte Bronstein ihr doch noch entwischen.

Als sie endlich den Perron erreicht hatten, fuhr gerade schnaufend die Garnitur ein. Der Dampf machte es für einige Augenblicke unmöglich, etwas zu sehen. Cerny unterdrückte den Hustenreiz und schnappte Bronstein am Ärmel. Er schob ihn in Richtung Waggon und drängte ihn dann dazu, einzusteigen. Cerny folgte ihm.

„Am besten, wir nehmen einen Waggon ohne Abteile. Da kannst du im Zweifelsfall noch reagieren, wenn doch etwas passiert. Du setzt dich einfach in die Mitte des Wagens und siehst zu, immer beide Seiten im Blick zu haben. Verstanden?"

„Aber …"

„Siehe da, er spricht ja doch noch", sagte Cerny mit dem Anflug eines Lächelns. „Was aber?"

Doch Bronstein schwieg schon wieder. Sie durchquerten mehrere Waggons, ehe sie endlich auf einen stießen, der durchgehend mit Sitzbänken ausgestattet war. Dort platzierte Cerny seinen Oberst, der dies kommentarlos mit sich geschehen ließ. Cerny hatte Mühe, aufrecht stehen zu bleiben, denn die massenhaft in den Zug drängenden Menschen verwandelten den Waggon innerhalb weniger Augenblicke in ein einziges Tollhaus. „Wenn ich nicht mitfahren will, dann muss ich jetzt schauen, wie ich da rauskomm. Ich will ja schließlich nicht durch das Fenster springen müssen." Dabei bemühte sich Cerny um ein Lächeln.

Bronstein sah aus, als hätte er Fieber. Mit glasigen Augen blickte er unverwandt auf Cerny.

„Also, viel Glück", sagte dieser, „und wenn alles gutgegangen ist, dann schreibt mir eine Karte!"

Cerny schnappte Bronsteins Hand und drückte sie. Dann nickte er ihm noch einmal zu und sah zu, dass er aus dem Wagen kam.

Bronsteins Augen folgten Cerny und sahen diesem auch noch nach, als er sich wieder auf dem Perron befand. Erst als sich Cerny endgültig in der Menge verloren hatte, wanderte Bronsteins Blick wieder zurück in den Waggon, sodass er auch die beiden Männer in ihren langen braunen Ledermänteln nicht mehr sah, die den Zug bestiegen, als dieser langsam aus der Station zu rollen begann.

Bronstein sah stur geradeaus, um die riesigen Hakenkreuzfahnen links und rechts zu ignorieren. Erst als die intensive Bebauung brachliegenden Feldern wich, wagte Bronstein wieder regelmäßig zu atmen.

Er dachte an Jelka und daran, dass vielleicht mit einer 20-jährigen Verspätung doch noch alles gut werden würde.

Jsem občan Československé republiky.

GLOSSAR

a	ein, eine (unbetont)
a, aa	auch (je nach Betonung)
a so	hier: so (a nur verstärkend)
abmarkieren	abtreten
abpaschen	durchbrennen, davonlaufen
abschieben (Schieben S' ab!)	
	sich entfernen (Verschwinden Sie!)
Abwasch	Spüle (meist mit Unterschrank)
afile	insbesondere
afoch	einfach
alsdern	alsdann, also
amoi	einmal
an	einen
Antoni am Letzten	
	Da ist Antoni am L.: etwa:
	Da schlägt's dreizehn
aufganseln	erregen, aufgeilen
außekraxeln	herausklettern
Bachener	Schwuler
Bagage	Gesindel
Bankert	uneheliches Kind; ungezogenes Kind, …
Bascheffer	Schöpfer, Gott
Beuschel	Lunge
Bemmerl	kein B.: nicht von schlechten Eltern
bevur	bevor
birnen	schlagen
Bissgurn	Schimpfwort für zänkische Frau

Blitzgneißer	Mensch von schneller Auffassungsgabe (meist ironisierend verwendet)
brunzen	urinieren (derb)
Budel	Tresen
Burenheidl	Burenwurst, Klobasse
Chuzpe	besondere Frechheit, Dreistigkeit
da	dir
daun	dann
demolt	dann
derleben	erleben
di	dich
doda	hier
Drah di!	Verzieh dich!
Dutteln	Titten, Brüste
eam	ihm, ihn
eicher	euer
eing'naht	unrechtmäßig an sich genommen, hier: eingebuchtet, ins Gefängnis gesteckt
einnehmen a Misse meschine	ein böses Ende nehmen
Einspänner	schwarzer Kaffee mit viel Schlagobers, wird aus einem Henkelglas getrunken
Elisabethpromenade	Standort des Polizeigefangenenhauses (heute Rossauer Lände)
Ezzes	Tipps, Ratschläge
Falott	Gauner, Halunke
Fiaß	Füße
Fuaß	Fuß
Funsen	keifendes Weib
gach	jäh, plötzlich

gemma	gehen wir
Gelt?	Nicht wahr?
G'füllter	Dicker
Gfrast	boshafter Mensch
g'hörat	würde ... gehören
G'lander	Geländer
g'leit	geläutet
Goldfasan	abwertender Ausdruck für einen nach-rangigen NS-Funktionär
Gräf & Stift	Österreichischer Automobilhersteller (ab 1971 Teil von MAN)
Grantscherm	übel gelaunter Mensch
g'schamster Diener	gehorsamster Diener (als Gruß gegenüber Höhergestellten)
Gschamsterer	Verehrer, Liebhaber
Gschrappen	Kinder (despektierlich)
Gschratzen	Kinder (despektierlich)
g'selcht	blasiert
Gspasettln	Unfug, Allotria
Gstell	Gestell, Figur
(sich) gsundsteßen	sich sanieren, von etwas profitieren, (sich) gesundstoßen
Gusch!	(derb:) Schnauze!
Gwirks	Kalamitäten
haaßen	heißen
hackln	arbeiten
Hackn	Arbeit
hacknstad	arbeitslos
Haderlump	Lump, Taugenichts

Haferlschuhe	traditionelles festes Schuhwerk in der Alpenregion
Hahnenschwanzler	
	Erkennungszeichen der Heimwehr (Federn am Hut)
hamma	haben wir
Hast mi?, Host mi?	
	Hast du mich verstanden?
hättat	hätte
Haxn	Bein
Heh, Höh	Polizei
hinterhedackeln	jemandem ergeben folgen
Hobel ausblasen	elegantere Variante des Götz-Zitats
Homen	Haman, im Buch Ester höchster persischer Regierungsbeamter, dessen Genozidplan gegen die Juden scheitert
Homentaschen	spezielles Gebäck für das Purimfest
huasten	husten
i	ich
in aner Tour	unausgesetzt
Itzig	Jude (abwertend)
Jessasmarandana	Jesus, Maria und Anna!, Ausruf der Verwunderung oder des Entsetzens
Jisroel	Israel
Jo mei	Ausdruck der Resignation oder des Desinteresses
Jsem občan Československé republiky	
	Ich bin Bürger der Tschechoslowakischen Republik
Kalafati	Figur im Wiener Prater (Vergnügungspark)
Keuschler	Kleinhäusler

Kieberer	Polizist
Kinderverzahrer	Kinderschänder
Krampen	altes, hässliches Wesen (eigentl. Spitzhacke)
kräu(l)n	kriechen
Krewegerl	schmächtige, schwächliche Person
Kuttenbrunzer	abwertend für Mönch
Liesl	kurz für Elisabethpromenade (Polizei-gefangenenhaus)
ma	man; mir; wir
machen, g'macht	ermorden, ermordet
magerln	ärgern
Masel tov	Viel Glück!
Mauna	Männer
mi	mich
miassat	müsste
Misse meschine	großes Unglück, böses Ende
Moische	Moses
Mordstrara	großes Aufsehen
na	nein
nachher, nochher	(in Fragesätzen) denn, überhaupt
Nasenrammel	wenig Geld
ned	nicht
ned amoi	nicht einmal
nehmat	nähme
niederlegen	ein Geständnis ablegen
nimma	nicht mehr
no, nu	noch
oiso	also
Ölend	Elend
ollaweu	immer; im konkreten Fall: Ausdruck eines Wunsches

palessieren	abhauen, sich davonschleichen
parabern	arbeiten
paschen	krachen
Patschen (die P. strecken)	
	sterben
petschiert	angeschmiert, ruiniert, blamiert, übel dran
Pfeifenstierer	Schimpfwort; untüchtiger Mensch; dünner, großgewachsener Mensch (eigentl. Pfeifenputzer)
Pharisäer	Kaffee mit Rum und Schlagobers
Plutzer	Kopf, Schädel
Pompfineberer	Leichenbestatter
powidl	einerlei
Quiqui	Tod
ratewen	erretten
rauspumpern	herausläuten, durch heftiges Klopfen an der Tür aus dem Schlaf reißen
Rayon	Dienstbereich
reren (röhren)	heulen
Reißerte	Nervenleiden
Rotzpippn	derbes Schimpfwort, Rotzlöffel
sagert	würde ... sagen
Salzamt	nicht existierende Behörde, bei der man sich (eben nicht) beschweren kann
san	sind
Saubartel	Schimpfwort (eigentl. Schmutzfink, unappetitlicher Mensch)
Schas	Furz
schasaugert	schielend
Schale Gold	Kaffee mit reichlich Kaffeeobers
schiach	hässlich

Schleifen	(sich) die S. geben: (sich) töten (nach der von der Pathologie am Fuß befestigten Erkennungsschleife)
Schlucker, armer	Wird in Österreich einer nicht gesicherten Legende nach zurückgeführt auf Philipp Schlucker, der die Mauer um den Lainzer Tiergarten um einen Dumpingpreis errichtet haben und deshalb pleitegegangen sein soll
Schmarr(e)n	Unfug
Schnalle	Klinke
schnitzen	(sich) abschminken, abschreiben, vergessen
schnö(ö)	schnell
schustern	koitieren
Seicherl	Feigling, Weichling, Duckmäuser
si	sich
Siemandl	verweichlichter Mann, der immer nach der Pfeife seiner Frau tanzt
simma	sind wir
Spinatwachter	Polizist (wegen der grünen Uniform)
spü'n	spielen
stad	still
stampern	verscheuchen, fortweisen
Stephaniebraten	mit hartgekochtem Ei, Speck oder Essiggurken gefüllter Hackfleischbraten
stiften gehen	sich aus dem Staub machen
Stifterl	Flasche mit 0,375 l Wein (nach dem Stift Klosterneuburg, das Österreichs ältestes Weingut betreibt)
Strickwarenmamsell	
	Verkäuferin in einem Strickwarenladen

Surg	Sorge
tamma	tun wir
Tacheles	Klartext
Tates	Vorfahren
Tfisse	Gefängnis
Tinnef	wertloses Zeug
tögeln	schlagen
Topfen	Unsinn
trenzen	sabbern
trickern	schlagen
Trottoir	Gehsteig, Bürgersteig
Tschumbas	Gefängnis
ujegerl!	oje!
umadum	herum
umanand	umher
umanandkräu(l)n	sich herumtreiben
un schoin	etwa: und Ende
urntlich	ordentlich
Urschel	einfältige Frau
verdrahen	verhökern
vergenusswurschteln	
	vergewaltigen, ficken
vermachen	zusperren
verscherbeln	verhökern
Vogeldoktor vom Alsergrund	
	Sigmund Freud
vü	viel
vurher	vorher
waach	weich
waaß	weiß (1./3. Person sing. von wissen)

(die) Wadeln viererichten
        strenge Erziehungsmaßnahmen setzen

wannst	wenn du
warat	wäre
werma	werden wir
weu	weil
wia	wie
wissert	wüsste
wost	wo du
wurscht	egal
zach, zaach	zäh
Zeiterl	geraume Zeit
Zniachterl	unscheinbarer, schmächtiger Mensch
Zores	Ärger, Unannehmlichkeiten
Zugehfrau	Haushälterin
zuwedividieren	(jemandem) etwas anhängen
Zweierlinie	parallel zur Ringstraße verlaufender Straßenzug, nach der Strecke Nr. 2 des ursprünglichen Liniennetzes der Wiener Straßenbahnen

**Wien, Sommer 1934. In Deutschland herrschen die
Nazis. Österreich steuert auf einen Naziputsch zu.**

Tacheles
ISBN 978-3-901761-87-4
304 Seiten, € 9,90
E-Book (epub):
ISBN 978-3-902672-59-9, € 9,60

Am Judenplatz wird ein Fabrikant jüdischer Abkunft ermordet. Die Ermittlungen führen Polizeioberst Bronstein zu
den Nazis. Doch plötzlich wird er selbst zum Gejagten ...

„Tacheles" ist ein intelligenter Roman voller Zwischentöne ...
„Tacheles" ist, bei aller Spannung, das leise Porträt einer Stadt
und ihrer Bewohner im Zeitenwandel ...
(Katharina Schmidt, WIENER ZEITUNG, 31.10.2008)

BUCHVERLAG
www.echomedia-buch.at

Wien, Juli 1927. Nach dem Freispruch im Prozess
um die Mörder von Schattendorf eskaliert die Lage.

Ezzes

ISBN 978-3-902672-08-7
288 Seiten, € 9,90
E-Book (epub):
ISBN 978-3-902672-58-2, € 9,60

Oberstleutnant Bronstein ermittelt im Mord an einem als
geizig und menschenverachtend verrufenen Greißler und
überlegt schon bald, ob er nicht Schicksal spielen soll ...

Bitte mehr Bronstein! Das ist schön: Oberstleutnant Bronstein
von der Wiener Polizei ermittelt wieder in der Ersten Republik.
Geschichte und Sozialkunde sowie Wiener Dialekt von
„ausbanln" bis „Zwiebelkroaten" stehen im Mittelpunkt.
Es wird hoffentlich eine lange Serie.
(Peter Pisa, KURIER, 16. 5. 2009)

(((echomedia
BUCHVERLAG
www.echomedia-buch.at

**Wien, November 1918. Der Erste Weltkrieg
neigt sich dem Ende zu, die Monarchie zerfällt.**

Chuzpe

ISBN 978-3-902672-22-3
320 Seiten, € 9,90
E-Book (epub):
ISBN 978-3-902672-57-5, € 9,60

Zwischen Monarchie und Erster Republik untersucht Major
Bronstein den Mord an einer Modistin, was ihm umso
schwerer fällt, als er sich Hals über Kopf verliebt.

Andreas Pittler benutzt seine Krimis als eine Art Reiseführer
in die Vergangenheit, um amüsant und spannend heimische
Geschichte zu vermitteln.
(E. D., DIE PRESSE, 6. 3. 2010)

echomedia
BUCHVERLAG
www.echomedia-buch.at

Wien, Februar 1913. Am Vorabend des Ersten
Weltkriegs überschattet ein Skandal das Militär.

Nominiert für den
Friedrich-Glauser-Preis 2012!

Tinnef
ISBN 978-3-902672-35-3
272 Seiten, € 9,90
E-Book (epub):
ISBN 978-3-902672-42-1, € 9,60

In seinem neuen Posten bei der Mordkommission ermittelt
Polizist David Bronstein in einem pikanten, vermeintlichen
Selbstmord und steht bald zwischen Pflicht und Liebe.

Die Art, wie Pittler historische Persönlichkeiten mit seinen
Romanfiguren verschneidet, ist überzeugend. Ebenso mühe-
los gelingt es ihm, die nuancenreiche Wiener Mundart so zu
benützen, dass sie authentisch wirkt.

(*Ingeborg Sperl, DER STANDARD, 14.5.2011*)

echomedia
BUCHVERLAG
www.echomedia-buch.at

Andreas Pittler: Der Tote im Hochriegl

Leseprobe aus: „Gemischter Satz" von Sabina Naber (Hrsg.)

Ein Böhm hat ihn gfunden. Er hat in dem Weinberg übernachtet, weil er sich nix anderes leisten kann", begann der Uniformierte seinen Bericht, als Polizeileutnant David Bronstein endlich wieder zu Atem gekommen war. Der Anstieg auf den Weinberg war weit anstrengender gewesen, als Bronstein angenommen hatte, und er beschloss spontan, sich wieder öfter der körperlichen Ertüchtigung zu widmen. Bronstein förderte eine Zigarette zutage und zündete sie an. Gierig sog er den Rauch ein und unterdrückte ein sofort auftretendes Hustenbedürfnis.

„Hamma den?", fragte er endlich.

„Den Böhm? Ja, sicher, dort drüben steht er", entgegnete der Polizist, was Bronstein mit einem Nicken quittierte. Dann sah er sich die Leiche näher an. Ein Mann von etwa dreißig Jahren, gepflegt, wenn auch offenbar eher aus einfacheren Verhältnissen, wie man aus der Kleidung schließen konnte. Bronstein vermutete in dem Toten einen Buchhalter oder einen kleineren Beamten.

Er blickte auf: „Seid ihr fertig mit ihm?" Die ihn umgebenden Mitarbeiter gaben ihm ein bejahendes Zeichen.

„Gut, dann sackeln wir ihn einmal aus."

Die Suche führte zu keinen nennenswerten Ergebnissen. Nur ein silbernes Zigarettenetui mit einer Gravur, die wohl einen Adler oder einen anderen Raubvogel darstellen sollte, fiel Bronstein auf.

Er hielt den Gegenstand in die Höhe: „Hat irgendwer eine Ahnung, was des da sein soll?" ...